Kuno Fischer

Goethes Tasso

Kuno Fischer

Goethes Tasso

Kuno Fischer

Goethes Tasso

ISBN/EAN: 9783741124518

Hergestellt in Europa, USA, Kanada, Australien, Japan

Cover: Foto ©Andreas Hilbeck / pixelio.de

Manufactured and distributed by brebook publishing software
(www.brebook.com)

Kuno Fischer

Goethes Tasso

Goethes Tasso.

Von

Kuno Fischer.

Heidelberg.
Carl Winter's Universitätsbuchhandlung.

Inhalt.

I. Die Zeit der Taſſodichtung.

1. Fauſt und Taſſo.   Werther und Taſſo.

Ein Jahrhundert iſt verfloſſen, ſeit Goethes
Fauſt und ſein Torquato Taſſo — jener in frag=
mentariſcher Form, dieſer in vollendeter Ausführung
— an das Licht der Welt traten. Beide Dichtungen
haben darin ähnliche Schickſale gehabt, daß ihre Ur=
geſtalt unſeren Augen verborgen blieb und von Goethe
zerſtört wurde, beide haben ſich langſam entwickelt
und ſehr verſchiedene Lebensepochen durchlaufen,
freilich mit dem großen Unterſchiede, daß zur
Ausbildung des Fauſt von ſeinen Anfängen bis zu
ſeiner letzten Vollendung faſt zwei Menſchenalter
nöthig waren, zu der des Taſſo ein Jahrzehnt
(1780—1790). In dem erſten Jahre nach ſeiner
Rückkehr aus Italien hat Goethe den Taſſo vollendet
und in die Form gebracht, worin er 1790 erſchien.

Zwischen Werther und Tasso besteht eine geistige Blutsverwandtschaft, welche der junge J. J. Ampère, der Sohn des berühmten Naturforschers, wohl erkannt hat, als er in seiner Beurtheilung der dramatischen Dichtungen Goethes den Tasso „einen gesteigerten Werther" nannte. Goethe sprach oft und gern von dem Urtheil des französischen Kritikers und fand seinen Ausdruck treffend. „Der Standpunkt des Herrn Ampère", sagte er zu Eckermann, „ist ein sehr hoher. Wenn deutsche Recensenten bei ähnlichen Anlässen gern von der Philosophie ausgehen und bei Betrachtung und Besprechung eines dichterischen Erzeugnisses auf eine Weise verfahren, daß dasjenige, was sie zu dessen Aufklärung beibringen, nur Philosophen ihrer eigenen Schule zugänglich, für andere Leute aber weit dunkler ist als das Werk, das sie erläutern wollen, selber, so benimmt sich dagegen Herr Ampère durchaus praktisch und menschlich. Als einer, der das Metier aus dem Grunde kennt, zeigt er die Verwandtschaft des Erzeugten mit dem Erzeuger und beurtheilt die verschiedenen poetischen Productionen als verschiedene Früchte verschiedener Lebensepochen des Dichters. Er hat den abwechselnden Gang meiner irdischen

Laufbahn und meiner Seelenzustände am tiefsten
studirt und sogar die Fähigkeit gehabt, das zu sehen,
was ich nicht ausgesprochen, und was sozusagen nur
zwischen den Zeilen zu lesen war. Wie richtig hat
er bemerkt, daß ich in den ersten zehn Jahren
meines weimarischen Dienst= und Hoflebens so gut
wie gar nichts gemacht, daß die Verzweiflung mich
nach Italien getrieben, und daß ich dort mit neuer
Lust zu schaffen die Geschichte des Tasso ergriffen,
um mich in Behandlung dieses angemessenen
Stoffs von demjenigen frei zu machen, was mir
noch aus meinen weimarischen Erinnerungen an=
klebte! Sehr treffend nennt er daher auch den Tasso
einen gesteigerten Werther." Einige Tage später
kam das Gespräch wieder auf den Tasso und die
Idee, die darin zur Anschauung gebracht sein wolle.
„Idee?" sagte Goethe, „daß ich nicht wüßte! Ich
hatte das Leben Tassos, ich hatte mein eigenes
Leben, und indem ich zwei so wunderliche Figuren
mit ihren Eigenheiten zusammenwarf, entstand mir
das Bild des Tasso, dem ich als prosaischen
Contrast den Antonio entgegenstellte, wozu es mir
auch nicht an Vorbildern fehlte. Die weiteren Hof=,
Lebens= und Liebesverhältnisse waren übrigens in

Weimar, wie in Ferrara, und ich kann mit Recht von meiner Darstellung sagen: sie ist Bein von meinem Bein und Fleisch von meinem Fleisch."[1]

Diese Aeußerungen sind höchst bemerkenswerth. Indessen waren seit den Anfängen seiner Tasso-dichtung siebenundvierzig Jahre vergangen, und die Entstehung seines Werks hatte sich nicht ganz so zugetragen, wie der Dichter im Fluß jener Unter-redungen gelegentlich kundgab; er hatte den Stoff des Tasso nicht erst in Italien ergriffen und war demselben keineswegs von der Gemüthsströmung, die seinen weimarischen Verhältnissen zuwiderlief, gleichsam erst zugetrieben worden. Aber in der Hauptsache, die seine Verwandtschaft mit dem Stoff des Tasso betraf, waren seine Erklärungen treffend. Hatte er doch schon vierzig Jahre früher in einem Briefe aus Rom auch dem Herzog bekannt: „Der Reiz, der mich zu diesem Gegenstande führte, ent-stand aus dem Innersten meiner Natur".[2]

Kraft einer inneren unwiderstehlichen Noth-

<hr>

[1] Eckermann, Gespräche, Th. III. S. 109 ff. S. 117 ff. (3. u. 6. Mai 1827).

[2] Briefwechsel des Großherzogs Karl August und Goethes, Bd. I., Br. 46 (b. 28. März 1788).

wendigkeit hatte er einst „die Leiden des jungen
Werthers" geschrieben und das Werk seinem Freunde
Kestner gegenüber, der sich durch diese Dichtung
verletzt fühlte, eben damit gerechtfertigt: „Werther
muß, muß sein!"[1] Die gleiche Nothwendigkeit gilt
auch von seinem Tasso, diesem gesteigerten Werther.

2. Gleichzeitige Dichtungen.

Vier seiner weltkundigen Dramen, verschiedenen
Epochen nach ihrem Ursprunge angehörig, erscheinen in einem gewissen Zeitpunkte ihrer Ausbildung zusammen in der Werkstätte des Dichters:
Faust, Egmont, Iphigenie und Tasso. Die beiden
ersten, unvollendet wie sie waren, hatten ihn von
Frankfurt nach Weimar, alle vier von Weimar
nach Italien begleitet, um hier ausgestaltet und
vollendet zu werden. Nur in Ansehung der Iphigenie und des Egmont wurden die Aufgaben gelöst: beide kehrten in fertiger Form von Rom
nach Weimar zurück, jene im Januar, dieser im
September 1787. Der Faust wurde nur um zwei
Scenen, die Hexenküche und den Monolog in „Wald

---

[1] Goethe und Werther, Br. 109 (21. Nov. 1774).

und Höhle", bereichert, im Wesentlichen nicht weiter geführt. Was geschah am Tasso?

Sowohl die Geschichte dieser Dichtung als auch die besondere Art ihrer Aufgabe und ihres Gegenstandes ist unter den Werken Goethes einzig: sie wird in Weimar geboren, in Italien umgestaltet und nach der Rückkehr alsbald in Weimar vollendet. Wie in keinem andern Werke hat Goethe hier einen Dichter geschildert, dem er sich verwandt fühlte, die Leiden eines Dichters, die er nachzuempfinden und zu durchschauen wußte: der größte deutsche Dichter gestaltete vor unsern Augen einen der größten und volksthümlichsten italienischen Dichter, in dessen Genie, Gemüthsart und Schicksalen er Aehnlichkeiten mit sich selbst entdeckt hat, die ihn ergreifen und rühren. „Ich hatte das Leben Tassos, ich hatte mein eigenes, und indem ich zwei so wunderliche Figuren mit ihren Eigenheiten zusammenwarf, entstand mir das Bild Tassos." Das Werk entspringt in der Mitte der ersten weimarischen Periode und es erreicht seine Vollendung in den Anfängen der zweiten, nachdem es mit dem Dichter selbst eine Wiedergeburt in Italien erlebt hat. Gerade darüber schreibt Goethe in jenem Briefe aus Rom an Karl

August: „Wie der Reiz, der mich zu diesem Gegenstand führte, aus dem Innersten meiner Natur entstand, so schließt sich jetzt die Arbeit, die ich unternehme, um es zu endigen, ganz sonderbar an das Ende meiner italienischen Laufbahn, und ich kann nicht wünschen, daß es anders sein möge. Wir wollen sehen, was es wird".

3. Die Aehnlichkeit zwischen Goethe und Tasso.

Wirklich mußte Goethen das Bild Tassos, wie er dasselbe vor sich sah, durch eine Fülle ähnlicher Züge überraschen: ein hochbegabter Jüngling, nach dem Wunsche des Vaters zur juristischen Laufbahn bestimmt, durch den eigenen Genius zur Dichtkunst berufen, gleich durch sein erstes Jugendwerk berühmt, schon in der Ausführung einer poetischen Großthat begriffen, die er in sich trägt, der Stolz und die Hoffnung seines Landes, die Zierde eines kleinen ahnen- und ruhmreichen Fürstenhofes, damals des ersten Musensitzes in Italien, der Liebling des Herzogs und zweier fürstlicher Frauen, von leidenschaftlicher Liebe und Verehrung für eine ältere ihm unerreichbare Frau tief ergriffen, die wie ein guter Schutzgeist ihn leitet, der Gegenstand vielsachen Neides, der sich in der Stille regt und ihm auflauert; dann seines bisherigen Hof- und Dienstlebens überdrüssig, sehnt er sich nach Rom, um dort das große Werk, das seinem Namen die Unsterblichkeit verbürgt, künstlerisch zu vollenden. Es hat wohl nie in der Welt ein Zweiter gelebt, der unserem Goethe in einem gewissen Zeitpunkte seiner weimarischen Existenz so ähnlich war oder schien, als dieser Tasso in seiner Blüthe zu Ferrara. Es giebt auch kein anderes dichterisches Werk, an dessen Hervorbringung von seinem ersten Ursprunge bis zu seiner Vollendung Weimar und Rom einen so gemeinsamen und bedeutungsvollen, nicht blos örtlichen, sondern innerlichen Antheil gehabt haben, als Goethes Tasso.

II. Die Anfänge der Dichtung.

1. Die Jahre 1780—81.

Zwischen die Iphigenie, die im Frühjahr 1779 begonnen und in ihrer ersten Gestalt auch vollendet wurde, und den Plan der Tassodichtung fällt jene Reise in die Schweiz, die innerhalb der ersten weimarischen Periode gleichsam die Grenzscheide bildete, wodurch die Zeiten getrennt und dem

Sturm und Drang für immer ein Ziel gesetzt wurde. Vier Monate blieb er fern von Weimar, mit seinem fürstlichen Freunde so gut wie allein und in beständigem, innerem Austausch. Nach seiner Rückkehr ist er der vertrauteste Freund und erste Rathgeber seines Fürsten. Nachdem ihn der Kaiser geadelt und der Herzog an die Spitze der Finanzverwaltung gestellt hat, ist er nach dem Landesherrn der erste Mann in dem kleinen Staats= wesen. Er besitzt die Freundschaft der Mutter wie der Gemahlin des Herzogs, jetzt auch das Ver= trauen der letzteren, einer großgesinnten Frau, zu der Goethe emporblickt. Sein leidenschaftliches Verhältniß zu Charlotte von Stein erlangt endlich die schöne Befriedigung einer vollen, durch keinerlei Zweifelsqualen mehr gestörten Seelengemeinschaft. Die Liebe zu dieser Charlotte war für ihn gleich= sam eine neue, glücklichere Wertherzeit. Er selbst macht diese Vergleichung. Wie beglückt er sich fühlt, sagen uns die Briefe jener Tage. „Adieu, süße Unterhaltung meines innersten Herzens." „Auf das Siegel drück' ich einen Kuß und bin dein für ewig." Am folgenden Tage, den 12. März 1781, schreibt er: „Meine Seele ist fest

an die deine angewachsen, ich mag keine Worte
machen, du weißt, daß ich von dir unzertrennlich
bin, und daß weder Hohes noch Tiefes mich zu
scheiden vermag. Ich wollte, daß es irgend ein
Gelübde oder Sakrament gäbe, das mich dir auch
sichtlich und gesetzlich zu eigen machte, wie werth
sollte es mir sein. Und mein Noviziat war
doch lang genug, um sich zu bedenken. Adieu.
Ich kann nicht mehr Sie schreiben, wie ich eine
Zeit lang nicht Du sagen konnte."[1]   Um Goethes
Verhältniß zu Frau von Stein und die Phasen,
die es durchlaufen hat, richtig zu schätzen, darf
man sich diese Stelle zum Leitstern dienen lassen.

In den sechsundfünfzig Jahren seiner weima=
rischen Zeit hat Goethe eine doppelte Akme erlebt:
die erste fällt in das Jahrzehnt von der Reise in
die Schweiz bis nach der Rückkehr aus Italien
(1779—1789), die zweite in das Jahrzehnt seiner
Freundschaft und Geistesgemeinschaft mit Schiller
(1794—1805). Dürfen wir innerhalb der ersten
noch engere Grenzen ziehen, so ist es die kurze
und erlesene Zeit zweier Jahre, worin das Glück

---

[1] Goethes Briefe an Frau v. Stein. 2. vervollständigte
Aufl. (W. Fielitz), Bd. I. Br. 602, 603.

seiner Liebe mit einer hohen dichterischen Freudig=
keit Hand in Hand ging. Bald sollte die letztere
durch die Uebernahme ernster und schwieriger Ge=
schäfte gehemmt werden. In diese Jahre (1780
und 1781) fallen die Anfänge des Tasso.

2. Die Erfindung und der Fortgang.

Karl August ist wohl der erste gewesen, dem
Goethe die Absicht einer Tassodichtung anvertraut
hat. Der Herzog, dem sogleich der vielberufene
Liebeshandel zwischen Tasso und der Prinzessin
vorschweben mochte, fand den Plan gefährlich und
widerrieth die Ausführung. Indessen ging Goethe
seiner Idee nach und hatte, wie das Tagebuch be=
richtet, den 30. März 1780 „den erfindenden Tag“.
Es heißt: „Zu Mittag nach Tiefurt zu Fuß.
Gute Erfindung Tasso“. Nachdem er die Er=
findung über fünf Monate mit sich herumgetragen,
schritt er zur Ausführung. Den 14. October be=
richtet das Tagebuch: „Tasso angefangen zu
schreiben“. Am ersten November fährt er fort.
Die Tagebuchberichte werden unterbrochen. Den
1. August 1781 heißt es: „Es thut mir leid,
daß ich bisher versäumt habe aufzuschreiben. Dieses

halbe Jahr war mir sehr merkwürdig. Von heut an will ich wieder fortfahren." Wir hören weiter, daß er den 4. und 20. früh am Tasso geschrieben und den 25. August der Herzogin Luise die Dichtung vorgelesen hat. Dann stockt die Arbeit und ein anderes Werk tritt dazwischen. Den 19. August heißt es: „Elpenor angefangen".[1]

Die gleichzeitigen Briefe an Frau von Stein erleuchten uns etwas näher den Fortgang des be= gonnenen Werkes. Den 7. November 1780 hatte Goethe sein erstes Lustrum in Weimar vollendet. Aus mündlichen Mittheilungen wußte die Freundin von dem Plan und Beginn der neuen Dichtung, an der sie durch den regsten Antheil gleichsam mit= wirkte. Den 10. November Abends will Goethe kommen, um bei ihr in Knebels Gegenwart die erste Scene von Tasso zu lesen. „Es scheint mir räthlich zu sein, daß wir uns nach und nach mit diesem Stücke bekannt machen."

Die nächsten Tage waren für die Dichtung höchst fruchtbar, und in demselben Maße sind uns die brieflichen Nachrichten darüber von besonderer

---

[1] Goethes Tagebücher. Bd. I. (Weimar 1887.) S. 113, S. 125, 128—131.

Wichtigkeit. Schon den 12. November schreibt er: „Mein erster Act muß heut fertig sein". Und drei Tage später: „Ihr gütiges Zureden und mein Versprechen haben mich heut früh glücklich den zweiten Act anfangen lassen. Hier ist der erste. Möge er in der Nähe bei wiederholtem Lesen seinen Reiz behalten! Lassen Sie ihn niemand sehen". „Behalten Sie den Act", schreibt er am folgenden Tage, „er wird mir erst lieb, da Sie ihn lieben."[1]

Nach einer Woche läßt er sich den ersten Act zurückgeben, um weiter zu schreiben. Dabei bemerkt er: „Die erste Scene des zweiten ist so ziemlich fertig". Den 25. November Abends will er sie vorlesen. Dann geräth die Dichtung ins Stocken, und es scheint nicht, daß sie in diesem Jahre noch weiter gefördert wurde. So sehr auch die Freundin drängte, die Tagesgeschäfte verschlingen die frucht=baren Stimmungen. Am letzten Tage des Jahres schreibt ihr Goethe: „Mein Tasso dauert mich selbst, er liegt auf dem Pult und sieht mich freundlich an, aber wie will ich zureichen, ich

---

[1] Goethes Briefe an Fr. v. Stein Bd. I. Br. 500, 501, 503.

muß auch all meinen Weizen unter das Commis=
brod backen". [1]

Es dauerte bis zum Frühling des neuen
Jahres, bevor Goethe zu seiner Dichtung zurück=
kehren und jene erste Scene des zweiten Acts wieder
aufnehmen konnte, die noch der Vollendung bedurfte,
denn sie war erst „ziemlich fertig". Welche Ver=
änderungen diese Scene auch später erfahren hat,
ihr Thema war und blieb das Gespräch zwischen
der Prinzessin und Tasso. In diesem Zeitpunkt
war Charlotte von Stein wirklich die Muse, unter
deren Einfluß die Dichtung gedieh. Alle Trübungen,
die das Verhältniß beider oft und noch jüngst ge=
stört hatten, sind verschwunden. Das Noviziat ist
bestanden. Sie hat jetzt ihre Seele ihm ganz zu
eigen gegeben, und sein Herz strömt über von dem
Gefühl dieses Glücks. „Noch nie hab ich Sie so
lieb gehabt, und noch nie bin ich so nah gewesen,
Ihrer Liebe werth zu sein." „Ich habe mein Herz
einem Raubschlosse verglichen, das Sie nun in Besitz
genommen haben, das Gesindel ist draus vertrieben,
und halten Sie es nur der Wache werth, nur

---

[1] Ebendaselbst I. Br. 498—500, 503—505, 509, 539.

durch Eifersucht auf den Besitz erhält man die Besitzthümer."[1]

Gerade jetzt sind diejenigen Scenen im Werden begriffen, in welchen Tasso seine Gefühle für die Prinzessin ergießt, die beiden ersten des zweiten Acts: das Zwiegespräch und der Monolog. Wie sehr stimmen diese Scenen mit der Gemüthslage unseres Dichters! Wie sehnt er sich, sie zu gestalten! „An Tasso wird heut schwerlich gedacht werden", schreibt er den 25. März 1781. „Merken Sie aber nicht, wie die Liebe für Ihren Dichter sorgt. Vor Monaten war mir die nächste Scene unmöglich, wie leicht wird sie mir jetzt aus dem Herzen fließen. Müßt ich nur nicht so einen schönen Ruhetag auch mit angeben, um von meinen Schulden loszukommen." Endlich finden sich die ersehnten Tage. „Da mich gute Geister in meinem Hause besucht haben", schreibt er den 19. April, „bin ich nicht auswärts gegangen, sie aufzufinden. Am Tasso ist geschrieben, und wenn Sie sich alles zueignen wollen, was Tasso sagt, so hab ich heute schon soviel an Sie geschrieben, daß ich nicht weiter

---

[1] Ebendas. I. Br. 599, 600.

und nicht drüber kann." Einige Tage später heißt
es: „Diesen Morgen ward mir's so wohl, daß mich
ein Regen zum Tasso weckte. Als Anrufung an
dich ist gewiß gut, was ich geschrieben habe. Ob's
als Scene und an dem Ort gut ist, weiß ich nicht."[1]

Der Brief vom 27. April beginnt mit den
Worten: „Sie wird kommen! Sie wird kommen!
war mein Ausruf, als ich die Augen aufmachte
und die Sonne sah. Die Stunden dieses Tags
bringen mir ein schönes Glück." Ist es nicht, als
ob man den Goetheschen Tasso reden hört? In
den letzten Tagen des April ist er mit dem Werke
beschäftigt. Den 9. Mai heißt es: „Heut früh
lebt Tasso in meinem Kopf und läßt sich durch
nichts irren". Er sendet der Freundin sein Werk
und läßt es in ihren Händen, aus denen es Knebel
empfangen soll. Dieser hatte, wie Goethe bemerkt,
„über den ersten Act curiose Sachen gesagt, aber
gute".[2]

Soweit lassen sich die Spuren der ersten Tassodichtung verfolgen, und es ist nicht anzunehmen,
daß sie noch in Weimar vor der Reise nach Italien

---

[1] Ebendas. I. Br. 617, Br. 645 und 648.
[2] Ebendas. I. Br. 651, 655, 660, 679.

merklich weiter gefördert wurde. Wie sie damals war und liegen blieb, bestand sie in zwei Acten, die in rhythmischer Prosa geschrieben waren, wie die Iphigenie in ihrer Urform. Leider ist uns diese Urgestalt des Tasso nicht aufbewahrt worden, wie die der Iphigenie.

Abgesehen von dem Tage der „guten Erfindung" waren einige Tage im November 1780, einige im April 1781 für die Tassodichtung höchst ergiebig. Es war eine Fülle von Glück und Kraft in Goethe, als er die ersten Scenen des zweiten Acts dichtete. Sonntag den 22. April schrieb er der Freundin: „Gestern Nacht hatt' ich große Lust, meinen Ring wie Polykrates in das Wasser zu werfen, denn ich summirte in der stillen Nacht meine Glück=seligkeit und fand eine ungeheure Summe. Ich werde wohl am Tasso schreiben können".[1]

3. Die beiden ersten Acte.

Aus den brieflichen Angaben über den Fort=gang unserer Dichtung lassen sich einige sichere Schlüsse über ihren Umfang gewinnen. Es hat

---

[1] Ebendas. I. Br. 647. Vgl. Tagebücher, 2. April 1780.

vier volle Wochen Arbeit gekoftet (vom 14. October
bis 10. November), bevor die erfte Scene fo weit
fertig geftellt war, daß Goethe fie vorlefen konnte.
Niemand wird glauben, daß er in den fünf nächften
Tagen den erften Act vollendet und den zweiten
begonnen hat, wenn wir den Umfang des erften
Acts in der uns bekannten Geftalt vor Augen
haben. Unmöglich, daß Goethe binnen vier Wochen
die erfte Scene und in drei Tagen die drei fol=
genden ausgeführt hat, fo daß er den 13. Novem=
ber fagen konnte: „Mein erfter Act ift fertig
geworden".

Daher leuchtet uns ein, daß der erfte Act des
alten Werkes kleiner war, als der des fpäteren.
Das Thema deffelben war und blieb die Be=
kränzung Taffos, welcher das Gefpräch der beiden
Leonoren und ihre Unterredung mit Alfons voraus=
gehen mußten. In diefen drei Scenen beftand dem
Inhalte nach jener erfte Act, den Frau von Stein
am 15. November 1780 aus der Hand des Dichters
empfing. Ich fchließe weiter: daß damals der
erfte Act ohne die vierte Scene für vollendet galt,
alfo den Antonio noch nicht kannte und wahr=
fcheinlich auch keine Anfpielung auf diefe Perfon

enthielt. Es werden sich im Fortgange unserer Untersuchungen noch ganz andere Gründe und selbst Zeugnisse urkundlicher Art darbieten, die unsere Folgerung bestätigen. Möge der Leser sie vorläufig als eine Vermuthung gelten lassen!

Aus den Briefen an Charlotte von Stein in den Apriltagen 1781 haben wir schon die beiden ersten Scenen des zweiten Acts hervorleuchten sehen. Vermuthlich wurde denselben noch eine dritte Scene hinzugefügt, welche die Vorgänge enthielt, die auf eine andere als die uns bekannte Art die Heraus=forderung zum Zweikampf von Seiten Tassos und dessen Haft herbeiführte. Dann erst konnte der zweite Act für vollendet gelten: das Thema desselben war und blieb die Verhaftung Tassos, wie das des ersten die Bekränzung. Man ge=währe uns die Annahme, daß die beiden ersten Acte der alten Dichtung keine Scene hatten, worin Antonio auftrat, daß keine ihrer Scenen Be=ziehung auf ihn nahm, keine eine Handlung des=selben voraussetzte, daß überhaupt die ganze erste Tassodichtung ohne den Antonio concipirt war.[1]

---

[1] Nach dem Maßstabe der Iphigenie zu urtheilen, war der Umfang der fertigen Stücke der ersten Tasso=

III. Die Umgestaltung der Dichtung.

1. Die Jahre 1787—88.

Sechs bis sieben Jahre vergehen, bevor Goethe in Italien das begonnene Werk wieder aufnimmt. Vergegenwärtigen wir uns in der Kürze den Gang seiner italienischen Reise. Vom 3. September 1786, dem Tage der Abreise von Karlsbad, erstreckt sich dieselbe bis zum 18. Juni 1788, dem Tage der Rückkehr nach Weimar. Zwischen seinen ersten und zweiten Aufenthalt in Rom fällt die Fahrt nach Neapel und Sicilien (vom 21. Februar bis 6. Juni 1787). Eine vierwöchentliche Villeggiatur in Fras=cati, Albano und Castel Gandolfo (von Ende Sep=tember bis Ende October 1787) unterbricht den zweiten römischen Aufenthalt, der den 16. April 1788 mit dem Abschiede von Rom endet. Den 6. Mai schreibt

---

dichtung wohl größer, als die beiden ersten Acte der Jphi=genie in vollendeter Form: diese zählt 2173 Verse, Tasso in seiner vollendeten Ausführung 3453. Die drei ersten Scenen des Tasso enthalten fünf Verse mehr, als der ganze erste Act der Jphigenie (565 : 560), und die beiden ersten Scenen des zweiten Acts zählen einundachtzig Verse mehr als der ganze zweite Act der Jphigenie (446 : 365).

er von Florenz an den Herzog: „Da ich von dem Magnetberge einmal los bin, zeigt meine Nadel wieder nach Norden".

Die erste Gesammtausgabe seiner Schriften, die in den Jahren 1787—90 in Leipzig erschien, war schon im Gange und sollte auch jene vier Werke ent= halten, die Goethe zur Ausbildung und Vollendung nach Italien mitgenommen hatte. Die Iphigenie war fertig und nur aus der Form der rhythmischen Prosa in die der reimlosen Jamben umzugestalten, es geschah noch vor Ablauf des Jahres 1786. Der Egmont gewann den förmlichen Abschluß, der noch fehlte, im September 1787, bevor Goethe in die römische Campagna ging.[1] Tasso und Faust waren übrig. Wir wissen, was am Faust wäh= rend des zweiten römischen Aufenthaltes geschah.

Der Tasso war umzugestalten, gleich der Iphigenie, und außerdem zu vollenden. Es fehlten nicht weniger als drei Acte. Wenn wir das ge= druckte Werk zum Maßstab nehmen, fehlte noch weit mehr. Inzwischen hatte sich Goethe der ur=

---

[1] Der dritte Band der Gesammtausgabe brachte die Iphigenie (1787), der fünfte im folgenden Jahre den Egmont.

ſprünglichen Dichtung entfremdet, und es war vorauszuſehen, daß die Wiederanknüpfung und Fortführung ihm ſchwer fallen würde.

2. Die Reiſe nach Sicilien.

Von ſeinen dichteriſchen Arbeiten war der Taſſo die einzige, die er nach Sicilien mitnahm. Auf der Seefahrt nach Palermo (vom 29. März bis zum 2. April) „wurde das ganze Stück um und um und durch und durch gedacht". In der „italieniſchen Reiſe" heißt es unter dem 30. März 1787: „Die zwei erſten Acte des Taſſo, in poetiſcher Proſa ge= ſchrieben, hatte ich von allen Papieren allein mit über See genommen. Dieſe beiden Acte, in Abſicht auf Plan und Gang ungefähr den gegenwärtigen gleich), aber ſchon vor zehn Jahren geſchrieben, hatten etwas Weichliches und Nebelhaftes, welches ſich bald verlor, als ich nach neuen Anſichten die Form vorwalten und den Rhythmus eintreten ließ".[1]

Dieſe Stelle iſt nicht unter dem angegebenen Datum geſchrieben, ſondern faſt dreißig Jahre

---

[1] Sämmtl. Werke. (Cotta 1851.) Bd. XIX. S. 209.

später; daher sind die Erinnerungen ungenau: er läßt hier die beiden ersten Acte 1777 entstehen, während sein Tagebuch bezeugt, daß er den 14. October 1780 den Tasso zu schreiben anfing. Eben so ungenau ist die Vergleichung mit dem gedruckten Werk: „ungefähr gleich in Absicht auf Plan und Gang". Nur so viel ist richtig, daß die Haupt= begebenheit des ersten Actes die Bekränzung, die des zweiten die Haft Tassos. war und blieb.

Der Aufenthalt in Sicilien war nicht dazu angethan, unsere Dichtung zu fördern. Die Herr= lichkeiten, die Goethe hier sah, wirkten mächtiger auf ihn als seine Papiere, er fühlte sich in die Welt der Odyssee versetzt und erlebte eine dichterische Umstimmung, die in seine Arbeitspläne eingriff. In den wundervollen Gärten auf der Rhede von Palermo glaubte er sich im Lande der Phäaken, und auf einem Spaziergange nach dem Pellegrin faßte er den Plan, die homerische Nausikaa dramatisch zu gestalten. Noch in Taormina, auf dem Orangenbaum eines Bauerngartens sann er der Ausführung dieses Planes weiter nach: einer Dichtung, in der die Odyssee gleichsam dramatisch concentrirt werden sollte. Wie seinem Tasso im

August 1781 der Elpenor in den Weg getreten war, so jetzt die Nausikaa.

3. Der zweite römische Aufenthalt.

Ohne wesentliche Förderung brachte er den Tasso nach Rom zurück. Die schönen Octobertage in Castel Gandolfo weckten die Lust am Landschafts=zeichnen und die Bekanntschaft der jungen Mai=länderin die Lust am schönen Geschlechte, mit welchem Goethe während seines bisherigen Lebens in Italien noch keinen näheren Verkehr gehabt hatte, ausgenommen die Malerin Angelika Kauff=mann, die acht Jahre älter war als er. Aus diesem doppelten Lustgefühle, das die schöne Land=schaft und die schöne Mailänderin hervorriefen, entstand keine trübsinnige Tassostimmung, sondern „Amor als Landschaftsmaler".

Als er nach Rom zurückgekehrt war, begannen einige Vorspiele zu jenen „römischen Elegien", die erst in der deutschen Heimath gedichtet und gründ=lich erlebt werden sollten. Den 29. December 1787 schrieb er an Karl August: „Mich hat der süße kleine Gott in einen bösen Weltwinkel relegirt".[1]

---

[1] Briefwechsel zwischen Carl August u. Goethe. I. Br. 43.

Daraus ging nun auch keine Tassostimmung her=
vor, wohl aber das allerliebste Gedicht, das er
sein Leibliedchen nannte:

> Kupido, loser eigensinniger Knabe,
> Du batst mich um Quartier auf einige Stunden!
> Wie viele Tag' und Nächte bist du geblieben
> Und bist nun herrisch und Meister im Hause geworden!

Die dichterischen Launen Goethes hingen sehr
genau mit seinen Erlebnissen zusammen, und er
war jetzt gar nicht in der Stimmung, sich von
einer Liebe rühren zu lassen, mit welcher der lose
Knabe nichts zu thun haben sollte. „Wenn es mit
der Fertigung meiner Schriften unter gleichen Con=
stellationen fortgeht, so muß ich mich im Laufe
dieses Jahres in eine Prinzessin verlieben, um den
Tasso, ich muß mich dem Teufel ergeben, um den
Faust schreiben zu können, ob ich mir gleich zu
beiden wenig Lust fühle." So schrieb er den
10. Januar 1788.[1]

Kein Zug des weimarischen Tasso bewegt ihn.
Es ist ihm ganz recht, den Tasso immer wieder
von der Tagesordnung seiner Werke abzusetzen und
sich leichteren Dingen zu widmen. Noch hat er ja

----

[1] Werke. XIX. S. 443.

die alten Singspiele Erwin und Elmire und
Klaudine von Villa Bella nach dem neuen Kunst=
styl umzugestalten, damit sie rechtzeitig in der Ge=
sammtausgabe erscheinen können.

4. Die Aufgabe der Umarbeitung.

Nun auch diese Arbeit geschehen ist, läßt sich
der Tasso nicht länger bei Seite schieben; entweder
ist das Werk aufzugeben oder zu vollenden. Da
zeigt sich bei näherer Prüfung, daß die vorhan=
denen Theile nicht blos in die Kunstsprache zu
übertragen, sondern inhaltlich umzugestalten sind.
Bald ist er die beiden Singspiele los, die im fünften
Band mit dem Tasso zugleich erscheinen sollen.
„Dann geht eine neue Noth an", schreibt Goethe
den 21. Februar 1788, „worin mir niemand rathen
und helfen kann. Tasso muß umgearbeitet werden:
was da steht, ist zu nichts zu brauchen; ich kann
weder so endigen noch alles wegwerfen. Solche
Noth hat Gott den Menschen gegeben!"[1]

Keine Hülfe in dieser Noth, aber eine will=
kommene Zerstreuung gewährte ihm der römische
Karneval, den er zum zweitenmal sah und mit

---

[1] Ebendaselbst S. 450.

künstlerischem Behagen zum Gegenstand einer Be=
schreibung nahm, die nach seiner Rückkehr auch als
eine besondere Schrift erschien.

5. Tasso in der Darstellung der italienischen Reise.

Nach dem Tagebuch, wie uns Goethe dasselbe
in der italienischen Reise lesen läßt, war den
1. März 1788 „der Plan des Tasso in Ordnung".
Aber erst sechs Wochen später, zwei Tage bevor er
Rom für immer verläßt, entschließt er sich, mitten
in der Arbeit des Modellirens, wie mit einem
plötzlichen Ruck zur Inangriffnahme des Tasso.
Er schreibt den 14. April: „Indem ich nicht ab=
ließ, an jenem Fuß fort zu modelliren, ging mir
auf, daß ich nun mehr Tasso unmittelbar angreifen
müßte, zu dem sich denn auch meine Gedanken hin=
wendeten — ein willkommener Gefährte zur be=
vorstehenden Reise".[1]

Der Abschied von Rom brachte unseren Dichter
in eine elegische Stimmung, worin er die Trauer=
klagen des Ovid nachempfand, denn ihm war zu
Muth, als ob er in die Verbannung geschickt
würde. Nun erwachte die Tassostimmung und er=

---

[1] Ebendas. S. 487, 504.

griff sein Gemüth. Die Schilderung der schmerz=
lich sehnsüchtigen Gefühle, die ihn auf der Rück=
reise bewegt und in gewissen Stellen seiner Dichtung
sich ausgeprägt haben, bildet den Schluß der
Darstellung seiner italienischen Reise. „Ich er=
mannte mich zu einer freieren poetischen Thätigkeit,
der Gedanke an Tasso ward angeknüpft und ich
bearbeitete die Stellen mit vorzüglicher Neigung,
die mir in diesem Augenblick zunächst lagen. Den
größten Theil meines Aufenthaltes in Florenz ver=
brachte ich in den dortigen Lust= und Prachtgärten.
Dort schrieb ich die Stellen, die mir noch jetzt
jene Zeit, jene Gefühle unmittelbar zurückrufen.“
„Wie mit Ovid dem Local nach, so konnte ich mich
mit Tasso dem Schicksale nach vergleichen. Der
schmerzliche Zug einer leidenschaftlichen Seele, die
unwiderstehlich zu einer unwiderruflichen Ver=
bannung hingezogen wird, geht durch das ganze
Stück. Diese Stimmung verließ mich auch nicht
auf der Reise, trotz aller Zerstreuung und Ab=
lenkung, und sonderbar genug, als wenn harmonische
Umgebungen mich immer begünstigen sollten, schloß
sich nach meiner Rückkehr das Ganze bei einem
zufälligen Aufenthalt zu Belvedere, wo so viele

Erinnerungen bedeutender Momente mich um=
schwebten."[1]

Schöner ließ sich der Schluß der italienischen
Reise nicht abrunden. Wie in „Dichtung und
Wahrheit", so hat Goethe auch in der Erzählung
seiner italienischen Reise, die als die Fortsetzung
jener Lebenserinnerungen genommen sein will,
die Begebenheiten so zu beleuchten und zu grup=
piren, durch Weglassungen und Hinzufügungen so
darzustellen gewußt, wie es nicht immer dem wirk=
lichen Hergange der Dinge, sondern den künstle=
rischen Absichten seiner Composition entsprach. Dies
gilt insbesondere von der Art und Weise, wie er
in dem letzten Abschnitt jenes Werks den Tasso
unter seinen dichterischen Arbeiten auftauchen und
verschwinden, wieder auftauchen und wieder ver=
schwinden und andere Gegenstände sich hervordrängen
läßt, bis er zuletzt in ihm den gemüthsverwandten
Reisegefährten findet, dem er sich mit voller Seele
zuwendet. Er läßt zuletzt, wie in einen Schluß=
accord, die italienische Reise gleichsam austönen in
den Schluß des Tasso, der ein Jahr später in
Belvedere zu Stande kam.

____

[1] Ebendas. S. 515—16.

6. Pierantonio Serassi.

Aus diesen Mittheilungen Goethes wird niemand ein Bild von der Umgestaltung der alten und dem Charakter der neuen Dichtung gewinnen können, denn aus bloßen Gefühlen und Stimmungen erzeugen sich nicht solche Werke. Es war auch gar nicht seine Absicht, uns einen solchen Einblick gewinnen zu lassen. Vielmehr läßt er in seiner italienischen Reise dasjenige Werk ganz unerwähnt, dessen Studium die Umgestaltung der Tassodichtung sowohl gefordert als ermöglicht hat. Kurz ehe Goethe nach Rom kam, war von dem Abate Pierantonio Serassi die erste, auf historische Untersuchung gegründete, mit großem Fleiß und ausgezeichneter Sachkenntniß geschriebene Lebensgeschichte Tassos erschienen.[1] Ist dieses Werk für jeden, der die Schicksale des so berühmten und unglücklichen Dichters kennen lernen will, eine höchst belehrende und fesselnde Lectüre, so mußte sich dieses Interesse bei Goethe, dem Dichter des Tasso,

---

[1] La vita di Torquato Tasso, scritta dall' Abate Pierantonio Serassi etc. In Roma 1785. Die Lectüre dieses Werkes, das in drei Bücher zerfällt und einen Quartanten von 614 Seiten bildet, ist ein Studium.

als er in Rom sein Werk auszuführen trachtete, doppelt und dreifach steigern. Es läßt sich nach= weisen, daß Goethe dieses Werk sehr genau bis in die Anmerkungen gelesen und studirt hat, wozu Wochen und Monate gehörten. Sein Tagebuch mag wohl dieser Lectüre gedacht haben, aber er hat diese Quelle seiner italienischen Reise zum größten Theile zerstört und in der letzteren selbst nichts von Serassi gesagt. Nur in seinem Brief= wechsel mit Carl August ist einmal davon die Rede. Hier heißt es den 28. März 1788: „Ich lese jetzt das Leben des Tasso, das Abate Serassi und zwar recht gut geschrieben hat. Meine Absicht ist, meinen Geist mit dem Charakter und den Schick= salen dieses Dichters zu füllen, um auf der Reise etwas zu haben, das mich beschäftigt. Ich wünsche das angefangene Stück wo nicht zu endigen, doch weiter zu führen, ehe ich zurückkomme." [1]

Das erste Werk aus den Jahren 1780 und 1781 gründete sich auf die Tassolegende und den biographischen Stoff, den der Marchese Giovanni Battista Manso in seiner Lebensgeschichte Tassos

---

[1] Briefwechsel, I. Br. 46. S. 421 ff.

geliefert hatte[1]; die Umgestaltung und Vollendung des Werkes in den Jahren 1788 und 89 beruht auf Serassi. Es war nicht leicht, diese beiden verschiedenen, sich widerstreitenden Lebensbilder Tassos in einander zu fügen. Schon in dieser Aufgabe lagen Schwierigkeiten genug, worüber Goethe seufzen konnte: „Solche Mühe hat Gott den Menschen gegeben".

IV. Die Vollendung der Dichtung.

1. Das häusliche Liebesglück.

In den Lebensanschauungen Goethes hatte sich während seines italienischen und römischen Aufenthaltes eine Veränderung vollzogen, die in der Heimath sogleich zu Tage trat und auch sein Verhältniß zu Frau von Stein nicht unberührt ließ. Sie hatte es schmerzlich, ja unwillig empfunden, daß der geliebte Mann sie verlassen und Jahre lang fern von ihr bleiben konnte. Inzwischen war die sieben Jahre ältere und kränkliche Frau eine

---

[1] Vita di Torquato Tasso, scritta da Gio. Battista Manso, Marchese della Villa. In Roma 1634. Das Werk zerfällt in drei Theile und bildet ein Sedezbüchlein von 356 Seiten.

Matrone geworden, während sich Goethe in Italien
verjüngt hatte. Was in seinen Gefühlen für
Charlotte von Stein noch Wertherartiges gewesen,
die Züge abhängiger und schwärmerischer Hingebung
waren nach der Umwandlung, die er in Italien
erlebt hatte, mit der Wurzel verschwunden. Er
war ihrer Herrschaft völlig entwachsen. Alle, die
ihn wiedersahen, fühlten die Veränderung, die
mit ihm vorgegangen war, am meisten Frau von
Stein selbst. Gewaltsam unterdrückte sie ihre
schmerzhafte Erregung, sie empfing und behandelte
ihn kühl, so daß ihre Nähe nicht heimlich und
wohlthuend auf ihn einwirkte. Jede Annäherung
vermehrte die Entfernung. Wo sie einander be=
gegneten, nahm die gesellige Zusammenkunft ein
steifes und gezwungenes Wesen an, was allen, die
ihre Beziehungen kannten, peinlich auffiel.

Sehr bald traten Verhältnisse ein, die von
ihrer Seite eine völlige und erbitterte Abwendung
zur Folge hatten. Der lose eigensinnige Knabe,
der unsern Dichter schon in Rom besucht hatte,
war jetzt in Weimar bei ihm eingekehrt und hatte
es sich in Hütte und Haus bequem gemacht, nicht
auf wenige Stunden, sondern für immer. Die

junge Christiane Vulpius war, wie Frau Herder
ihrem Manne nach Rom schrieb, sein „Klärchen"
geworden. Sie gewährte ihm das Glück, das seiner
Phantasie von jeher als das schönste aller Idylle
vorgeschwebt hatte. Vor fünfzehn Jahren war aus
dieser Sehnsucht „Der Wanderer" hervorgegangen;
jetzt entstanden aus dem Genuß der stillen, häus=
lichen, erotischen Glückseligkeit die „römischen Elegien".
Er hat dieses verborgene Liebesglück so tief und
dankbar empfunden, daß er es neun Jahre später
sogar mythisch gestaltet und gleichsam vergöttert
und verklärt hat in der Ballade: „Der Gott und
die Bajadere".

Er wollte die Befriedigungen nicht mehr ent=
behren, die ihm „der süße, kleine Gott" bereitet
hatte, und konnte daher die Bedingung nicht er=
füllen, an welche Frau von Stein die Fortdauer
ihrer Freundschaft knüpfte, als sie im Februar 1789
Goethes Liebesverhältniß mit der jungen Vulpius
entdeckte, das bereits seit dem 12. Juli des vorigen
Jahres bestand. Er ließ sich den Verlust seiner Be=
ziehungen zu Frau von Stein gefallen, schmerz=
lich, aber nicht ungetröstet. Sie erschien sich jetzt
wie eine verlassene Dido und sah in ihm einen

treulosen Aeneas. Um den Liebesgram, den er verschuldet hatte, zu heilen, konnte Goethe bisweilen nach einer erstaunlich naiven Methode verfahren. Für die trostlose Friederike in Sesenheim ließ er Bonbons von Straßburg kommen und der Frau von Stein widerrieth er den Café.

Seine letzten Erwiderungen, nach welchen in ihrem Briefwechsel eine mehr als siebenjährige Pause eintritt und der Ton inniger Zusammen=gehörigkeit nie wieder gehört wird, sind vom 1. und 8. Juni 1789. Der letzte Brief schließt mit den Worten: „Tasso ist beinah fertig". Zehn Monate früher schrieb er: „Tasso rückt auch, obgleich lang=sam". [1]

2. Das Jahr der Vollendung.

Während die Gesellschaft an Goethes häuslichem Leben den größten Anstoß nahm, gab es in Wei=mar eine Frau, es war die erste des Landes, ein Muster von Sittenreinheit und Strenge, zugleich der Frau von Stein wohlgesinnt und befreundet,

---

[1] Goethes Briefe an Frau von Stein. II. Br. 831, 832. In den ersten vierzehn Jahren hat Goethe 832 uns bekannte Briefe an Fr. v. Stein geschrieben, in den letzten dreißig (nach jener siebenjährigen Pause) nur 133.

die mild und einsichtsvoll, menschen= und goethe=
kundig urtheilte und wie ein guter Schutzgeist zu
ihm stand. Sie nahm verständnißvollen und er=
munternden Antheil an seiner Dichtung und ließ
sich dieselbe gern vorlesen. Wenn Goethes Tasso in
dem Stadium seiner Vollendung noch eine Muse
bedurft und gehabt hat, so war es die Herzogin Luise.

„Wenn ich nur irgend wüßte, Ihrer Frau
Gemahlin Freude zu machen!" schrieb Goethe im
Herbst 1788 an Karl August. „Ich habe ihr die
Abende einigemal etwas gelesen und eile nun den
Tasso zu endigen, da sie das Stück zu interessiren
scheint. Es geht mir damit, wie es einem im
Traum zu gehen pflegt, man ist so nah am Gegen=
stand und kann ihn nicht fassen." Den 1. October
berichtet er: „Seit meiner Rückkunft (von Ilmenau)
habe ich fleißig an meinen Operibus gearbeitet
und hoffe nun bald über den Tasso das Ueber=
gewicht zu kriegen. Es ist einer der sonderbarsten
Fälle, in denen ich gewesen bin, besonders da ich
nicht allein die Schwierigkeiten des Süjets, sondern
auch Ihr Vorurtheil zu überwinden arbeiten muß."
Den 19. Februar 1789 gedenkt er des fortschrei=
tenden Werks: „Tasso wächst wie ein Orangenbaum

sehr langsam. Daß er nur auch wohlschmeckende
Früchte trage!" [1]

Während der Herzog in Aschersleben sein Reiter=
regiment befehligt und sich zu einer Revue vor=
bereitet, genießt Goethe in contemplativer Stille
„unter blühenden Bäumen und bei dem Gesange
der Nachtigallen" die ersten schönen Frühlingstage
und arbeitet an der Vollendung seines Werkes.
„Gestern las ich Ihrer Frau Gemahlin den Tasso
vor, sie schien zufrieden. Die fehlenden Scenen
erzählte ich, so gut es möglich war." Es vergehen
fünf bis sechs Wochen, und noch immer ist die Vol=
lendung nicht erreicht. „Tasso scheint den Beifall
Ihrer Frau Gemahlin zu haben", schreibt Goethe
den 12. Mai 1789. „Wenn ich ganz fertig wäre,
wollt' ich mich sehr glücklich schätzen." Der Her=
zogin liest er den Tasso vor und dem alten Freunde
die römischen Elegien. Er berichtet dem Herzog
beides in unmittelbarer Folge: „Von den Eroticis
habe ich Wielanden wieder vorgelesen, dessen gute
Art und antiker Sinn, sie anzusehen, mir viel
Freude gemacht hat". [2]

---

[1] Briefwechsel, Bd. I. Br. 52, 53 (vgl. 46), 55.
[2] Ebendas. I. Br. 58, 60 (April und 12. Mai 1789).

Das Vorurtheil, welches Karl August wider den Tasso hatte, ist glücklich überwunden. „Ihre Frau Gemahlin sagt mir, daß Sie Freude an den ersten Scenen des Tasso gehabt. Dadurch ist ein Wunsch, den ich bei dieser gefährlichen Unternehmung vorzüglich gehegt, erfüllt, und ich gehe desto muthiger dem Ende entgegen. Ich habe noch drei Scenen zu schreiben, die mich wie lose Nymphen zum Besten haben, mich bald anlächeln und sich nahe zeigen, dann wieder spröde thun und sich entfernen." [1]

Wenn unter den drei noch zu schreibenden Scenen die letzten zu verstehen sind, so waren diese nicht die einzigen, welche noch fehlten. Der Brief vom 6. April 1789 enthält eine Mittheilung, die nicht blos den gleichzeitigen Stand unserer Dichtung, sondern auch deren Entstehungsgeschichte bis in die ersten Anfänge hinein erleuchtet. Sie lautet: „Wenn ich vor den Feiertagen die letzte Scene des ersten Actes, wo Antonio zu den vier Personen, die wir nun kennen, hinzutritt, fertigen könnte, wäre ich sehr glücklich. Fast zweifle ich

---

[1] Ebendas. I. Br. 59.

dran. Sobald sie geschrieben ist, schicke ich sie." Hier ist das urkundliche Zeugniß, worauf ich früher hingewiesen habe, und auf welches ich sogleich näher zurückkommen will.[1]

Während der Junitage, die Goethe mit dem Erbprinzen in Belvedere zubrachte, wurde der Tasso beinahe fertig. Seitdem war ein Monat vergangen, als er dem Herzog schrieb: "Von Tasso sind drei Acte ganz absolvirt, die beiden letzten noch in Revision. Noch wenige Tage, so wäre denn auch dieses schwere Jahrwerk vollendet".[2] Es dauerte nach der Rückkehr aus Italien noch über ein Jahr, bis der Tasso zu Ende geführt war; das Werk erschien nicht im fünften, sondern erst im sechsten Bande der Gesammtausgabe.

---

[1] Ebendas. I. Br. 59 (S. 146). — Da Goethe in dem obigen Briefe ausdrücklich sagt, daß er "noch drei Scenen zu schreiben habe", so hätte Hr. Düntzer darunter nicht die vier letzten verstehen sollen, denn drei sind nicht vier. Da Goethe ausdrücklich sagt, daß er die vierte Scene des ersten Acts noch zu schreiben habe, so hätte Hr. Düntzer es nicht für "ein offenbares Mißverständniß" erklären sollen, daß jemand diese Scene zu den fehlenden gerechnet hat. (Erläuterungen. XVII. S. 151.)

[2] Briefwechsel, I. Br. 61 (5. Juli 1789).

V. Die alte und neue Tassodichtung.

1. Die Antoniodichtung.

Wir wissen nun aus Goethes eigenem Munde, daß jene vierte Scene des ersten Acts, worin Antonio zum erstenmale erscheint, noch den 6. April 1789 unausgeführt war und also im November 1780 nicht einmal beabsichtigt sein konnte, denn der erste Act galt damals ohne dieselbe für fertig. Wenn aber diese Scene nicht blos in der Ausführung, sondern im Plane des alten Werks fehlte, so darf man wohl annehmen, daß der Antonio darin über=haupt noch keine Stelle hatte.

In dem Zeitpunkte, worin Tasso sein großes Epos vollendete, war Antonio Montecatino seit einer Reihe von Jahren aus einem anfänglichen Freunde schon sein Feind und das Haupt seiner Gegner geworden. In Goethes Tasso erhält man von der vierten Scene den Eindruck, daß die beiden Männer sich jetzt erst kennen lernen und einander fremd und neu sind. Dieser Eindruck bestätigt sich, wenn man im Anfange des zweiten Acts Tasso zu der Prinzessin sagen hört:

Ich will dir gern gestehn, es hat der Mann,
Der unerwartet zu uns trat, nicht sanft
Aus einem schönen Traum mich aufgeweckt.

Auch die Worte der Prinzessin bezeugen die Neuheit jener Bekanntschaft:

Und nun, da wir Antonio wieder haben,
Ist dir ein neuer, kluger Freund gewiß.

Wie hätte auch Tasso sonst bei der zweiten Begegnung zu Antonio sagen können:

Sei mir willkommen, den ich gleichsam jetzt
Zum erstenmal erblicke! Schöner ward
Kein Mann mir angekündigt. Sei willkommen!

Und wie Antonio sich ablehnend verhält:

Es mag denn sein.
Zeit und Bekanntschaft heißen dich vielleicht
Die Gabe wärmer fordern, die du jetzt
So kalt bei Seite lehnst und fast verschmähst.[1]

In Wahrheit verhält sich die Sache so, daß Antonio zwar in der Geschichte des wirklichen Tasso, als dieser den Kranz wegen seines Epos verdiente, schon eine sehr alte Bekanntschaft, aber in der Geschichte des Goetheschen Tasso eine ganz neue war,

---

[1] Goethes Werke (Sophienausgabe). Bd. X. Torquato Tasso. II. Act. 1. Auftr. V. 760—762, 939—940. II. 3. Auftr. V. 1196—1198. V. 1219—1222.

die unser Dichter erst in Rom gewonnen und dem
Abate Serassi zu verdanken hatte.

Woher auch hätte Goethe etwas von Antonio
wissen sollen? Bei Manso war derselbe mit keiner
Silbe genannt, in den umlaufenden Sagen von
Tassos Liebesgeschichte spielte er keine Rolle; in
den vertrauten Briefen Tassos war wohl öfter von
seinem Hauptfeinde die Rede, der kein anderer als
Antonio Montecatino war, aber gewöhnlich in
Umschreibungen und ohne Nennung des Namens.
So weit die Ueberlieferung vor Serassi reichte und
Goethen zugänglich war, blieb Antonio im Dunkel.
Erst in der Lebensgeschichte, die Serassi geschrieben
hat, tritt die Person des Antonio deutlich hervor,
sie erscheint in verschiedenen Zeiten und in vollem
Lichte erst als Tassos Freund, dann als sein Gegner,
zuletzt als der einflußreichste Rathgeber des Herzogs
und der förmliche Anti=Tasso am Hofe zu Ferrara.
Der Contrast zwischen dem Staatsmann und dem
Dichter, zwischen dem Mann der Geschäfte und dem
der Phantasie mußte unsern Goethe, der beides
war, auf das lebhafteste ergreifen und fesseln, als
sich mit einemmale in Tassos Lebensgeschichte dieser
Gegensatz vor ihm aufthat. Und das in einem

Zeitpunkte, wo er selbst in seinem eignen Leben die Entscheidung treffen mußte zwischen Dichter und Staatsmann!

Hier gewinnt seine Dichtung ein neues Thema, dem gemäß der Plan und die Fabel zu ändern sind. Den 1. März 1788 berichtet Goethe: „Auch ist der Plan von Tasso in Ordnung". Er war also vorher nicht in Ordnung. Vier Wochen früher hieß es: „Tasso muß umgearbeitet werden; was da steht, ist zu nichts zu brauchen".

Diesem Contraste zwischen Dichter und Staats= mann, den Goethe in sich selbst erlebt hatte und mit typischer Klarheit vorstellte, mußte nun der Charakter des Antonio angepaßt werden. Darin bestand seine neue dichterische Aufgabe, gleichsam das Thema der Antoniodichtung, worauf die alte Tassodichtung gar nicht angelegt und gerichtet war. Zwei so heterogene Themata sind in einander zu fügen: „Solche Mühe hat Gott den Menschen gegeben!"

Der Charakter des Antonio, wie Goethe den= selben in seiner neuen Dichtung verwerthen wollte, forderte in Denkart wie Ausdruck ein so bestimmtes und sicheres Gepräge, daß er auf alles „Weichliche und Nebelhafte", das die alte Dichtung, insbesondere Tasso selbst, wohl nicht blos in der Sprache, son= dern in der ganzen Gefühlsweise hatte, ein wohl= thuendes und verscheuchendes Gegengewicht ausübte. Ein solcher Charakter nöthigte den Dichter zu einer durchgängigen plastischen Gestaltung. Gerade das wünschte Goethe selbst, es war seine eigenste, nnter den Eindrücken Italiens und der Antike völlig gereifte Aufgabe. Daher ist er innerlich diesem An= tonio so geneigt und macht sich heimlich zu seinem Verbündeten, denn wir werden Goethen nicht ein= räumen, daß er den Antonio „nur als prosaischen Contrast dem Tasso entgegengestellt habe".

Ich rede hier von dem Ursprunge der Goetheschen Antoniodichtung, nicht von ihrer Aus= führung. Erst wenn ich in dem letzten Abschnitte die Ausführung der Charaktere betrachte, werde ich die unbeachtete Frage zu erörtern haben, wie es sich in unsrer Dichtung mit Tasso und Antonio verhält: ob sie alte Bekannte sind oder neue?

2. Die pathologische Dichtung und das Kunstwerk.

Noch kurz vor der Umgestaltung schien unserem Dichter der Fortgang seines Werks davon abzu=

hängen, daß die Gefühle, die er mit ſeinem Taſſo
gemein hatte, neu belebt würden oder wie er ſcherz=
haft ſagte: „Wenn es mit der Fertigung meiner
Schriften unter gleichen Conſtellationen fortgeht,
ſo muß ich mich im Laufe dieſes Jahres in eine
Prinzeſſin verlieben, um den Taſſo, ich muß mich
dem Teufel ergeben, um den Fauſt ſchreiben zu
können, ob ich mir gleich zu beiden wenig Luſt
fühle, denn bisher iſt's ſo gegangen". „Alſo die
Prinzeſſin und den Teufel wollen wir in Geduld
abwarten."[1] Aber ſolche Conſtellationen blieben
aus. Auf dieſem Wege rückte der Taſſo nicht vor=
wärts. Nicht die Prinzeſſin kam, ſondern Seraſſi.
Drei Wochen ſpäter heißt es: „Taſſo muß
umgearbeitet werden; was da ſteht, iſt zu nichts
zu brauchen". In dieſer Zwiſchenzeit hatte er
Seraſſis Werk kennen gelernt und ſich in die
neuen Anſchauungen vom Leben Taſſos ver=
tieft.

Wie ſich Goethe noch eben den Fortgang ſeiner
Dichtung vorgeſtellt hatte, ſollte dieſelbe durch gleich=
artige Leidenſchaften, d. h. pathologiſch gefördert

---

[1] S. oben S. II..3. S. 33.

werden. Jetzt aber hat er eine Aufgabe vor sich, die künstlerisch gelöst sein wollte. Die alte Tasso= dichtung war pathologisch; die neue, welche den Charakter des Antonio in sich aufnimmt und aus einer durchgängigen Umgestaltung der alten hervor= geht, ist künstlerisch. Eine solche Aufgabe kam unserem Dichter am Schlusse seines römischen Auf= enthaltes wie gerufen. Wenn er sich mitten im Modelliren an den Tasso gemahnt findet und nun dieses Werk in Angriff nimmt, so ist dieser Vor= gang, den er uns erzählt, vielleicht mehr symbolisch zu nehmen, als factisch. Jetzt war die Liebe zu seinem neuen Kunstideal für den Tasso förderlicher als die Liebe zu einer Prinzessin.

In der Erkenntniß seines eigenen Wesens, die tiefer und sicherer als alle früheren Selbstbetrach= tungen war, lag die Wurzel der Epoche, die Goethe in Italien erlebt hatte, und die nun beständig in ihm fortwirken sollte. Nicht in der Pflanzenwelt blos war ihm die Einheit und Urform der Er= scheinungen aufgegangen, auch in dem Getriebe und in den Gebilden seines eignen Lebens. Er wußte jetzt, daß er nicht bestimmt sei, dieses und jenes und noch ein drittes und viertes zu sein und zu

thun: Wegebauten zu beaufſichtigen, Rekruten aus=
zuheben, Finanzen zu verwalten, Bergwerke zu
controliren und allerhand andere nützliche Geſchäfte
auszuüben und daneben auch etwas zu dichten. Er
ſei zum Künſtler berufen und habe dieſen Beruf
als Dichter zu erfüllen. Die Vollendung und
Umgeſtaltung jener dichteriſchen Werke, die er mit
ſich nach Italien genommen hatte, war keineswegs
auf den Umfang und die Gegenſtände dieſer Ar=
beiten beſchränkt: ſie galt ihm ſelbſt, er war ihr
innerſter Grund und Zweck, ſie waren die Er=
ſcheinungen, in denen er ſeine Selbſtentwicklung
vollzog und erkannte.

Darüber hat ſich Goethe in einem ſeiner Briefe
an Karl Auguſt mit vollſter Offenheit ausgeſprochen.
„Daß ich meine älteren Sachen fertig arbeite, dient
mir erſtaunend. Es iſt eine Recapitulation meines
Lebens und meiner Kunſt, und indem ich gezwungen
bin, mich und meine jetzige Denkart, meine neuere
Manier nach meiner erſten zurückzubilden, das, was
ich nur entworfen hatte, neu auszuführen, ſo lern
ich mich ſelbſt und meine Engen und Weiten recht
kennen. Hätte ich die alten Sachen ſtehen und
liegen laſſen, ich würde niemals ſo weit gekommen

sein, als ich jetzt zu reichen hoffe." So schreibt er
den 11. August 1787. [1]

Die Sehnsucht, die ihn nach Italien trieb, be=
gehrte nicht allein das Land der Myrten und
Lorbeeren, sondern vor allem das der wahren Kunst
zu schauen, wie er es zwei Jahre vor dem Beginn
der Reise durch den Mund seiner Mignon aus=
gesprochen hatte:

> Kennst du das Haus: auf Säulen ruht sein Dach,
> Es glänzt der Saal, es schimmert das Gemach,
> Und Marmorbilder stehn und sehn mich an.

Jetzt war diese Sehnsucht erfüllt. „Die Haupt=
absicht meiner Reise war", so schreibt er dem Herzog
den 25. Januar 1788, „mich von den physisch=
moralischen Uebeln zu heilen, die mich in Deutschland
quälten und mich zuletzt unbrauchbar machten; so=
dann den heißen Durst nach wahrer Kunst zu stillen.
Das erste ist mir ziemlich, das letzte ganz ge=
glückt." [2]

Das tiefste seiner Selbstbekenntnisse, die er dem
Herzog abgelegt hat, findet sich in dem Briefe vom
17. März 1788, einem der letzten vor seinem Ab=

---

[1] Briefwechsel I. Br. 37.
[2] Ebendas. I. Br. 44.

schiede von Rom. „Ich darf wohl sagen: ich habe mich in dieser anderthalbjährigen Einsamkeit selbst wiedergefunden; aber als was? — als <u>Künstler</u>! Was ich sonst noch bin, werden Sie beurtheilen und nutzen. Sie haben durch Ihr fortdauerndes, wirkendes Leben jene fürstliche Kenntniß, wozu die Menschen zu brauchen sind, immer mehr erweitert und geschärft, wie mich jeder Ihrer Briefe deutlich sehen läßt; dieser Beurtheilung unterwerfe ich mich gern. Nehmen Sie mich als Gast auf, lassen Sie mich an Ihrer Seite das ganze Maß meiner Existenz ausfüllen und des Lebens genießen, so wird meine Kraft wie eine neu geöffnete, gesammelte, gereinigte Quelle von einer Höhe nach Ihrem Willen leicht dahin oder dorthin zu leiten sein! Ihre Gesinnungen, die Sie mir vorläufig in Ihren Briefen zu erkennen geben, sind so schön und für mich bis zur Beschämung ehrenvoll! Ich kann nur sagen: Herr, hie bin ich, mache aus deinem Knecht, was du willst! Jeder Platz, jedes Plätzchen, die Sie mir aufheben, sollen mir lieb sein, ich will gern gehen und kommen, niedersitzen und aufstehn."[1]

------

[1] Ebendaf. I. Br. 45.

Wir sehen Karl August vor uns nach dem Modell des Goetheschen Alfonso und Goethen selbst, der gleich seinem Tasso zu ihm spricht (nur daß er ihm kein Buch, sondern sich selbst widmet):

Und wie der Mensch nur sagen kann: Hie bin ich!
Daß Freunde seiner schonend sich erfreuen;
So kann ich auch nur sagen: Nimm es hin!

Der Herzog hatte in einem uns leider nicht erhaltenen Briefe seine kritischen Bemerkungen über den Egmont ausgesprochen, die, wie Goethe fand, für den Autor nicht sehr tröstlich ausgefallen waren. Er antwortete darauf in seinem vorletzten Schreiben aus Rom: „Gewiß konnte auch kein gefährlicherer Leser für das Stück sein als Sie. Wer selbst auf dem Punkte der Existenz steht, um welchen der Dichter sich spielend dreht, dem können die Gaukeleien der Poesie, welche aus dem Gebiet der Wahrheit in's Gebiet der Lüge schwankt, weder genug thun, weil er es besser weiß, noch können sie ihn ergötzen, weil er zu nahe steht und es vor seinen Augen kein Ganzes wird."[1]   Bei diesen Worten Goethes möchte man mit seinem Tasso sagen: „Ich hör' Antonio reden!"

---

[1] Ebendas. I. Br. 46.

Nun sollte er den Beruf des Künstlers, als welchen er sich wiedergefunden hatte, in den Werken erfüllen, die er nach Italien mitgenommen hatte. Iphigenie und Egmont waren abgethan und fielen noch nicht unter den Standpunkt seiner neuen Kunstanschauung, den erst der Abschluß der römischen Epoche zur vollen Reife gediehen ließ. Den Faust zum Kunstwerk zu gestalten, war eine Aufgabe, die er zwar vor sich sah, aber erst sieben Jahre später zu lösen unternahm, wobei er auf Schwierigkeiten stieß, die er nicht ganz überwinden konnte. [1]

Eine Stelle im Faust war von dem Geist der römischen Epoche erfüllt und aus ihm hervorgegangen: der Monolog in Wald und Höhle. Daß er nach anderthalbjähriger Einsamkeit sich als Künstler wiedergefunden, wie er an Karl August schrieb, dankt er in jenem Faustmonolog seinem Genius, der ihm nicht umsonst sein Angesicht im Feuer zugewendet:

> Dann führst du mich zur sichern Höhle, zeigst
> Mich dann mir selbst, und meiner eignen Brust
> Geheime, tiefe Wunder öffnen sich.

---

[1] Vgl. meine Schrift: Goethes Faust u. s. f. 2. neu bearb. u. verm. Aufl. (Cotta 1887.) Cap. XIII, S. 272—284.

Von seinen im Werke befindlichen Dichtungen blieb demnach zur Ausführung eines classischen Kunstwerks nur der Tasso übrig, der noch umzubilden und zu vollenden war. Goethe selbst hat es als eine besondere Fügung empfunden, daß gerade diese Arbeit sich an das Ende seiner italienischen Laufbahn anschließen und die erste Frucht derselben zeitigen sollte. „Tasso wächst wie ein Orangenbaum sehr langsam. Daß er nur auch wohlschmeckende Früchte trage!" Diese Worte schrieb er acht Monate nach seiner Rückkehr. Es war das einzige mal, daß Goethe einen italienischen Stoff, das einzige mal, daß er die Schicksale eines Dichters dramatisch zu gestalten hatte.

Das Interesse, das er an diesem Stoff während der Anfänge seines Werks nahm, war pathologisch; in den Stadien der Umbildung und Vollendung war es rein künstlerisch. Nichts ist in den Lebenszuständen, welche den Entwicklungsgang dieses Werks begleitet haben, so charakteristisch, als daß mit der alten Tassodichtung die Briefe an Frau von Stein, mit der neuen die römischen Elegien Hand in Hand gingen. Das damalige Liebesglück, womit der lose Knabe nichts ge=

mein hatte, gewährte ihm Charlotte von Stein, das gegenwärtige Christiane Vulpius. Seine Ge=
fühle für Frau von Stein übten den unmittelbarſten Einfluß auf die Dichtung des Taſſo und gingen in ſie über. „Da Sie ſich alles zueignen wollen, was Taſſo ſagt, ſo hab ich heut ſchon ſo viel an Sie geſchrieben, daß ich nicht weiter und nicht drüber kann." „Ich habe gleich am Taſſo ſchreibend dich angebetet." „Als Anrufung an dich iſt gewiß gut, was ich geſchrieben habe. Ob's als Scene und an dem Ort gut iſt, weiß ich nicht."[1] Was ich unter Goethes pathologiſchem Antheil an ſeiner Dichtung verſtanden wiſſen will, läßt ſich nicht deutlicher ausdrücken, als es der Dichter ſelbſt in den angeführten Worten geſagt hat.

Seine Gefühle für Christiane Vulpius übten auf die Dichtung des Taſſo gar keinen unmittel=
baren Einfluß und hatten ihrer ganzen Beſchaffen=
heit nach nichts mit ihr zu thun; ſie nahmen ihren Weg in die römiſchen Elegien und gewannen hier auf eine unvergleichliche Art ihren poetiſchen und künſtleriſchen Ausdruck. Darum ließen ſie

---

[1] Briefe Goethes an Frau v. Stein, I. Br. 645, 46, 48. (19., 20., 23. April 1781.)

ihn auch für die Dichtung des Tasso ganz frei. Nun hatte er nicht mehr nöthig, seine eigensten Gemüthsbewegungen, wie sie der Tag weckte und steigerte, in diese Dichtung zu ergießen, sondern konnte die Charaktere derselben aus sich selbst heraus fühlen, reden und handeln lassen. Eben dies war Aufgabe des Künstlers. Um sie zu lösen, um die Charaktere seiner Dichtung plastisch und freudig zu gestalten, dazu bedurfte er die vollste Gemüths= freiheit und dazu jenes stille befriedigte, häusliche Glück, das die junge Christiane Vulpius dem fast vierzigjährigen Manne wohl zum erstenmal in seinem Leben verschafft hat. Wie es in den „zahmen Xenien" heißt:

> Ich wünsche mir eine hübsche Frau,
> Die nicht alles nähme gar zu genau,
> Doch aber zugleich am besten verstände,
> Wie ich mich selbst am besten befände.

Diesen Wunsch hat Christiane erfüllt, denn sie verstand es am besten. Darum hat auch Goethes Mutter, die in der Welt nichts inbrünstiger wünschte, als daß ihr Sohn sich so wohl als mög= lich befände, sie ihre gute Freundin und ihre liebe Tochter genannt. Wenn Goethes Hausgenossin

und spätere Frau, welche die Mitwelt so gering
geschätzt hat, noch bei der Nachwelt einer Rettung
bedürfen sollte, so ist diese geschehen, Dank der
Eröffnung des Goethe-Archivs und der jüngsten
Schrift, welche die Goethe-Gesellschaft soeben daraus
veröffentlicht hat. [1]

In dem Vollendungsjahre unseres Werks, wo
der Tasso emporwuchs wie ein Orangenbaum, stand
das häusliche Liebesglück Goethes in seiner ersten
Blüthe. Christiane Vulpius hat auf diese Dichtung
zwar keinen unmittelbaren, aber eben deshalb einen
um so größeren mittelbaren Einfluß ausgeübt,
da sie dem Dichter durch das befriedigte Dasein
in Hütte und Haus die Freiheit des Schaffens
gesichert hat. Es war das erste Jahr nach seiner
Rückkehr.

3. Künstlers Apotheose.

Gleich im Eingange seiner neuen Zeit, die aus
der römischen Epoche hervorging, gab Goethe durch
eine kleine bedeutungsvolle Dichtung kund, in
welchem Sinn er künstlerisch zu schaffen gesonnen

---

[1] Briefe Goethes Mutter an ihren Sohn, Christiane
und August v. Goethe (Weimar 1889).

war. Zur Ergänzung von „Künstlers Erdewallen", einem kleinen Drama aus den Tagen des Götz und des Werther, schrieb er jetzt „Künstlers Apotheose", ein kleines Drama, das er bei einem Besuch in Gotha in der Zeit vom 13.—17. September 1789 wenn nicht ausgeführt, doch zu Ende geführt hat. Es galt der Verherrlichung der wahren Kunst und Kunsterkenntniß. Nur der „Schüler" fühlt sich noch von dem Vorbilde abhängig und gefesselt; nur der „Liebhaber" spricht noch von Natur, Instinct und Genie; der weise „Meister" verlangt zu der Begabung, in der das Vermögen wurzelt, zu der Anschauung, die den Blick bildet, den wahren Kunstsinn und Kunstverstand, der erst zum freien Schaffen befähigt:

> Die Kunst bleibt Kunst! Wer sie nicht durchgedacht,
> Der darf sich keinen Künstler nennen:
> Hier hilft das Tappen nichts; eh man was Gutes macht,
> Muß man es erst recht sicher kennen.

Er sagt dem Schüler, der an seinem Vorbilde hängt:

> Der Mann ist vielfach groß, den du dir auserwählt,
> Du kannst dich lang an seinen Werken üben;
> Nur lerne bald erkennen, was ihm fehlt!
> Man muß die Kunst und nicht das Muster lieben.

4. Die Erneuerung des Tasso von Grund aus.

Wir wollen das Verhältniß der beiden Dich=
tungen endgültig feststellen. Als Goethe mit den
Anfängen des Werks nach Italien ging, hielt er
die sprachliche Umgestaltung in die Form reimloser
Jamben und die Vollständigkeit der Ausführung
für seine Aufgabe. Nachdem er neue Ansichten
von der Kunst durch sein Leben in Rom und neue
Ansichten von der Geschichte Tassos durch Serassi
gewonnen hatte, erweiterte und vertiefte sich die
Aufgabe, so daß ihm auch die inhaltliche Umar=
beitung des Werks als nothwendig erschien. Diese
aber griff in den Charakter der alten Dichtung
weit tiefer ein, als Goethe sich anfänglich vorgestellt
hatte. Wie er zur Ausführung schritt, sah er
bald, daß der Umbau, den er vorhatte, sich mit
dem alten Gebäude nicht vertrug und er dieses,
wie es war, so gut wie ganz abtragen mußte.
Schon auf der Rückreise von Mailand aus machte
er den 24. Mai 1788 seinem Freunde Knebel die
merkwürdige und für den Stand der Dichtung
sehr charakteristische Mittheilung: „Jetzt bin ich
an einer sonderbaren Aufgabe, an Tasso. Ich

kann und darf nichts darüber sagen. Die ersten Acte müssen fast ganz aufgeopfert werden."

Wir erinnern uns, daß er den 10. November 1780 bei Frau von Stein anfragte, ob er ihr die erste Scene von Tasso bringen dürfe? „Es scheint mir räthlich zu sein, daß wir uns nach und nach mit diesem Stück bekannt machen. Knebeln wollt' ich es sagen lassen." Nach einem mehr als achtjährigen Zeitraum schreibt er im Januar 1789 an Knebel: „Heut früh ist die erste Scene des Tasso fertig geworden. Ich gehe an Hof und lese sie auch diesen Nachmittag bei Frau von Stein, wenn nichts hindert. Ich möchte euch nur nach und nach mit dem Stück bekannt machen und mich mit euch zum Schluß ermuntern." [1]

Aus diesen urkundlichen Mittheilungen erhellt, daß die Umarbeitung der alten Dichtung eine Erneuerung des ganzen Stücks von Grund aus war. Es ging, wie mit dem neuen Wein und den alten Schläuchen!

------

[1] Briefwechsel zwischen Goethe und Knebel. Br. 76 und 85. (S. 87 u. 93.) S. oben II. 2. S. 20.

VI. Die Geschichte Tassos.

Wenden wir uns von der Geschichte des Goethe=
schen Tasso zu der des wirklichen, um die Züge,
die von diesem auf jenen übergegangen sind, und
die Differenz beider zu erkennen. Wir wollen von
den wahren Schicksalen Tassos eine geordnete und
deutliche Vorstellung zu gewinnen suchen und dann
die Wege verfolgen, wie die Tassosage sich im
Munde der Leute gebildet und bis zu Goethe fort=
gepflanzt, der sie umgestaltet und in die Form
einer Fabel verwandelt hat, die, gleich der Faustsage,
sein Spiegelbild wurde. Um aber zu den richtigen
historischen Anschauungen zu gelangen, lassen wir
uns Serassis Lebensgeschichte Tassos und die jüngste
Ausgabe seiner Briefe, die Cesare Guasti in vor=
züglicher Weise besorgt hat, zur Richtschnur
dienen. [1]

1. Tassos Zeitalter.

Welcher Unterschied der Zeiten, wenn wir den
italienischen Dichter mit dem deutschen vergleichen,

---

[1] Le lettere di Torquato Tasso, disposte per
ordine di tempo ed illustrate da Cesare Guasti,
5 vol. (Firenze 1853—1855.)

der jenen zum Gegenstande einer seiner herrlichsten
Dichtungen gemacht hat! Zwei Jahrhunderte liegen
zwischen dem Zeitpunkte, in welchem Tasso am Hofe
zu Ferrara sein großes Gedicht vollendete, und dem
Jahr, worin Goethe sein Leben am Hofe zu Weimar
begann, zwei Jahrhunderte zwischen dem Zeit=
punkte, in welchem „das befreite Jerusalem" das
Licht der Welt erblickte (1581), und den verborgenen
Anfängen des Goetheschen Tasso. Im Jahre 1779
war Goethe in Weimar nicht mehr blos der ge=
feierte Dichter, sondern auch in seinem Amt der
erste und vertrauteste Rath seines Fürsten; er war
jetzt zugleich der Tasso und der Antonio des
weimarischen Hofes; zwei Jahrhunderte vorher ließ
der Herzog von Ferrara seinen Tasso in das Irren=
haus des Annenhospitals einsperren und dort un=
barmherzig über sieben lange Jahre schmachten.
Im Jahre 1586 wurde Tasso in Freiheit gesetzt;
zwei Jahrhunderte später ging Goethe nach Italien.
Als Tasso sein großes Epos begonnen hatte, wurde
in Paris die Bluthochzeit gefeiert; als Goethe
seinen Tasso eben vollendet hatte, wurde in Paris
die Bastille gestürmt!

Die Zeit der vollendeten Meisterschaft unseres

Dichters fällt mit der Epoche der französischen
Revolution zusammen. Das Zeitalter Tassos, die
zweite Hälfte des sechszehnten Jahrhunderts, ist
beherrscht von der Gegenreformation, worin die
römische Kirche den Bruch mit der Epoche der
Renaissance vollzieht, die sie einst gefördert und
geschützt hatte. Ein Jahr nach der Geburt Tassos
wurde das tridentinische Concil eröffnet; er war schon
ein berühmter Dichter, als es zu Ende ging. Im
historischen Hintergrunde seines Lebens erblicken wir
die spanische Weltherrschaft, die in Italien, wenn
nicht Eifersüchteleien dazwischen traten, den Interessen
der päpstlichen Macht zur Seite stand und diente.

Seine Kindheit läuft gleichzeitig mit dem
schmalkaldischen Kriege, der Unterdrückung der
deutschen Reformation, der Einführung der In=
quisition in Neapel, seinem Vaterlande, welche
Begebenheit für das Schicksal seiner Eltern wie
das seinige die verderblichsten Folgen haben
sollte. Er war ein Knabe von elf Jahren, als
Karl V. von dem Throne der Welt herabstieg;
sein ganzes übriges Leben fällt in die Aera
Philipps II. Als in Rom der Sieg von Lepanto
und die Pariser Mordnacht gefeiert wurden, hatte

der jugendliche Tasso schon den ersten Dichterruhm
erlebt und trug in dem großen Werk, das in der
Stille gedieh, das Vorgefühl der schönsten Zukunft
in sich. Damals war er der Liebling des Hofes
von Ferrara und konnte in Wahrheit mit unserem
Tasso sagen: „Still ruhet noch der Zukunft goldne
Wolke mir ums Haupt".

Wie schnell sollte sich diese Wolke verdunkeln
und seine Zukunft umnachtet werden! Als zwan=
zig Jahre nach der Vollendung seines Werks
Clemens VIII., der für die Gegenreformation so
günstig gesinnt war, wie Leo X. für die Re=
naissance, ihn auf dem Capitol krönen lassen
wollte, war Tasso, obwohl erst einundfünfzig alt,
ein lebensmüder Greis, der den glänzenden Eitel=
keiten, die ihm der Papst zugedacht hatte, durch
den Tod entging. Der letzte Wunsch des Sterben=
den hieß: „Verbrennt alle meine Werke, vor allen
mein befreites Jerusalem!"

Er war nicht blos der Zeit nach ein Sohn
der kirchlichen Restaurationsepoche, sondern auch
innerlich von ihr abhängig, ihren Autoritäten in
den Personen der Päpste und Cardinäle demüthig
ergeben, von ihren Idealen bewegt, von dem

rüstigsten und wirksamsten ihrer Werkzeuge, den Jesuiten, in früher Kindheit erzogen und schwärmerisch angeregt, von der Inquisition, die in erneuter Macht auftrat, bis in sein Innerstes eingeschüchtert und sorgfältig beflissen, ihren Verdacht zu vermeiden. Sein befreites Jerusalem war von den kirchlichen Zeitidealen inspirirt, es wollte einen neuen siegreichen Kreuzzug gegen die Feinde der Kirche führen und deshalb auch im dogmatischen Sinne kirchlich correct sein. Dieser Zug, ohne welchen die Gemüthsart wie die Schicksale des italienischen Dichters nicht zu verstehen sind, paßte wenig zu dem Goetheschen Tasso und blieb von unserem Dichter unbeachtet.

Es gab eine künstlerische Aufgabe, die im Geist der italienischen Renaissance gelegen und in der italienischen Dichtung des sechszehnten Jahrhunderts noch zu lösen war, sie hatte nichts mit den Tendenzen der kirchlichen Gegenreformation zu schaffen und war früher als diese: ein Epos nach dem Muster der Alten, nach dem Vorbilde des Homer oder vielmehr des Virgil, der für die Dichter Italiens das einheimische Vorbild war und schon den ersten und tiefsinnigsten dieser

Dichter durch die Unterwelt geführt hatte. Es handelte sich um ein neues italienisches Epos, nicht als bunte Dichtung, sondern als einheitliches Kunstwerk, von einer Grundidee getragen, von einer Haupthandlung, der alle Episoden unter= geordnet sein sollten, erfüllt, in allen seinen Theilen nach einer künstlerischen Richtschnur planmäßig ver= knüpft und geordnet.

Dies war die Aufgabe, welche Torquato Tasso schon als Student in Padua erkannt hatte und in seinen „discorsi" theoretisch feststellte. Wenn sich ein Epos schaffen ließ, dessen Bau nach den Re= geln des Aristoteles gefügt und dessen Held dem neu erwachten, kriegslustigen und siegreichen Glau= benseifer der Kirche gemäß war, so konnte die Aufgabe der italienischen Dichtkunst, wie dieselbe im Laufe des sechszehnten Jahrhunderts sich ent= wickelt hatte und in der zweiten Hälfte desselben bestand, nicht besser gelöst werden. Torquato Tasso erschien und machte Gottfried von Bouillon zu seinem Helden:

Den Feldherrn sing' ich und die frommen Waffen,
So des Erlösers hohes Grab befreit.

Zwischen Tassos befreitem Jerusalem und Ariostos rasendem Roland lag ein halbes Jahrhundert. Die epischen Dichter, die jenem vorangingen, hatten ihre Stoffe aus dem karlingischen Sagenkreise und den spanisch = französischen Ritterromanen geschöpft: Bojardo brachte den in Liebe entbrannten Roland, Ariosto den aus Liebe wahnsinnigen, Bernardo Tasso in einem Epos von hundert Gesängen den Amadis, welchem Torquato Tasso der Sohn mit seinem ersten Epos, dem Rinaldo, auf dem Fuße nachfolgte.

Damals war der Fürstenhof der Este in Ferrara Italiens erster Musensitz: Der Graf Bojardo lebte am Hofe des Ercole I., Ariosto diente den Söhnen, dem Cardinal Ippolito und dem Herzog Alfonso I., Torquato Tasso diente den Enkeln, dem Cardinal Luigi und dem Herzog Alfonso II., mit dem der Stamm der Este in Ferrara erlosch.

Wer ist größer: Ariost oder Tasso? Diese Frage ist in Italien bis heute beredet worden, wie bei uns die Vergleichung zwischen Goethe und Schiller. Ein Unterschied springt sogleich in die Augen: Ariostos Epos besteht in dem bunten, schnellen Wechsel von Episoden und bildet den losen

Faden, der sie verknüpft; Tassos Epos ist im ge=
flissentlichen Gegensatze dazu ein absichtsvolles,
planmäßig gedachtes und eingerichtetes Kunstwerk.
Diesen Zug kannte Goethe sehr wohl und läßt die
Prinzessin es dem Werke Tassos nachrühmen:

> Es soll sich sein Gedicht zum Ganzen rinden:
> Er will nicht Mährchen über Mährchen häufen,
> Die reizend unterhalten und zuletzt
> Wie lose Worte nur verklingend täuschen.

2. Tassos Jugend.

Torquato pflegte drei Städte als die Orte seiner
Herkunft zu nennen: Bergamo, die Heimath des
väterlichen Geschlechts von altem Adel, Neapel, die
des mütterlichen, und Sorrent, wo er selbst den
11. März 1544 geboren war. Sein Vater war früh=
zeitig in die Dienste des Fürsten Ferrante San=
severino von Salerno getreten und dessen erster
Secretär und Geschäftsführer geworden. Der Fürst
war einer der mächtigsten und populärsten Großen
des Königreichs Neapel. Bernardo Tasso hatte
ihn auf dem Kriegszuge nach Tunis unter Karl V.
begleitet und ging mit ihm an den Hof des Kaisers
nach Nürnberg, wohin die Neapolitaner den Fürsten
an der Spitze einer Deputation gesendet hatten,

um die Einführung der Inquisition rückgängig zu
machen, die das Volk in Aufruhr versetzt hatte.
(1547). Die Deputation wurde lange hingehalten
und endlich ohne wirklichen Erfolg verabschiedet.
Die Unzufriedenheit wuchs, und die Feindseligkeit
des Vicekönigs Pietro di Toledo brachte zuletzt den
Fürsten so weit, daß er zum Könige von Frank=
reich, dem Erbfeinde des Kaisers, überging, um
die Eroberung Neapels durch französische Waffen
herbeizuführen.

Auch bei diesem äußersten Schritt blieb Bernardo
Tasso an seiner Seite. Der Fürst wurde als Hoch=
verräther geächtet, zum Tode verurtheilt und sein
Vermögen confiscirt; die Strafe der Verbannung
und Confiscation traf auch seinen ersten Diener,
der nun gezwungen war, im Elend und fern von
den Seinen zu leben. Seine Gattin, eine Porzia
dei Rossi, war mit ihren beiden Kindern Cornelia
und Torquato nach Neapel gegangen und wurde
jetzt als die Frau eines Verbannten von ihren hab=
gierigen Brüdern ihres Vermögens beraubt. So
erlebte Torquato noch im Knabenalter das Elend
und die völlige Verarmung der Eltern, die auch
ihn traf und die Quelle vieler Leiden wurde. Er

sah sich vom Schicksal verurtheilt, den Schutz der Großen zu bedürfen und auf seinen späteren Wanderungen und Irrfahrten von den Wohlthaten der Gastfreundschaft, der Hospitäler und Klöster zu leben. Als er zehnjährig von der Mutter Abschied nahm, sagte sie: „Ich werde dich nie wiedersehen!" Sie starb zwei Jahre später: am Uebermaß des Schmerzes, wie ihr Gatte wohl mit Recht glaubte.

Schon in der Kindheit schwebte ein tragisches Geschick über dem Dichter, der in Italien der größte seines Zeitalters werden sollte. Und es ist tief und richtig gedacht, daß der Goethesche Tasso sich gleich in seinem ersten Auftritte von diesem tragischen Schicksal ergriffen zeigt:

> So hatte mich das eigensinn'ge Glück
> Mit grimmiger Gewalt von sich gestoßen:
> Und zog die schöne Welt den Blick des Knaben
> Mit ihrer ganzen Fülle herrlich an,
> So trübte bald den jugendlichen Sinn
> Der theuern Eltern unverdiente Noth.
> Eröffnete die Lippe sich zu singen,
> So floß ein traurig Lied von ihr herab,
> Und ich begleitete mit leisen Tönen
> Des Vaters Schmerzen und der Mutter Qual.

In Neapel hatten die Jesuiten den Knaben drei Jahre lang unterrichtet und schon mit neun Jahren zu dem Genuß des heiligen Mahles zugelassen, wobei sie seine Seele mit dem ganzen Schauer des Mysteriums zu erfüllen gewußt. Da Bernardo Tasso bei den Nepoten Pauls IV. Schutz gefunden hatte, so ließ er den Sohn zu sich nach Rom kommen und hier seine Ausbildung in den alten Sprachen, die er mit erstaunlicher Leichtigkeit erlernte, fortsetzen. Plötzlich drohte ein Krieg zwischen Spanien und dem Papste auszubrechen, weshalb Torquato schleunig nach Bergamo, der Stadt seiner väterlichen Verwandtschaft, geflüchtet wurde, wo er aber nur ein halbes Jahr blieb; denn der Herzog von Urbino, der dem Vater günstig gesinnt war, wünschte ihn zum Spielgenossen seines Sohnes. Torquato kam im April 1557 und blieb zwei Jahre, die er theils in Pesaro, theils in Urbino zubrachte, an dem Hofe des Herzogs; hier wurde er in der Mathematik unterrichtet und in den ritterlichen Künsten gebildet, in deren Ausübung er eine vorzügliche Fertigkeit gewann. Sein Spielgenosse, der Erbprinz Francesco Maria, nachmals der Gemahl der Prinzessin Lucrezia d'Este, bewahrte ihm seine Freundschaft, und die Briefe, die Tasso an ihn, als er schon Herzog von Urbino war, in den Tagen des Unglücks geschrieben hat, sind für die biographische Untersuchung von großer Wichtigkeit.

Der häufige Ortswechsel des Vaters, wie es die Verbannung und das Bedürfniß der Zuflucht mit sich brachten, zog den des Sohnes nach sich. Bernardo hatte sein Epos „L'Amadigi" vollendet, das zuerst dem Könige von Frankreich gewidmet werden sollte, dann aber dem Könige Philipp II. von Spanien gewidmet wurde, in der Hoffnung auf seine Begnadigung. Indessen blieben alle Schritte, die in dieser Absicht von seiten des Vaters wie des Sohnes versucht wurden, umsonst.

Die venezianische Akademie wünschte das Epos Bernardos in ihren Schriften herauszugeben, sie berief den Dichter nach Venedig und ernannte ihn zu ihrem Secretär. Torquato folgte dem Vater und half demselben bei der Durchsicht und Druck=legung seines Werkes, das im Jahre 1560 er=schien. Jetzt studirte er auch die Väter der ita=lienischen Sprache und Literatur: Dante, Petrarcha und Boccaccio, und vertiefte sich besonders in die Werke des ersten; er las die Gesänge der «divina commedia» nicht blos, sondern lebte sich in sie hin=ein, indem er sie abschrieb und seinem Gedächtniß

einprägte, was zu seiner poetischen Ausbildung
sehr viel beitrug. Dies war eine werthvolle Frucht
seines venezianischen Aufenthalts, der vom Früh=
jahr 1559 bis zum Herbst 1560 gedauert hatte.

Die Zeit der akademischen Studien war ge=
kommen. Dem väterlichen Wunsche gemäß sollte er
die juristische Laufbahn machen und sich in Padua
dazu vorbereiten. Nur ein halbes Jahr ertrug er
die Rechtsstudien, dann ließ er sie fallen und folgte
der eigenen Neigung, die ihn zur Philosophie und
Dichtkunst zog. Er las den Ovid und Ariost,
hörte bei Sigonio die Vorlesung de arte poetica
und erkannte schon damals jene zeitgemäße Auf=
gabe der italienischen Poesie, nach welcher die er=
zählende Dichtung künstlerisch zu gestalten war.
Binnen zehn Monaten schrieb er sein erstes Epos
Rinaldo, das mit Einwilligung des Vaters im
April 1562 erschien. Der Vater sah sich im Sohn
übertroffen und diesen auf der Bahn des Ruhmes;
er selbst fand endlich eine sichere Zuflucht bei dem
Herzog Guglielmo von Mantua, in dessen Diensten
er 1569 starb.

Torquato erntete mit seinem Rinaldo sogleich
den größten Beifall und galt als der Dichter der

Zukunft. Der päpstliche Legat berief den achtzehn=
jährigen Jüngling an die Universität Bologna,
wo er durch Vorlesungen zum Aufschwunge der
gesunkenen Studien helfen sollte; bald aber wurde
ihm der Aufenthalt verleidet, da er in den un=
gerechten Verdacht gerathen war, Pasquinate ver=
faßt zu haben. Er verließ Bologna im Februar
1564 und kehrte nach Padua zurück, wo sein
Freund Scipione Gonzaga (später Patriarch von
Jerusalem, zuletzt Cardinal der römischen Kirche)
unter dem Namen der «Eterei» eine akademische
Gesellschaft in seinem Hause gestiftet hatte. Tasso
nannte sich als Mitglied dieser Gesellschaft „pentito“
(der Reuige), weil er es bereute, Padua verlassen
zu haben. Seine zahlreichen Briefe an Scipione
Gonzaga sind eine sehr ergiebige Fundgrube für
den Biographen.

Das hohe Ziel, welches ihm vorschwebte, war,
der Virgil nicht blos seines Vaterlandes, sondern
der christlichen Welt zu werden. Im Grunde gab
es nur ein Thema, welches dieser Aufgabe ent=
sprach, da es mitten aus dem christlichen Heroen=
thum geschöpft war: die Befreiung Jerusalems
durch den ersten Kreuzzug, an dessen Spitze Gott=

fried stand, in Tassos Augen das Ideal eines christlichen Aeneas, ein Muster ritterlicher Tugend und heiliger Gesinnung. Das große Epos sollte „Gotifredo" heißen. Der Plan war in Padua gefaßt, der Anfang der Ausführung in Bologna gemacht worden.

Er hatte seine dichterische Laufbahn mit dem Rinaldo glänzend begonnen, eine größere eröffnete ihm sein Gotifredo. Aber er war arm und mußte bei seinem Ruhme zu Gaste gehen, d. h. bei denen, die im Stande waren, den Dichter zu würdigen und zu belohnen. Unter den italienischen Fürsten= geschlechtern waren zwei, die in der Schätzung und Erwerbung geistiger Größen wetteiferten; in beiden nährte die Tradition ihrer Häuser etwas von der Gesinnung, die Goethe seinem Alphons in den Mund legt: „Ein Feldherr ohne Heer scheint mir ein Fürst, der die Talente nicht um sich ver= sammelt". Es waren die Medici in Florenz und die Este in Ferrara: diese eines der ältesten Fürstengeschlechter, jene eines der jüngsten, das aber an mäcenatischem Ruhm mehrere Jahrzehnte voraus hatte. Nun war das neue Geschlecht auch in der Fürstenwürde dem alten nicht blos gleich=, sondern zuvorgekommen, wodurch bei diesem die gereizten Empfindungen verschärft wurden. Es erbitterte den vierten Herzog aus dem Stamm der Este, die schon seit Jahrhunderten als Markgrafen geherrscht hatten, daß der Papst, sein Lehnsherr, dem ersten Herzog der Medici, die erst seit einem Menschenalter die Fürstenwürde besaßen, den Titel eines Großherzogs ertheilte; er selbst erhielt gleichzeitig wie zur Entschädigung das Prädicat „Hoheit" (1569). Wir müssen diese eifersüchtigen und gereizten Stimmungen beachten, da sie auf die Schicksale Tassos eingewirkt haben, und zwar viel verderblicher, als man früher geahnt hat.

3. Tassos glückliche Jahre in Ferrara.

Seit einem halben Jahrhundert konnten die Este sich rühmen, daß die größten Dichter der Zeit an ihrem Hofe gelebt hatten. Auf den Rath des Vaters widmete Torquato seinen Rinaldo dem Cardinal Luigi da Este, dem Bruder des Herzogs Alfonso II., und trat im Jahr 1565 in dessen Dienste. Die nächsten zehn Jahre waren seine glücklichsten; dann begannen die Trübungen von außen und innen, und es folgten zehn dunkle Jahre

der Mißhelligkeiten, Wahngebilde, Irrfahrten und
einer langen, schrecklichen Gefangenschaft; zuletzt
noch einige Jahre der Leiden, der Weltentsagung
und Läuterung, und die Tragödie seines Lebens
war zu Ende. Im Rückblick auf den dreißig=
jährigen Gang der Schicksale, die er seit dem Tage
seiner Ankunft in Ferrara erlebt hatte, konnte er
mit Recht sagen: „Meine Fahrt war umgekehrt,
wie die des Dante: erst das Paradies, dann die
Hölle und zuletzt das Fegefeuer".

Da Ferrara ein päpstliches Lehen war, so ge=
hörte die kirchliche Devotion zu den Sitten des
regierenden Hauses, nur daß sich dieselbe in der
ersten Hälfte des Jahrhunderts weniger streng
ausprägte als in der zweiten. Die Zeiten des
Ariost waren noch andere, als die des Tasso.
Zwei Jahre nach dem Tode des Ariost konnte Cal=
vin am Hofe des Ercole II. in der Verborgenheit
einige Monate verweilen und die Herzogin Renata,
die Tochter Ludwigs XII., zu seinem Glauben
bekehren (1535). Als ihre Ketzerei entdeckt wurde,
entzog man die Erziehung der Töchter allem
mütterlichen Einfluß. Als aber Alfonso II. zur
Regierung kam (1559), war die Gegenreformation

in Italien und die Inquisition in Ferrara schon
so gewaltig, daß der Herzog sich genöthigt sah,
die eigene Mutter wegen ihres Glaubens zu ver=
bannen, sie kehrte nach Frankreich zurück, wo sie
in ihrem Schlosse Montargis starb (1575).

Alfonso II., der Enkel der Lucrezia Borgia, der
Tochter Alexanders VI., der Sohn der calvinistisch
gesinnten Renata von Frankreich, vermählte sich
in zweiter Ehe mit der Erzherzogin Barbara von
Oesterreich, der Tochter des Kaisers Ferdinand I.,
die den 2. December 1565 ihren feierlichen Einzug
in Ferrara hielt. Damals wurden jene glänzenden
Feste und Turniere gefeiert, von denen ganz Italien
sprach, und deren Zeuge Torquato Tasso war, seit
einigen Wochen in den Diensten des Cardinals als
einer seiner Edelleute.

Die noch unvermählten Schwestern des Herzogs
waren Lucrezia und Leonora d'Este. Diese war
in dem Jahre geboren, worin ihre Mutter den
Glauben Calvins angenommen hatte, sie war
dreißig, als der einundzwanzigjährige Tasso am
Hofe ihres Bruders erschien. Die Prinzessin Lucrezia
vermählte sich mit dem Erbprinzen von Urbino, der
fünfzehn Jahre jünger war als sie, und kehrte nach

einer kurzen kinderlosen Ehe im October 1574 für
immer nach Ferrara zurück, wo sie schon während
der beiden letzten Jahre meistens gelebt hatte.
Als nach dem Tode ihres Bruders die Este auf=
hörten Herzoge von Ferrara zu sein, da Clemens VIII.
mit bewaffneter Hand das Lehen zurücknahm, diente
sie den päpstlichen Interessen und hinterließ ihr
Vermögen den Nepoten.

Wir blicken nach Tasso. Wenn man den Tod
seines Vaters ausnimmt, den er auf das schmerz=
lichste empfand und beklagte, so zeigte sich an seinem
Himmel kaum ein trübes Gewölk. Er wurde bald
der Liebling der fürstlichen Schwestern und des Her=
zogs, die Bewunderung und Freude der Welt, selbst
lebensfroh, offen und voll dichterischer Lust. Natürlich
gab es auch damals schon mißgünstige Stimmungen
genug, aber sein Glück war so vollgültig, daß es
den Neid in Zaum hielt und einschränkte, er
regte sich wohl, aber rührte sich nicht. Diese Zeit
im Leben Tassos hat Goethe treffend mit den
Worten seines Antonio geschildert:

> Du gehst mit vollen Segeln! Scheint es doch,
> Du bist gewohnt zu siegen, überall
> Die Wege breit, die Pforten weit zu finden.

An der Akademie zu Ferrara blühte die pla=
tonische Philosophie, und das vielseitige Wesen
des Eros, der in ihr eine so wichtige Rolle spielte,
gewährte einen sehr willkommenen und beliebten
Stoff zu Thesen, die in Streitreden erörtert wurden.
Im Jahr 1568 hatte Tasso fünfzig solcher «con-
clusioni amorose» aufgestellt, worüber er drei
Tage lang zur Ergötzung und Zufriedenheit aller
in Gegenwart des Hofes nicht blos vor, sondern
auch mit Damen disputirte.

Er gehörte zu den Hausgenossen der fürstlichen
Familie. Der Cardinal nahm ihn im Jahre 1571
auf seiner kirchenpolitischen Reise mit sich nach
Frankreich und Paris, wo Tasso den Hof Karls IX.
sah, auch Pierre Ronsard, der an der Spitze der
neuen Literatur Frankreichs stand, kennen lernte
und von dem Könige selbst mit Auszeichnung be=
handelt wurde. Die französischen Ritter mochte er
sich wie die Waffengefährten seines Gottfried vor=
gestellt haben und fand sich enttäuscht. Noch vor
Ende des Jahres kehrte Tasso ohne den Cardinal
nach Italien zurück.

Es scheint, daß dieser sein Benehmen bisweilen
tadelnswerth und nicht hofmännisch genug gefunden

hatte. Mit dem Beginn des Jahres 1572 trat Taſſo in die Dienſte des Herzogs, deſſen Gemahlin Barbara den 18. September 1572 ſtarb; Alfonſo begab ſich für den Winter nach Rom, um ſeinem Lehensherrn Gregor XIII., der im Mai dieſes Jahres den Stuhl Petri beſtiegen hatte, ſeine Huldigung darzubringen.

Während ſeiner Abweſenheit dichtete Taſſo den „Aminta“ und ſchuf damit im Widerſpiel zu dem heroiſchen Epos das dramatiſche Hirtengedicht. Die Aufführung, die im April 1573 vor dem Herzog geſchah, entzückte alle Welt und konnte auch in andern fürſtlichen Städten nicht oft genug wieder= holt werden. Es heißt, daß Taſſo im Elpino den Staatsſecretär Pigna, im Mopſo, der in dem Stück nur in dritter Perſon vorkommt, den Dichter Guarini, im Tirſi ſich ſelbſt dargeſtellt und durch den Mund des letzteren die Erſcheinung des Herzogs geſchildert habe. Tirſi erzählt, wie er in die Zauberſtadt gelangt und vor dem Eingange des Feenpalaſtes dem Wächter deſſelben, einem erhabenen Manne, be= gegnet ſei, deſſen Anblick einen ſolchen Eindruck von Seelengröße und athletiſcher Kraft gemacht habe, daß er nicht recht wußte, ob es ein Feldherr ober ein Ritter war, der ihn mit freundlich ernster Miene zum Eintritt in das Schloß einlud.[1]

Herzog Alfonso II. war ein kriegskundiger Mann, und wo in Tassos Werk kriegerische Dinge, wie Belagerungen und Schlachten, darzustellen waren, ließ er sich gern von dem Dichter um Rath fragen und nahm so an der Ausführung des Werks nicht allein einen sehr regen empfänglichen, sondern auch einen gewissen thätigen Antheil, wodurch er sich noch enger mit der Dichtung selbst befreundete. Auch diesen Zug hat Goethe in seinen Tasso aufgenommen, der, wie der wirkliche Tasso, von der Persönlichkeit Alfonsos beherrscht und gleichsam bezaubert erscheint:

> Der thatenlose Jüngling — nahm er wohl
> Die Dichtung aus sich selbst? Die kluge Leitung
> Des raschen Krieges — hat er die ersonnen?
> Die Kunst der Waffen, die ein jeder Held
> An dem beschiednen Tage kräftig zeigt,
> Des Feldherrn Klugheit und der Ritter Muth,
> Und wie sich List und Wachsamkeit bekämpft,
> Hast du mir nicht, o kluger, tapfrer Fürst,

---

[1] Aminta. Atto I. 2. Op. di T. Tasso (Mil. 1805). Vol. IV. pg. 27—28.

Das Alles eingeflößt, als wärest du
Mein Genius, der eine Freude fände,
Sein hohes, unerreichbar hohes Wesen
Durch einen Sterblichen zu offenbaren?[1]

4. Die Revision des Gedichts und die Reise nach Rom.

Endlich war das Epos in zwanzig Gesängen zu Stande gekommen. Man sollte glauben, daß nun der Dichter, froh seines vollendeten Werks, von den Mühen einer zwölfjährigen Arbeit hätte aufathmen und ausruhen können. Leider verhielt es sich nicht so. Kaum war er fertig und nicht mehr schöpferisch von der Arbeit erfüllt, so begann seine Gemüthsstimmung sich zu trüben. Es gab Hemmungen mannichfacher Art, die er jetzt erst fühlte. Der Herzog wünschte das ihm gewidmete Werk so schnell als möglich gedruckt zu sehen, wogegen Tasso sich unschlüssig und bedenklich zeigte. Er wollte zuvor sein Werk von einer Reihe gewichtiger Stimmen prüfen und beurtheilen lassen; er setzte sich zur Revision desselben eine Art Gerichts= hof und schlug ein Verfahren ein, das nicht zweck= widriger sein konnte. Die Handschrift wurde Stück

____

[1] Goethes Tasso. I. 3. V. 426—439.

für Stück nach Rom an Scipione Gonzaga gesendet und weiter an andere mitgetheilt, die ihre Meinung sagen sollten, wie Sperone Speroni, Angelio da Barga, Flamminio de' Nobili, Silvio Antoniano u. a. Langwierige Verhandlungen wurden geführt, einen Theil der schriftlichen lesen wir in Tassos «lettere poetiche». Die Einwürfe nahmen kein Ende, darunter solche, die den Dichter ängsteten. Während er sich der Kirche schwärmerisch ergeben fühlte und wie ein Kreuzfahrer empfand, mußte er hören, daß sein Gedicht viele Stellen enthielte, die, kirchlich genommen, keineswegs correct wären; daß gewisse Ideen und Bilder aus dem Vorstellungskreise der Renaissance herrührten, der den richtigen Glaubensanschauungen zuwiderliefe, daß die Liebesepisoden und Zaubergeschichten romantischer und profaner Art dem Geschmack der kirchlichen Restauration widersprächen. Armida und die Inquisition! Namentlich war es Silvio Antoniano, der sich in dieser Beziehung verwerfend äußerte. Es waren nicht mehr die Zeiten Leos X., sondern die Gregors XIII.! Jetzt überkam den Dichter plötzlich das ängstliche Gefühl, er könne für einen Ketzer gehalten werden; noch erschreckender war die

Furcht, er könne es sein. Die Geschöpfe, die in der Weite seiner Phantasiewelt sich entfaltet hatten, geriethen jetzt in die Enge der Zeiten und wurden erdrückt: la strettezza dei tempi!

Um die Verhandlungen abzukürzen und mündlich zu Ende zu führen, wollte er zum Schluß des Jubeljahres 1575 nach Rom gehen. Der Herzog sah es ungern; Lucrezia, die Herzogin von Urbino, gab ihm den klugen Rath, die Reise zu unterlassen und das Werk zu veröffentlichen. Dennoch ging er im November 1575 und kehrte im Januar des folgenden Jahres verstimmt und unverrichteter Dinge nach Ferrara zurück. Er verzögerte und unterließ die Veröffentlichung, weil er sie fürchtete. So kam es, daß dieselbe fünfzehn Jahre später ohne sein Wissen und gegen seinen Willen geschah.

5. Die Verhandlungen mit Florenz.

Er hatte zu jener Reise nach Rom noch einen Grund, den er geheim hielt. Seit der Vollendung seines Werkes im Frühjahr 1575 fühlte er sich in Ferrara nicht mehr wohl. Das Klima der Po= niederung, wie die sumpfige Minciogegend von Mantua mochten ihm schädlich gewesen sein, denn

er hatte während der letzten Jahre wiederholt an
Fieberanfällen gelitten. Hoffnungen, die er gehegt,
Versprechungen, die man ihm gemacht hatte, waren
unerfüllt geblieben. Dies alles hatte ihn verstimmt,
wie man aus seinen Briefen zur Genüge erkennt.
Aus Gewohnheit und Phantasie liebte er den Orts=
wechsel. Nun wußte er durch seinen Freund Sci=
pione Gonzaga, daß ihn die Medici zu haben
wünschten, und der kluge Cardinal Ferdinando in
Rom, der Bruder, später der Nachfolger des Groß=
herzogs Francesco, Anträge für ihn habe. Tasso
schwankte zwischen Ferrara und Florenz, er war
geneigt, an den Hof der Medici überzusiedeln und
ließ sich auf Verhandlungen ein.

Um von dem Dienste der Este auf eine ge=
schickte Art loszukommen, wollte er sich um ein
Amt bewerben, welches der Herzog ihm abschlagen
würde; er hielt diese Entscheidung für sicher. Aber
Alfonso war ein weit besserer Diplomat als der
gute Tasso, der gar keiner war; er wußte alles,
was dieser geheim hielt, und kannte genau dessen
Pläne. Als Tasso nach Ferrara zurückkehrte, war
Pigna todt, Antonio Montecatino Staatssecretär,
und die Stelle eines Historiographen des Hauses

Este, die zu den Aemtern Pignas gehörte hatte, noch unbesetzt. Um diese Stelle bewarb sich Tasso und erhielt dieselbe sogleich (März 1576). Das Amt des Hofhistoriographen paßte für den Dichter so wenig, als die Professur der Mathematik, die ihm der Herzog drei Jahre früher (Januar 1573) in der guten Absicht ertheilt hatte, seine Einkünfte zu vermehren. So hatte sich Tasso die Schlinge selbst gelegt, worin er gefangen war.

Wir kennen die Rivalität zwischen den Este und den Medici, insbesondere die seit 1569 noch gereiztere Stimmung Alfonsos. Es ist kein Zweifel, daß die heimliche Abtrünnigkeit Tassos die erste Ursache war, die den Herzog erbitterte und von ihm abgewendet hat. Damit begann seine Un= glückszeit in Ferrara, wie es Tasso selbst gelegent= lich ausgesprochen und neuerdings der Marchese Capponi nachzuweisen gesucht hat.[1]

Indessen wußte Alfonso nach Art der italieni= schen Tyrannen seine Gesinnungen zu verbergen, er war verschleiert in Gedanken und verwickelt in Worten. Der toskanische Gesandte Orazio

---

[1] Gaetano Capponi: Saggio sulla causa finora ig-
nota delle sventure di Torquato Tasso (Firenze 1840).

Urbani sagt in einem seiner Berichte: „Der Her=
zog liebt in seinen Reden große Umschweife und
schöne Worte, so daß die Hörer zuletzt nicht recht
wissen, was er gesagt hat; ich lasse dahingestellt,
ob der Grund davon mehr in der Vollkommenheit
seiner Reden oder in der Unvollkommenheit seiner
Hörer liegt". [1]

Noch wahrte er gegen Tasso die äußere Freund=
lichkeit, vielleicht in der ungeheuchelten Absicht,
ihn dadurch in seinem Dienste zu fesseln; er nahm
ihn mit sich auf das Land und ermunterte ihn
zur Erholung und zu frohem Lebensgenuß; ja bei
einer Gelegenheit, die viel von sich reden machte
und leicht zum Schaden des Dichters hätte aus=
fallen können, gab er ihm eine Probe seiner Ge=
rechtigkeit und seines Schutzes.

6. Mißhelligkeiten. Der Verfolgungswahn und die Verhaftung.

Ein falscher Freund, dessen Person und Name
nicht feststehen, hatte ein Liebesgeheimniß, das Tasso
ihm anvertraut hatte, verrathen. Aufgebracht stellte
ihn dieser bei der ersten Begegnung im Hofe des

---

[1] Le lettere. Vol. III, p. XXII.

herzoglichen Schlosses zur Rede, und da der andere nicht blos seine Schuld ableugnete, sondern Tasso selbst der Lüge zich, so gerieth dieser außer sich und schlug ihn in das Gesicht. Jener nahm die Beschim= pfung hin und rächte sich auf die nichtswürdigste Art: bewaffnet legte er sich mit seinen Brüdern mitten in der Stadt in einen Hinterhalt und überfiel den Dichter, als derselbe ahnungslos vor= überging. Schnell zog Tasso den Degen und jagte die Buschklepper in die Flucht. Im Volke hieß es: „Mit der Feder und dem Degen ist Tasso allen überlegen". Der Herzog aber belobte Tasso wegen seiner Tapferkeit und verfolgte die feigen Gegner. Dieser Vorfall, der sich im September 1576 zu= getragen hat, ist später entstellt und namentlich von Manso ganz falsch dargestellt worden, als ob der Herzog wegen jener Thätlichkeiten Tasso habe einsperren lassen und dieser sich der zu langen Haft durch die Flucht entzogen habe. Wir finden eine Spur dieser falschen Darstellung noch in der Fabel des Goetheschen Schauspiels.[1]

Die Furcht, daß er der Ketzerei verdächtig, viel= leicht gar schuldig sei, weckte in Tasso die Furcht

[1] Serassi. Lib. II, pg. 235—239 (pg. 238 not.).

vor der Inquisition und ließ ihm keine Ruhe; er wollte Gewißheit haben und stellte sich freiwillig erst dem Inquisitor in Bologna, dann dem in Ferrara. Beide beruhigten ihn und erklärten seine Recht=gläubigkeit für unbedenklich; seine Befürchtung, ein Ketzer zu sein, galt ihnen wohl als ein genügender Beweis, daß er keiner war. Tasso selbst aber be=ruhigte sich keineswegs, vielmehr erschien ihm das Verfahren der Inquisitoren, da sie die Glaubens=untersuchung nicht in der vorschriftsmäßigen Form geführt hatten, als eine täuschende Maßregel, um ihn sicher zu machen, damit er sich seinen Glaubens=irrthümern um so ungescheuter überlasse und um so gewisser in die Netze der Inquisition falle.

Nun begann der Verfolgungswahn in seiner Seele zu wuchern. Wenn ihn der Herzog zu fröh=lichem Leben aufforderte, so erschien ihm eine solche Mahnung nicht als die Absicht, ihn zu erheitern, sondern zu verderben. Die Glaubensrichter wollten ihn recht von Grund aus ketzerisch und der Herzog recht von Grund aus „epikurisch" werden lassen. Ueberall sah er sich von Feinden und Spionen umgeben und fürchtete Verrath und Meuchelmord durch Gift.

Eines Tages, als er sich zum Besuch in den Zimmern der Herzogin von Urbino befand, glaubte er in dem einen ihrer Diener einen Spion der Inquisition zu erkennen und ging mit gezücktem Dolch auf ihn los. Noch an demselben Abend, es war der 17. Juni 1577, ertheilte der Herzog ihm Stubenarrest. Der toskanische Gesandte hat den Vorfall, als eine Folge von Tassos melancholischem Geblüt, seinem Hofe berichtet mit Worten des Mitleids für den Dichter «per il suo valore e per la sua bontà».[1]

Die Strafe war mild und kurz. Nach einigen Wochen gab ihm der Herzog die Freiheit zurück und nahm ihn mit sich nach Belriguardo, wo er ihn vergebens aufzuheitern suchte. Sein Gemüth war von Trübsinn und Argwohn dergestalt verdüstert, daß er den 11. Juli sich weltscheu in das Franziskanerkloster zu Ferrara zurückzog und dem Gedanken nachhing Mönch zu werden. Aber auch hier litt es ihn nur wenige Tage. Er entfloh heimlich aus Ferrara und ließ seine Habseligkeiten zurück. Das Werthvollste, was er besaß, seine

---

[1] Manso. Part. I, § 53—55 (pg. 85—90); vgl. Serassi. Lib. III, pg. 253—256.

handschriftlichen Werke waren nun in den Händen
des Herzogs.

7. Die Flucht nach Sorrent.

In der zweiten Hälfte des Juli 1577 beginnen
die Irrfahrten Tassos, die mit seiner Einsperrung
in das Annenhospital im März 1579 enden sollten.

Unter dem Druck der unheimlichsten Gefühle,
die in Ferrara sein Gemüth zerquälten, war das
Heimweh nach dem schönen Lande seiner frühen
Kindheit erwacht, nach der einzigen Schwester, die
ihm dort noch lebte, und die er vor dreiundzwanzig
Jahren zum letztenmale gesehen. Sie war jetzt
das Ziel seiner Sehnsucht. Auf einsamen Wegen
eilte er durch die Abruzzen nach Neapel, seinem
Vaterlande, woraus er schon als Knabe verbannt
worden; hier nahm er Hirtenkleider und schlich sich
so verborgen wie möglich nach Sorrent, wo er als
unbekannter Wanderer an das Haus seiner schon
verwittweten Schwester Cornelia Sersale gelangte.
Die Kinder spielten vor der Thür. Er gab sich
als einen Boten, der briefliche Nachrichten vom
Bruder bringe: dieser schwebe in höchster Gefahr,
wenn ihm die Schwester nicht zu Hülfe eile. Nach=

dem er gesehen, wie tief sie von dieser Kunde er=
schüttert wurde, ließ er sich allmählich erkennen. Die
Herrlichkeiten der Natur und des Klimas, die
zärtliche Liebe der Schwester und ihrer beiden
Söhne thaten ihm wohl, und er verlebte einige glück=
liche Monate in der schönsten Jahreszeit und in
heiterer Stimmung.

Diese Flucht nach Sorrent, die Ankunft im
Hause der Schwester und das Wiedersehen hat
Tasso fünfzehn Jahre später seinem Freunde
Manso beschrieben; dieser hat sich den Hergang auch
von einem der beiden Söhne, die Augenzeugen waren,
mündlich berichten lassen und in seiner Lebens=
geschichte Tassos erzählt. Man kann es nachfühlen,
wie lebhaft gerade von dieser Begebenheit in dem
Schicksalslauf des unglücklichen Tasso Goethe er=
griffen und gerührt wurde: ein Dichter auf der Flucht
vor der Welt, die ihn verdüstert, und das Haus
seiner einzigen Schwester als die einzige Zuflucht,
die er sucht und findet! Auch Goethes einzige
Schwester, die er so innig geliebt hatte und nicht
mehr wiedersehen konnte, hieß Cornelia.

Und wie hat Goethe diese Züge in den Gang
seiner Dichtung einzufügen gewußt! Er läßt die

geschilderten Begebenheiten in der Phantasie des
Dichters geschehen, der im Gefühle völliger Ver=
lassenheit, in der Aufregung des schmerzlichsten
Abschieds sich schon „im armen Rock des Pilgers
oder Schäfers" fliehen, als düsteren Fremdling
mit wildem Haar an die Schwelle der Schwester
gelangen sieht und sein Elend sich in Bildern aus=
malt, die das Herz der Prinzessin erschüttern
und einen überwältigten Ausdruck ihres Mitgefühls
hervorrufen, womit die Schlußkatastrophe in unserer
Dichtung beginnt. Die Art und Weise, wie Goethe
die Erzählung von der Flucht Tassos nach Sorrent
in seiner Dichtung umgestaltet und verwerthet hat,
gehört zu den eigenartigsten und schönsten Er=
findungen seines Genies.

8. Tassos Rückkehr und weitere Irrfahrten.

Bald hatte Tasso sein Idyll in Sorrent aus=
gelebt. Die Sehnsucht nach der gewohnten Thätig=
keit, nach seinen Büchern und Handschriften, nach
der Aussöhnung mit dem Herzog, den er durch
seine Flucht schwer erzürnt hatte, trieb ihn nach
Ferrara zurück. Im November kam er nach Rom,
wo er in dem Cardinal Girolamo Albano, einem

Landsmann seines Vaters, einen einflußreichen
Gönner und Fürsprecher hatte; dieser schrieb an
den Herzog und legte für Tasso, «quel raro e
felice ingegno», ein gutes Wort ein. Alfonso ge=
währte die Rückkehr, schrieb aber zugleich an seinen
Gesandten in Rom, daß sich Tasso einer ärztlichen
Cur unterwerfen müsse; sonst, wenn die alten bösen
Launen sich wieder einstellen sollten, werde er ihn
für immer verbannen.

Im Frühjahr 1578 kehrte Tasso nach Ferrara
zurück. Aerztliche Curen waren ihm von jeher
zuwider gewesen, er liebte würzige Weine mehr
als widrig schmeckende Arzneien, in Trank und
Speise verhielt er sich wie ein Kind, er aß und
trank, was ihm behagte, oft verschlang er es gierig.
Nach einigen Monaten fand er seinen Zustand
wiederum so unerträglich, daß er zum zweitenmale
entfloh und alles zurückließ.

Plötzlich erschien er in Mantua, in einem
jammervollen Aufzuge zu Pferde, Pelz um die
Füße schlotternd, in abgerissenen Kleidern, ohne
Reisegeld, so arm, daß er einen Schmuck, den ihm
die Herzogin Lucrezia geschenkt hatte, verkaufen
mußte, um zu leben. So irrte er umher, bettel=

haft und verdüstert, nirgends mehr ein gern ge=
sehener Gast; die Gonzaga begegneten ihm nicht
freundlicher als die Este, er eilte von Mantua
nach Padua, nach Venedig, er suchte vergeblich
ein Asyl in Pesaro und in Urbino, endlich gegen
Ende September reiste er nach Turin und fand
hier gastliche Aufnahme. Der Herzog Carl Emanuel
von Savoyen machte ihm Anerbietungen, um ihn
zu behalten; der Marchese Filippo d'Este, ein Ver=
wandter des Herzogs, beherbergte ihn in seinem
Hause und würde gern für ihn gesorgt haben.
Aber die verhängnißvolle Sehnsucht nach Ferrara,
die ihn in Sorrent nicht hatte ruhen lassen, ver=
trieb ihn jetzt auch von Turin. Wider den guten
Rath seines Gastfreundes brach er plötzlich auf
und eilte in sein Verderben.

Jenes gastliche Haus in Turin, das ihn be=
herbergt hatte, ist heute eine seiner Reliquien, es
trägt seit 1846 die Inschrift: „Torquato Tasso be=
wohnte dieses Haus für einige Monate und weihte
es für alle Jahrhunderte". Ein erhabenes Wort,
das an den Ausspruch unseres Dichters erinnert:

> Und es ist vortheilhaft, den Genius
> Bewirthen; giebst du ihm ein Gastgeschenk,

So läßt er dir ein schöneres zurück.
Die Stätte, die ein guter Mensch betrat,
Ist eingeweiht; nach hundert Jahren klingt
Sein Wort und seine That dem Enkel wieder.

9. Die Gefangenschaft.

Den 21. Februar 1579 erschien Tasso wieder
in Ferrara, zwei Tage vor dem Einzuge der dritten
Gemahlin des Herzogs, der Prinzessin Margherita
Gonzaga von Mantua. Niemand empfing den
armen Tasso, niemand begegnete ihm auch nur
höflich, man ließ ihn am Wege stehen, seine Bitten
um Gehör bei dem Herzog und dessen Schwestern
wurden abgeschlagen. Da verließ den Unglücklichen
der letzte Rest von Selbstbeherrschung, er brach in
Schmähungen aus wider den Herzog und sein
Haus, er widerrief alles Lob und verwünschte alle
Dienste, die er diesem undankbaren und ruchlosen
Geschlechte je gewidmet habe.

Jetzt befahl der Herzog seine Einsperrung in
dem St.=Annenhospital, einem Krankenhause für
Arme und Irre; Tasso kam in die Abtheilung
für die Verrückten. Umsonst rief er den Kaiser
Rudolf II. um Hülfe, den Herzog um Gnade, die
Prinzessinnen um ihre Fürsprache an; er blieb sieben

Jahre vier Monate (von Mitte März 1579 bis Mitte Juli 1586) in dieser schrecklichen Gefangen=schaft, die erst ihrem Ende sich näherte, nachdem Papst Sixtus V., der Lehnsherr Ferraras, schon im ersten Jahre seines Pontificats sich für die Befreiung des Dichters verwendet hatte.

Sein Gefängniß war nicht das enge, dunkle Loch, welches man als solches, mit einer In=schrift versehen, die noch dazu eine falsche Zeit=angabe enthält, in Ferrara den Fremden zu zeigen pflegt. In einer solchen Spelunke hätte Tasso sich kaum bewegen, geschweige die Briefe, Gedichte, Gespräche und Abhandlungen schreiben können, die er während seiner Gefangenschaft verfaßt hat.

Zwei Jahrhunderte waren seit der Befreiung Tassos verflossen, als Goethe, von der eigenen Tassodichtung erfüllt, nach Ferrara kam und diesen Kerker sah. „Statt Tassos Gefängniß zeigen sie einen Holzstall oder Gewölbe, wo er gewiß nicht aufbewahrt worden ist. Es weiß auch kaum im Hause mehr jemand, was man will." So schrieb er den 16. October 1786 in sein Tagebuch. [1]

---

[1] Tagebücher und Briefe Goethes aus Italien. S. 181 u. 390 ff. Vgl. Ital. Reise. XIX. S. 89 flgd.

Lord Byron dagegen, der ein Menschenalter später in Ferrara erschien, fand diese Höhle ganz nach dem Bedürfniß seiner Imagination; er ließ sich zwei Stunden in dieselbe einsperren und als er heraustrat, wußte er, welche Qualen Tasso ge= litten, der hier in einer mehr als siebenjährigen Gefangenschaft seine Liebe zu Leonora d'Este ab= gebüßt habe. Noch an demselben Tage (den 20. April 1817) dichtete er „Tassos Klagen", wie er im Jahre vorher nicht nach der Wirklichkeit, son= dern nach dem Drange seiner Imagination sich „den Gefangenen von Chillon" gedichtet hatte. In dem alten Fürstenhause der Este hatte sich eine entsetzliche Begebenheit zugetragen, die Byron zum Gegenstande einer erzählenden Dichtung ge= macht hat: der Markgraf Nikolaus III. hatte seine zweite Gemahlin „Parisina" und seinen Sohn Ugo, zwischen denen eine ehebrecherische Liebe bestand, den Tod durch Henkershand sterben lassen (21. Mai 1425). Der Schauplatz beider Unthaten war das Castello vecchio, der Palast, den Alfonso II. be= wohnte. Im Munde Byrons verwandeln sich die Klagen Tassos in den Fluch des Sängers: „Weh euch, ihr stolzen Hallen!" Und war es nicht auch in

einem Momente fassungslosen Zornes der Fluch
des Tasso selbst, den die Geschichte an den Este
in Ferrara schnell erfüllt hat?

Die Art der Gefangenschaft Tassos blieb wäh=
rend ihrer langen Dauer nicht dieselbe. Die Grenzen
sowohl der Wohnung als des Verkehrs, die in den
ersten Zeiten sehr eng bemessen waren, wurden
allmählich erweitert. Nach Manso habe der Herzog
sogleich die besten und angenehmsten Zimmer des
Hospitals für Tasso einräumen lassen.[1] Es ist
sehr zweifelhaft, ob es solche Zimmer überhaupt
gab, da vor seiner baulichen Umgestaltung im
Jahre 1748 das Annenhospital wohl nur zellen=
artige Wohnungsräume enthielt. Wir hören, daß
Tasso Besuche empfangen und erwidern, Tages=
einladungen annehmen, Spaziergänge machen,
Maskenzügen, von denen Ferrara im Januar
1585 wimmelte, beiwohnen durfte, alles unter der
Begleitung eines Aufsehers. Er war und blieb
ein Gefangener. Aldo Manuzio, der ihn am
7. September 1582 besuchte, fand seinen Zustand
erbarmungswürdig: „Er war völlig bei Sinnen,
aber er litt Hunger und war nackt".

---

[1] Manso. Part. I. § 68. pg. 108.

Wie Tasso selbst seine Einsperrung empfand, sagen uns die erschütternden Klagen, in die er sich gegen Scipione Gonzaga in einem ausführlichen Schreiben ergossen hat, das aus den Anfängen seiner Gefangenschaft herrührt und in seinen Briefen eine bedeutsame Stelle einnimmt: „Ich bin ausgestoßen, nicht blos aus Neapel und Ferrara, sondern aus der ganzen Welt! Ich allein soll nicht mehr sagen dürfen, was jeder andere von sich sagen darf: «Ich bin ein Weltbürger!» Ich will wissen, ob diese Fürsten mich heilen oder züchtigen oder quälen wollen, um sich an mir zu rächen? Ich wünsche die Heilung, ich beuge mich unter die Züchtigung, aber gegen ihre Rache rufe ich Himmel und Erde um Hülfe an und berge mich demüthig unter den Schutz ihrer Freunde und Verwandten." [1]

Unter den Fürsten sind die beiden Brüder zu verstehen: der Herzog und der Cardinal. Seit Tassos Verhandlungen mit den Medici grollte ihm der Herzog; seine düsteren und melancholischen Launen waren ihm zuwider. Die zweimalige Flucht

---

[1] Le lettere. Vol. II. Nr. 123 (pg. 9. 29). Vol. III. pg. XVIII.

hatte die letzte Geduld des Herzogs erschöpft, und
die Schmähungen nahm er als ein Majestätsver=
brechen, das er mit dem geistigen und bürgerlichen
Tode zu strafen gesonnen war. Tasso sollte für
völlig verrückt gelten und im Irrenhause enden.
Dabei redete der Herzog viel von Heilung und
Züchtigung; er pflegte zu sagen, daß dem Tasso
die Cur zur Strafe und die Strafe zur Cur dienen
solle. Sein wahrer Beweggrund war die Rache.
Wenn der Tyrann in Alfonso unverhüllt auftrat,
so zeigte er sich rachgierig und grausam, erbar=
mungslos und unversöhnlich. Als er endlich ge=
nöthigt war, ihn freizulassen, erlaubte er nicht,
daß Tasso von ihm Abschied nahm. Als der
sterbenskranke Dichter aus Rom im Gefühl des
herannahenden Todes noch einmal an ihn schrieb
und in völligster Demüthigung und Selbstver=
leugnung den Räuber seines Werkes und seiner
Freiheit um Verzeihung bat, blieb der Herzog
starr und antwortete keine Silbe. Und diesen
Alfonso pflegte Tasso «clemente e generoso» zu
nennen!

Wir haben in Deutschland zwei Jahrhunderte
nach den eben geschilderten Vorgängen ein ähn=

liches Beispiel fürstlicher Rache an einem Dichter
erlebt, welches Herzog Karl von Württemberg aus
ähnlichen Gründen, d. h. um eine persönliche Beleidigung zu rächen, an Schubart durch zehnjährige
Gefangenschaft vollstreckt hat, auch unter dem
Scheine wohlthätiger Züchtigung.

10. Tassos Gemüthskrankheit.

Unter den Ursachen, welche die Einsperrung
Tassos herbeigeführt haben, spielen seine Krankheits-
zustände eine mitwirkende und sehr bemerkenswerthe
Rolle. War der Dichter des befreiten Jerusalems
wirklich verrückt, völlig oder theilweise? Oder war
er es gar nicht und nur vom Herzog verurtheilt,
dafür zu gelten? Oder hat er selbst sich wahn-
sinnig gestellt, um eine tiefe und gefährliche
Leidenschaft zu verbergen? Versuchen wir, diesen
viel erörterten Fragen durch eine sachgemäße Fest-
stellung zu begegnen.

Eine angeborene Schwermuth, die wohl ein
mütterliches Erbtheil und auch eine Mitgift seiner
dichterischen Natur sein mochte, hatte sich unter
den wiederholten Fieberanfällen, den körperlichen

Entkräftungen, den erregtesten geistigen Arbeiten, insbesondere auch unter den quälenden Glaubens=scrupeln und Bedrängnissen bis zu einer Höhe ge=steigert, die nach seinen eigenen Worten alles Maß überstieg. Die Einflüsse, die er von Seiten des Klimas wie des Zeitalters zu leiden hatte, waren die ungünstigsten. Aus dem wachsenden Trübsinn entwickelte sich bald die förmliche Gemüthskrankheit der Melancholie, deren Symptome die Um=gebungen des Dichters wahrnahmen, aber nicht richtig zu beurtheilen verstanden, am wenigsten der schon ergrimmte Herzog, der sie, wie viel er auch von Krankheit und Heilung redete, für böswillige und strafbare Unarten ansah. Gab es doch über=haupt zur Kenntniß und Behandlung solcher Leiden, wie die Tassos, in jener Zeit weder ärztliche Einsicht noch Kunst, und wären sie irgendwo zu finden gewesen, so war der letzte Ort das Annenhospital in Ferrara.

Muratori nennt Tassos Gemüthsbeschaffenheit «un temperamento sommamente malinconio», es war eine Krankheit, von der Tasso nie ge=nesen ist. Er litt an Gesichts= und Gedächtniß=schwäche, an Sinnesdelirien und Hallucinationen,

er hörte Geräuſche, als ob in ſeinem Ohr ein Uhr=
werk wäre, er ſah in ſeinem Zimmer Katzen und
Geſpenſter, Dämonen und Heilige, er hatte Geiſter=
erſcheinungen aller Art. So glaubte er ſich von
einem Teufelskobold (il folletto) geplagt, der ihm
auflauerte und, was er noch eben in Händen hielt,
wegnahm. Es gab auch einen guten Geiſt (il buono
spirito, l'amico), der ihm in leuchtender Jüng=
lingsgeſtalt erſchien und tiefſinnige Unterredungen
mit ihm pflegte. Manſo erzählt eine ſolche Scene,
die er miterlebt hat, als ſich Taſſo im Sommer
1588 in Biſaccia bei ihm aufhielt; er war damals
fröhlich geſtimmt und vergnügte ſich des Tages mit
der Jagd. Eines Abends, wie beide plaudernd
am Kamin ſaßen, verſtummte Taſſo plötzlich und
blickte nach dem Fenſter, das von der ſcheidenden
Sonne erleuchtet war. „Siehe da!" rief er, „mein
Freund der Geiſt iſt gekommen und will ſich mit mir
unterreden." Manſo ſah Sonnenſtrahlen, wo Taſſo
den Geiſt erblickte, und er hörte nur den Dichter
reden und antworten. Dieſer ſprach mit ſich ſelbſt.[1]

Der Graf Giacomo Leopardi hat ſeiner peſſi=

---

[1] Manso. Part. § 80, pg. 147.

miftischen Denkart gemäß eine Unterredung zwischen Tasso und seinem Hausgeist erdichtet, worin der letztere dem unglücklichen Dichter das Mittel ver= räth, welches allein dazu hilft, das Weltelend auf einen Augenblick zu vergessen. Dieser Hausgeist ist ein Salamander ganz besonderer Art: er wohnt im Feuer des Weins!

Auf ganz andere Art läßt Goethe, wohl unter dem Eindruck von Manfos Erzählung, seinen Tasso sich mit Geistern unterreden, von der Gegenwart nicht gedrückt, sondern erhöht:

> Es ist die Gegenwart, die mich erhöht;
> Abwesend schein' ich nur, ich bin entzückt!

Es ist die Ekstase, worin die Prinzessin den Dichter findet und erkennt:

> Ich freue mich, wenn du mit Geistern redest,
> Daß du so menschlich sprichst, und hör' es gern.[1]

Die schlimmste Folge seiner krankhaften Melan= cholie war der Verfolgungswahn, der seine Phantasie mit Schreckbildern erfüllte. Wir kennen nur einen Fall, worin derselbe einen gefährlichen Ausbruch hatte: als er jenen Diener in den Ge= mächern der Herzogin Lucrezia mit dem Dolch be=

---

[1] Goethes Tasso, 1. 3. V. 560—563.

drohte. Seine natürliche Gemüthsart war so sanft,
daß sie auch den Verfolgungswahn in Zaum hielt,
und eigentlich niemand darunter litt als er selbst.
Verrückt in dem Grade, daß nach der frühern
Zwangsmethode die Einsperrung nöthig geschienen
hätte, war er nie. Das Annenhospital war für
ihn nur ein Gefängniß, worin er eine Reihe
Schriften sehr verschiedener Art verfaßt und seinen
berühmten Streit mit der florentinischen accademia
della crusca in den Jahren 1582—1585 geführt
hat, den wir hier nicht näher erörtern wollen.

Wie dem Unglücklichen zu Muth ist, der überall
sich verfolgt und die Welt verfinstert sieht, das
hat Tasso selbst in seinem Tancred wunderbar ge=
schildert, nachdem dieser entdeckt hat, daß er
Clorinden getödtet:

> Wahnwitzig irr' ich, von gerechten Qualen
> Verfolgt, umher in namenloser Pein:
> Die dunkle Nacht wird mein Verbrechen malen
> Und ihre Schatten werd' ich bebend scheun;
> Der Sonne Licht, das mit verhaßten Strahlen
> Die That verrieth, wird mir Entsetzen sein.
> Mir selbst ein ew'ger Schrecken, werd' ich immer
> Mich selber fliehn, doch mir entfliehen nimmer.[1]

---

[1] Ger. lib. XII. Str. 77.

Als J. J. Rousseau, selbst vom Verfolgungs=
wahn erfaßt, diese Stelle las, sagte er: „Tasso hat
an mich gedacht, als er sie schrieb!"

11. Die letzten Jahre und das Ende.

Als Tasso aus seinem Gefängniß entlassen
wurde, hatte Alfonso keineswegs die Absicht, ihm
seine völlige Freiheit wiederzugeben, er verbannte
ihn für immer aus seinen Landen und überließ
ihn dem Herzog von Mantua, der für seine fernere
Aufsicht und Aufbewahrung zu sorgen versprach.
Ueber ein Jahr blieb Tasso in Mantua und kehrte
auch von Bergamo, wohin er sich im August 1587
begeben hatte, auf die Nachricht von dem Tode des
Herzogs Guglielmo dahin zurück, aber nur auf
einige Monate.

Im Spätherbst 1587 begannen von neuem seine
ruhelosen Wanderungen. Während der letzten sieben
bis acht Lebensjahre hat er seinen Aufenthalt zehn=
bis elfmal gewechselt. Die längste Zeit verweilte
er in Rom, im ganzen fünf Jahre, die sich aber
in sechs verschiedene Aufenthalte theilen. In die
Zwischenzeit fallen seine Aufenthalte in Neapel, wo
er zu drei verschiedenen malen und stets am liebsten

verweilte, in Florenz, wo er vom Frühjahr bis in
den Hochsommer 1590 wohnte, und die letzte Rück=
kehr nach Mantua, wohin er sich im März 1591
auf die Einladung des Herzogs Vincenzio, seines
Freundes, begab. Im Spätherbst ging er mit dem
Herzog nach Rom. Seitdem wechselte sein Auf=
enthalt nur noch zwischen Rom und Neapel.

Während dieser Zeit beschäftigten ihn dichterische
Werke, aus denen der weltliche Frohsinn und die
romantische Phantasielust verschwunden sind. In
Mantua vollendete er gleich in den ersten Jahren
der Freiheit seinen «Torrismondo», die einzige
Tragödie, die er verfaßt hat; in Neapel begann
er im Mai 1588 die Umdichtung seines Epos: aus
dem befreiten Jerusalem wurde dem eroberungs=
lustigen Zeitgeiste der Kirche gemäß das er=
oberte, das er in vierundzwanzig Büchern im
Juli 1592 zu Rom vollendet hat und gegen Ende
des folgenden Jahres erscheinen ließ (Gerusalemme
conquistata). Der letzte Gegenstand des weltent=
fremdeten und weltflüchtigen Dichters war die
Schöpfung der Welt. Er begann dieses sein letztes
Werk («le sette giornate») zu Anfang des
Jahres 1592 bei seinem Freunde Manso in Neapel.

in dessen herrlicher, von Gärten umgebener, hoch=
gelegener Villa am Meer, wo er sich körperlich
und geistig erquickt fühlte und wie in einem Hafen
der Ruhe.

Lange vor der Zeit war er ein Greis geworden.
In einem Bilde, das uns den vierzigjährigen Mann
darstellt, erscheint er kahlköpfig, abgezehrt, bleich;
auf seinen letzten Pilgerfahrten sehen wir ihn ein=
herschleichen, schwach, krank, vom Fieber geplagt,
die hohe Gestalt eingefallen und gebeugt. Meistens
lebt er in Klöstern, wie in Monte Oliveto zu
Neapel und bei Florenz, in St. Maria nuova
und Maria del popolo in Rom. Im Spital der
Bergamasker in Rom empfängt er im November
1589 die Einladung nach Florenz. In Berichten,
die seinen Zustand schildern, heißt es immer wieder:
«giace infermo», «fastidiosa infermità!» Dazu
kommt seine Armuth. Der Agent des Herzogs von
Urbino nennt ihn in seinen Berichten aus Rom
«il povero Tasso», «questo poverello». Als
ihn der Fürst Conca zu sich nach Neapel einlud,
mußte ihm Tasso bekennen, daß er kein Geld habe,
um zu reisen; er mußte sich das Geld schenken lassen.

Es ist eine höchst seltsame und auf den ersten

Anblick kaum erklärbare Erſcheinung: dieſer herum=
irrende, im Elende von Krankheit und Armuth
verkümmerte, in Klöſtern und Spitälern Zuflucht
ſuchende Taſſo, den, ſobald er öffentlich erblickt
wird, die Leute in Scharen umdrängen, um den
großen Dichter in der Nähe zu ſehen!

Er war in dem Benediktinerkloſter San Severino
zu Neapel, als er von dem Cardinal Aldobrandini,
dem Neffen des Papſtes, die Einladung nach Rom
erhielt, wo ihn Clemens VIII. auf dem Capitol
mit dem Dichterlorbeer krönen laſſen wollte. Er
kam in den erſten Novembertagen 1594, gehorſam
dem Rufe des Papſtes, abgeſtorben der Welt und
ihren Scheinwerthen. Die pomphafte Komödie
mußte bis zum Frühjahr aufgeſchoben werden,
da das Wetter ſchlecht und der Cardinal krank
war. Glücklicherweiſe hat ſie Taſſo nicht mehr er=
lebt. Mit dem Frühjahr fühlte er ſein Ende
nahen. Er ſehnte ſich nicht nach dem Capitol,
ſondern nach dem friedlichen Kloſter San Onofrio
auf dem Janiculum. In den erſten Tagen des
April kam er im Wagen des Cardinals und ſagte
zu den verſammelten Mönchen, die ihn empfingen:
„Ich komme, um hier zu ſterben“. Er hatte das

Leben so gründlich satt, daß er auch in seinen Werken nicht fortzuleben wünschte. Bevor er allein mit dem Priester im Gebet den letzten Seufzer aushauchte (den 25. April 1595), hatte er dem Cardinal noch eine Bitte ans Herz gelegt: man möge alle seine in der Welt zerstreuten Werke sammeln und verbrennen, vor allen das Werk, welches seinen Namen unsterblich gemacht hatte, sein befreites Jerusalem!

VII. Tassos Feinde in Ferrara.

In der Lebensgeschichte Tassos haben zwei Erscheinungen schon unsere Aufmerksamkeit erregt, doch haben wir uns geflissentlich jeder näheren Erörterung enthalten, weil jede dieser beiden Erscheinungen ein Thema für sich ausmacht und unsere gesammelte Betrachtung in Anspruch nimmt: ich meine die dem Dichter feindliche Conspiration am Hofe Alfonsos und die Prinzessin Leonore.

Unter den Gegnern, die ihn angefeindet haben, sind für uns von besonderem Interesse der Geschichtsschreiber und Staatssecretär Pigna; der Dichter Guarini und vor allen der Philosoph und spätere Staatssecretär Antonio Montecatino.

1. G. B. Pigna.

Der Staatsmann und Geschichtsschreiber Pigna, der sich zugleich als Redner und Dichter fühlte, sah auf den Neuling wohl etwas vornehm herab, neidisch auf dessen wachsende Berühmtheit und Hofgunst, denn es war damals in Ferrara, namentlich in der Frauenwelt, Mode, für den Dichter des Rinaldo und Aminta zu schwärmen; er beneidete ihm nicht blos die Auszeichnungen der Prinzessin Lucrezia, die an der Spitze der Tassoschwärmerinnen stand, sondern wetteiferte selbst mit ihm in dichterischen Huldigungen, die der Lucrezia Bendidio, dem schönsten Edelfräulein in Ferrara, galten.

Die Prinzessin Leonore war eifrig bestrebt, die beiden Männer einander zu nähern und ihren Streit versöhnlich auszugleichen, indem sie Tasso den geschicktesten Ausweg finden ließ. Pigna hatte die schöne Lucrezia in einer Reihe Canzonen vergöttert; Tasso beurtheilte einige derselben und widmete seine Schrift der Prinzessin, so daß er in demselben Werk, gleichsam mit einem Athem, Pigna loben, Lucrezia preisen und Leonoren gehorchen konnte. [1]

---

[1] Serassi. Lib. I, pg. 140.

Dieses Verhalten der Prinzeſſin in dem Streit zwiſchen Pigna und Taſſo, wie es Seraſſi berichtet, hat Goethe ſeinen Zwecken gemäß auf den Streit zwiſchen Antonio und Taſſo übertragen; er läßt dieſen, nachdem Leonore es gewünſcht hat, mit offenen Armen jenem entgegeneilen. Im Rück= blick auf den früheren Zwiſt hatte er in dem vor= hergehenden Geſpräch Taſſo zu der Prinzeſſin ſagen laſſen:

Nur zu oft

That ich im Irrthum, was dich ſchmerzen mußte,
Beleidigte den Mann, den du beſchütteſt,
Verwirrte unklug, was du löſen wollteſt u. ſ. w.

Das Motiv zu dieſer Stelle, die nicht aus dem Leeren geſchöpft ſein kann, hat Goethe in Seraſſi gefunden: ſie ſteht im erſten Auftritt des zweiten Acts, aber gewiß nicht in dem, welchen Goethe aus Weimar nach Italien mitbrachte. Nirgends giebt Seraſſi eine Andeutung, daß die Prinzeſſin Leonore von der Feindſchaft zwiſchen Antonio und Taſſo ꝛc die mindeſte Notiz genommen habe.

2. G. B. Guarini.

Auch Guarini hatte an jenem dichteriſchen Wett= kampf Theil genommen und der ſchönen Lucrezia

Bendidio in Versen gehuldigt. Mit Tasso war er von Padua her nicht blos bekannt, sondern befreundet und vertraut, aber als sie einander am Hofe in Ferrara wieder begegneten, wurde dieser Schauplatz bald zu eng für zwei Dichter ihrer Art: beide hochstrebend, ehrgeizig und bedeutend. Mißvergnügt sah der ältere und einheimische Dichter sich durch den schnellen Ruhm des jüngeren und fremden in Schatten gestellt. Zwischen ihnen gab es mehr als eine Rivalität, denn ihr Wettstreit erging sich in den beiden großen Gebieten der Liebe und der Dichtkunst.

Die Stellen, worin Serassi ihre wechselseitige Eifersucht, diesen Streit zweier Dichter, schildert, haben auf Goethe offenbar eine sehr lebhafte, in seiner Tassodichtung fruchtbare Wirkung ausgeübt; auch Guarinis Eifersucht wider Tasso hat er auf seinen Antonio übertragen und diesen das Doppelthema ihres Wettstreits vor der Gräfin Leonore aussprechen lassen:

> Gar viele Dinge sind in dieser Welt,
> Die man dem andern gönnt und gerne theilt;
> Jedoch es ist ein Schatz, den man allein
> Dem Hochverdienten gerne gönnen mag,

> Ein andrer, den man mit dem Höchstverdienten
> Mit gutem Willen niemals theilen wird, —
> Und fragst du mich nach diesen beiden Schätzen:
> Der Lorbeer ist es und die Gunst der Fraun. [1]

Einige Wochen nach Tassos Rückkehr von jener verhängnißvollen und zweckwidrigen Reise nach Rom erschienen am Hofe Alfonsos zwei herrliche Frauen: Eleonore Sanvitali, Gräfin von Scandiano, und ihre Stiefmutter Barbara Sanseverino, Gräfin von Sala, diese eine majestätische Erscheinung, jene erst jüngst vermählt, in der anmuthigsten Blüthe der Jugend, Schönheit und Bildung, voller Empfänglichkeit für die Gaben der Dichtkunst. Alle Welt war entzückt, vor allen Guarini und Tasso, die in einem Wettstreite von Sonetten, worin sie ihr huldigten, mit einander und gegen einander entbrannten.

In einem seiner Sonette hatte Tasso den Nebenbuhler als einen unbeständigen und wankelmüthigen Liebhaber geschildert; dieser antwortete mit einem Gegensonett, worin er dem anderen vorwarf, nicht blos unbeständig, sondern falsch zu

---

[1] III. 4. B. 2013—2020.

sein, da er mit der Liebe ein Doppelspiel treibe.
Das erste Terzett seines Gedichts lautete:

> Di due fiamme si vanta, e stringe e spessa
> Più volte un nodo, e con quest' arti piega
> (Chi 'l crederebbe!) a suo favore i dei.

Diese Stelle hat Goethe dem Guarini oder
vielmehr dem Serassi, der sie anführt und erklärt,
so gut wie wörtlich entlehnt und seinem Antonio
in dem Gespräch, welches wir soeben erwähnt
haben, in den Mund gelegt:

> Er rühmt sich zweier Flammen! knüpft und löst
> Die Knoten hin und wieder, und gewinnt
> Mit solchen Künsten solche Herzen! Ist's
> Zu glauben? [1]

Noch weit denkwürdiger ist ihr Wettstreit im
Felde der Dichtkunst. Tasso hatte mit seinem
„Aminta“ das Hirtendrama begründet und in
der italienischen wie neueuropäischen Poesie damit
eine Richtung eröffnet, die dem Zeitalter außer=
ordentlich gefiel; Guarini schritt auf diesem Wege fort
und schuf in seinem „Pastor fido“ das Muster

---

[1] Serassi. Lib. II, p. 215—16, 234—35, Goethes Tasso
III. 4. — Serassi bezieht die beiden Flammen auf
Leonore Sanvitali und Lucrezia Bendidio; ich glaube nicht,
daß er recht hat, denn es waren zehn Jahre vergangen,
seitdem Tasso für Lucrezia geschwärmt.

des Pastoralgedichts, das durch seine Erfolge bei der Mit= und Nachwelt den Sieg über Tasso davontrug. Der Aminta, schon 1573 entstanden und aufgeführt, erschien 1581; der „Pastor fido" folgte auf dem Fuße nach und betrat zuerst in Turin die Bühne. Guarini wollte die Dichtung Tassos nicht blos fortbilden, sondern in ihren Anschauungen von Grund aus bekämpfen. Die Schilderung des goldenen Zeitalters (la bella età dell' oro) war in einem Hirtengedicht ein sehr passendes und wohlgelegenes Thema, welches Tasso im ersten Chorgesange des Aminta, Guarini im vierten des Pastor fido ausführte, wobei er Tassos Wendungen und Worte nachahmte, aber die Sache selbst in entgegengesetztem Sinn behandelte, so daß manche seinen Chorgesang für ein Plagiat hielten, während derselbe eine Parodie war.[1]

Tasso pries das goldene Zeitalter, nicht weil man damals genießen konnte, ohne zu arbeiten,

---

[1] Opere di Tasso (Mil. 1805). Vol. IV, pag. 29—31. Guarini: il pastor fido (Mil. 1807), pag. 368—70:

> La fede aver per legge,
> Fu di quell' alme al ben oprar avezze
> Cura d'onor felice,
> Cui dettava onestà: piaccia se lice.

sondern weil die Conventionen und Sitten der gesellschaftlichen Ungleichheit noch nicht das freie Leben und die freie Liebe unterjocht hatten, und nur das Gesetz der Natur galt: «S'ci piace, ei lice» „Erlaubt ist, was gefällt". Die Natur hat die Menschen gut, die Gesellschaft hat sie schlecht gemacht. So lehrte Rousseau. Er hätte auch von dem ersten Chorliede im Aminta sagen können: „Tasso hat an mich gedacht, als er es schrieb!"

Dieser Verherrlichung der natürlichen Freiheit auf Kosten der Sitte und Sittlichkeit trat nun Guarini entgegen, indem er seinen Chor die goldne Zeit gerade deshalb preisen ließ, weil da= mals die Menschen von Natur thaten des Gesetzes Werk, weil ihre Gefühle mit den Geboten der Sitte und Sittlichkeit übereinstimmten und ihre Liebe treu und beständig blieb, wie die des „Pastor fido". Damals war die wahrhaft goldene Zeit, als nicht erlaubt war, was gefiel, sondern nur gefiel, was erlaubt war. Der Spruch wendet sich mit Tassos eigenen Worten gegen ihn: «piaccia se lice». „Erlaubt ist, was sich ziemt."

Unsere Leser erkennen sogleich, welche schöne Anwendung Goethe von diesem Streit der beiden

italienischen Dichter gemacht, wie er das Gegen=
spiel ihrer Chöre in das Gespräch zwischen Tasso
und der Prinzessin verflochten und dieser in der
Anpreisung des goldenen Zeitalters die Rolle
Guarinis übertragen hat. Sobald sie der goldenen
Zeit und ihrer Wiederherstellung gedenkt, fühlt
Tasso sich in seinem Thema. Nun läßt ihn
Goethe jenes Weltalter ganz nach dem Vorbild
des wirklichen Tasso schildern:

> O welches Wort spricht meine Fürstin aus!
> Die goldne Zeit, wohin ist sie geflohen,
> Nach der sich jedes Herz vergebens sehnt?
> Da auf der freien Erde Menschen sich
> Wie frohe Heerden im Genuß verbreiteten;
> Wo in dem Grase die gescheuchte Schlange
> Unschäblich sich verlor, der kühne Faun,
> Vom tapfern Jüngling bald bestraft, entfloh;
> Wo jeder Vogel in der freien Luft,
> Und jedes Thier, durch Berg und Thäler schweifend,
> Zum Menschen sprach: Erlaubt ist, was gefällt.

Und er läßt die Prinzessin nach dem Vorbilde
Guarinis erwidern:

> Nur in dem Wahlspruch ändert sich, mein Freund,
> Ein einzig Wort: Erlaubt ist, was sich ziemt.[1]

---

[1] II. 1. V. 978—994, 1006.

Ich glaube nicht, daß Goethe den Streit der beiden italieniſchen Dichter in dieſer Ausprägung kannte, bevor er den Seraſſi geleſen hatte. Hier aber fand er nicht blos ihren Wettſtreit geſchildert, ſondern auch in einer Anmerkung jene beiden Chorlieder erwähnt.[1] Daher muß der erſte Auf=tritt des zweiten Acts, der auch in der alten Dichtung ohne Zweifel in dem Zwiegeſpräch der Prinzeſſin mit Taſſo beſtanden hat, in der neuen eine völlige Umgeſtaltung erfahren haben.

3. Antonio Montecatino.

Pigna und Guarini, die am Hofe Alfonſos glänzten, als Taſſo nach Ferrara kam, ſind wohl ſeine Gegner, aber nicht eigentlich ſeine Verfolger geweſen, wozu auch die Zeit nicht reif genug war, als Pigna den 4. November 1575 ſtarb. Der ſchlimmſte Feind ſollte ihm erſt in der Perſon des Antonio Montecatino erſtehen, den der Herzog im April 1568 zum Profeſſor der Philoſophie an der Akademie in Ferrara ernannt hatte. Damals mochte es dem klugen Manne räthlich ſcheinen, ſich die Freundſchaft Taſſos zu erwerben, der im Lichte

---

[1] Serassi. Lib. II. pag. 234.

der Hofgunſt blühte und bei den fürſtlichen Brüdern und Schweſtern persona gratissima war. Sehr bald fand ſich die erwünſchte Gelegenheit. Bei jener Disputation über die Liebe konnte Antonio dem Dichter ſeinen Beiſtand leihen und ihm Streitſätze zur Aufſtellung wie Gründe zu deren Vertheidigung liefern.

Ueberhaupt ſcheint Antonio als Lehrer der Philoſophie in der italieniſchen Spätrenaiſſance eine gewiſſe Rolle geſpielt zu haben, die man durch eine beſondere Nachforſchung näher erleuchten ſollte. Taſſo ſelbſt hat ihn als den ſtärkſten Philoſophen in der Schule ſowohl der Platoniker als der Peripatetiker der Zeit geprieſen. Nachdem ſeine Tragödie in Ferrara ausgelitten war, bekannte er gelegentlich, aus einer Schrift des Antonio in einem Monat mehr gelernt zu haben, als von vielen anderen in vielen Jahren. Als Antonio der Nachfolger Pignas im Amte des Staats= ſecretärs geworden war, wurde ſein Nachfolger im Lehramte der Philoſophie Francesco Patrizzi, der ſich als Gegner des Ariſtoteles in den Annalen der italieniſchen Philoſophie des ſechs= zehnten Jahrhunderts einen Namen erworben hat.

In den Jahren von 1576 — 90 lehrte er in Ferrara, ein persönlicher wie literarischer Gegner Tassos und ein Zeuge seiner Leiden. Er hat den zweiten Theil seines Hauptwerks dem Antonio Montecatino als seinem Vorbilde, Lehrer und Wohlthäter gewidmet und ihn in dieser Zueignung nicht blos als den Lenker der philosophischen Schule zu Ferrara, sondern als eine der ersten philosophischen Zeitgrößen («vir philosophiae literaturaeque universae longe princeps») mit überschwenglichen Worten gepriesen. [1]

Es ist neuerdings über Tasso von seiten seiner Landsleute so viel geforscht und geschrieben worden, was uns zu dankenswerther Belehrung gereicht, daß wir uns billig wundern müssen, wie noch keiner den Philosophen und Staatsmann Antonio Montecatino zum Gegenstand einer Monographie genommen hat. Auch die Rolle, die er im Leben Tassos gespielt, läßt uns eine solche Unter=suchung als eine sehr interessante und lohnende Aufgabe erscheinen.

---

[1] Franciscus Patricius: Discussiones peripateticae (Basil. 1581 fol.). Tom. II pag. 179—89.

Schon in seiner akademischen Stellung zu Ferrara gewann sich Antonio in hohem Maße das Vertrauen des Herzogs. Er war Hofphilosoph, bevor er Staatssecretär wurde. Bald änderte sich sein Verhalten gegen Tasso, mit dem er ungern die fürstliche Gunst theilte. In den Briefen des Dichters an Scipione Gonzaga aus dem März und October 1576 begegnen wir heftigen Klagen wider Antonio: er sei Pignas Nachfolger nicht blos als Staatssecretär, sondern auch im Uebelwollen gegen ihn, nur noch entschlossener und rücksichtsloser als jener. Während seiner Abwesenheit in Modena habe man ihm Zimmer und Cassette erbrochen und seine Briefschaften durchstöbert. Jetzt erscheint Antonio nicht blos als sein Feind, sondern als sein Verderber, als das Haupt einer verfolgungs=süchtigen, wider ihn verschworenen Schar von Gegnern am Hofe Alfonsos, als der gefährlichste und schlimmste von allen, da er das Vertrauen und das Ohr des Herzogs habe. Seit Jahren sei dieser Mann die Quelle aller wider ihn ausge=streuten Verläumdungen und das Werkzeug ihrer Verbreitung. Gewöhnlich vermeidet es Tasso, den Namen selbst zu nennen, er sagt «il dottor», «il

consigliere maligno» oder bezeichnet ihn durch
allerhand bittere Umschreibungen: „jener Sophist
und Philosoph, der die Kunst zu öffnen und zu
schließen versteht, der die Philosophie fälscht, wie
die Siegel der Briefe"; er sagt auch wohl ironisch:
„jener Sophist oder vielmehr Philosoph, wie ich
sagen wollte, ich verspreche mich jedesmal (sempre
qui erro)".

In den Tagen seiner zweiten Flucht hat Tasso
eine sehr ausführliche Denkschrift an den Herzog
von Urbino gerichtet, worin er seinem Jugend=
freunde die Uebel, die er in Ferrara zu erdulden
gehabt, eingehend schildert und auf den Antonio
als ihren Haupturheber zurückführt. Diese Schrift,
wie man aus einem gleichzeitigen Briefe Tassos
an seine Schwester sieht, ist im September 1578
zu Pesaro begonnen worden und sollte abschriftlich
verbreitet werden, um gegen die Verleumdungen
Antonios ihm zu seiner Abwehr und Rechtfertigung
zu dienen. [1]

---

[1] Le lettere. Vol. I. Nr. 58, 86, 106, 109, pg. 140, 218—
220, 268, 282—89. (An der letztgenannten Stelle figurirt An=
tonio als „filosofo di nome e d'abito e sofista d'ingegno
ed ippocrito di costume".) Vgl. Serassi. Lib. II. pg. 215,
230. Not. 2.

Der Herzog blieb den Klagen Tassos gegen=
über taub und that, als ob die Spione, über
deren Heimsuchung der Dichter Beschwerde führte,
nur Geschöpfe seiner Einbildung wären. Selbst
gute Freunde, wie Luca Scalabrino, warnten ihn
vor übertriebenem Argwohn. Gewiß war die
Warnung wohlgemeint und in vieler Hinsicht be=
gründet. Daß Tasso an zunehmendem Verfolgungs=
wahn litt, ist sicher; doch sollte man daraus nicht
ohne weiteres schließen, daß in Wirklichkeit ihn
niemand verfolgt habe. Daß während seiner
Abwesenheit man ihm Zimmer und Schatulle er=
brochen, daß ein Augenzeuge ihm den Mann und
den Schlosser, die er in seine Wohnung hatte
gehen sehen, genannt, daß er selbst den Schlosser
aufgesucht und dieser ihm den Vorgang bestätigt
hat: das alles sind doch nicht Dinge, die Tasso
geträumt oder erfunden und dann seinem Freunde
und Gönner Scipione Gonzaga brieflich vor=
phantasirt oder vorgeschwindelt hat!

Der Zusammenhang ist einleuchtend genug.
Seitdem Alfonso wußte, daß Tasso nach dem Hofe
der Medici trachte, war es mit seiner Gunst vor=
über; seitdem die Neider wußten, daß Tasso beim

Herzog gesunken sei, fanden sie ihre Zeit gekommen. Um dem Handel mit Florenz gründlich auf die Spur zu kommen, bemächtigte man sich seiner Correspondenzen, durchstöberte die vorhandenen wie die laufenden Briefe und fand mehr, als man gesucht hatte, denn es gab auch Schreiben voll kritischer Einwürfe und kirchlicher Bedenken wider sein Werk. Nun hatte man Beweise genug, um bei dem Herzog nicht blos Tassos Diensttreue, sondern auch seinen Dichterruhm in Mißcredit zu bringen. Es ist sehr wahrscheinlich, daß diese Spionerie mit dem Willen des Herzogs durch Antonio und dessen Werkzeuge betrieben wurde. Wann hätte die Politik der Tyrannen und ihrer Günstlinge je ein solches Mittel verschmäht und entbehren können? [1]

Auf diesem Wege wurde das Verderben Tassos beschleunigt, wozu freilich auch seine eigene Un= klugheit sehr viel beitrug, da sie den Feinden in die Hände arbeitete. Er selbst war von Natur sanft, mitleidig und versöhnlich. Ein Jahr nach seiner Befreiung schrieb Antonio, der nun auch in

---

[1] Le lettere. Vol. III: della prigionia di T. Tasso. pg. IX.

der Gunst des Herzogs gefallen war, an Tasso
nach Mantua und machte ihm eine seiner Schriften
zum Geschenk. Voller Dankbarkeit antwortete dieser
sogleich, als ob er nie den bittersten Groll gegen
Antonio gehegt; er gedenkt nur seiner Achtung vor
dessen hohem Geist und tiefer Gelehrsamkeit und
begrüßt sein Geschenk als ein Zeichen neuer oder
erneuerter Freundschaft. Bei dieser Gelegenheit
spendete er der Wissenschaft und Lehrkunst Antonios
jenes oben erwähnte Lob, das nicht größer gedacht
werden kann. [1]

Goethe mußte aus Serassi wissen, daß die
Verfolgungen, welche Tasso in Ferrara zu erleiden
gehabt, keineswegs nur leere und krankhafte Ein-
bildungen waren; aber diese ihm zugefügten Uebel
setzten sowohl in dem Charakter des Herzogs als in
dem seines Staatssecretärs bösartige Züge voraus,
die weder zu Goethes Alphons noch zu seinem
Antonio paßten. Daher ließ er von den Verfolgungen nichts übrig als den Verfolgungswahn und nahm sie sämmtlich auf die Rechnung
des Dichters. Mit einer Seelenkenntniß, die nur

---

[1] Le lettere. Vol. III. Nr. 863, pg. 232.

ihm zu Gebote stand, verwebte er diese Phantasie=
gebilde des Argwohns in die Grundzüge eines
dichterisch=genialen, von Natur kindlichen und arg=
losen Charakters und gestaltete demgemäß das Bild
seines Tasso.

VIII. Die Prinzessin Leonora d'Este.

Schon bei Lebzeiten Tassos wurden die Ursachen
seiner Einsperrung wie lichtscheue Dinge angesehen,
die der Mantel eines dichten Geheimnisses ver=
berge. Tasso selbst soll einem neugierigen Frager
geantwortet haben, daß von allen Winden derjenige
am widerwärtigsten sei, welcher uns den Mantel
raube. Da nun alle Welt an seinen Schicksalen
den regsten Antheil nahm und über deren Ursachen
viel geredet, aber nichts Sicheres gewußt wurde,
so hüllte sich seine Lebensgeschichte in Ferrara in
einen Sagenkreis, und es entstand eine Tasso=
legende, auf die wir im nächsten Abschnitt näher
eingehen wollen.

Aus Serassis Lebensbeschreibung und Tassos
Briefen stellt sich uns der Gang und Zusammen=
hang seiner Schicksale so deutlich vor Augen, daß
wir nicht nöthig haben, mit unbekannten oder

geheimnißvollen Ursachen zu rechnen. Dagegen waren die Zeitgenossen über die Vorgänge in Ferrara und deren innere Triebfedern viel zu wenig unterrichtet, um sich die Gefangenschaft Tassos genügend erklären zu können. Nun entstanden Gerüchte. Es hieß, daß ein Liebeshandel zwischen Tasso und der Prinzessin Leonore bestanden habe und plötzlich an den Tag gekommen sei. Wie man die Entdeckung gemacht, darüber wurde allerlei gefabelt: bald sollten die Beweise in den Papieren Tassos gefunden, bald der Herzog selbst der ungesehene Augenzeuge gewesen sein, der in einem verrätherischen Spiegel die Liebenden beobachtet habe. Diese unglückliche Leidenschaft Tassos war nach den einen die Ursache, nach den andern die Folge seines Wahnsinns; einige hielten sogar den Wahnsinn Tassos für eine bloße Maske, die seiner Leidenschaft den Schein einer thörichten Träumerei leihen sollte.

1. Die Persönlichkeit der Prinzessin.

Leonora d'Este war mit ihrer Schwester Lucrezia gemeinsam erzogen und in den schönen Wissenschaften unterrichtet worden, sie liebte die Dichtkunst, vor allen aber die Musik, die in dem

Hause der Este mit Eifer gepflegt wurde und auch ihrem Bruder, dem Herzog Alfonso, zu höchstem Wohlgefallen gereichte. In ihren vielen einsamen Stunden erquickte sich Leonore mit dem Genuß und der Ausübung dieser Kunst. Sie erging sich gern in ernsten Betrachtungen und Gesprächen und hatte von ihrer Mutter die religiöse Gemüths= art, nur daß sie durch ihre klösterliche Erziehung vor „dem fremden Irrthum" der mütterlichen Ketzerei bewahrt blieb, und zwar so streng und sorgfältig, daß ihre fromme Sinnesart den klöster= lichen und kirchlichen Charakter annahm, nicht auf fanatische Art, sondern in der sanften, anmuthigen und wohlthätigen Weise, die ihrer Gemüthsbeschaffen= heit entsprach. Sie lebte wie eine geweihte Jung= frau, erschien selten in öffentlichen Kreisen und blieb gern in ihren Gemächern oder in ländlicher Einsam= keit, fern von dem Getümmel und den Eitelkeiten der Welt. Ihre Tracht zeigte nichts von weiblichem Putz. Von Natur kränklich und häufig krank, war sie auch durch ihre körperlichen Zustände auf ein solches nach innen gerichtetes, von der Welt abgeschiedenes Leben hingewiesen, womit sich eine heitere Empfänglichkeit für geistige Freuden und einen erwählten geselligen Kreis recht wohl vertrug. Im Volke wurde sie wie eine Heilige verehrt, deren Gebete für wirksame Schutzmittel galten und sich in Zeiten der Noth, als Ferrara von Ueberschwemmungen und Erderschütterungen heimgesucht wurde, auch als solche bewährt haben sollten. Die Gedanken an Vermählung und weltliche Liebe lagen ihr fern.

2. Tassos Canzone.

Als bald nach der Ankunft Tassos jene prachtvollen Hochzeitsfeste in Ferrara gefeiert wurden, war die Prinzessin durch längere Krankheit in ihre Zimmer gebannt und unsichtbar für die Welt. Erst nach Monaten konnte sie den jungen Dichter empfangen, dessen Rinaldo sie gelesen und lieb gewonnen hatte. Wie innig Tasso von dem ersten Anblick der fürstlichen Frau gerührt wurde, hat er selbst in einer seiner schönsten Canzonen geschildert. Diesen ergreifenden Moment lernte Goethe erst aus Serassi kennen und konnte daher, obwohl es in dem ersten Auftritt des zweiten Actes geschieht, erst in der neuen Dichtung seinen Tasso dieses unvergeßliche Erlebniß schildern lassen:

Und ich, der ich, betäubt von dem Gewimmel
Des drängenden Gewühls, von so viel Glanz
Geblendet, und von mancher Leidenschaft
Bewegt, durch stille Gänge des Palasts,
An deiner Schwester Seite schweigend ging,
Dann in das Zimmer trat, wo du uns bald,
Auf deine Frau'n gelehnt, erschienest — mir
Welch ein Moment war dieser![1]

3. Tassos Briefe.

Wir wissen, wie eifrig die Prinzessin bestrebt war, Tasso mit Pigna zu befreunden. Von den Canzonen, worin dieser die schöne Lucrezia Bendidio verherrlicht oder, wie Tasso sagte, vergöttert hatte, wählte er drei und beurtheilte sie auf das günstigste in einer Schrift, die er der Prinzessin widmete.[2]

Von den glücklichen Jahren, die Tasso in Ferrara erlebt hat, war das Jahr 1573 vielleicht das glücklichste. Im Frühling hatte die Auf=führung seines Aminta den Hof in Ferrara, im Sommer den in Pesaro entzückt, wohin Lucrezia den Dichter mit sich genommen hatte. Während ihrer gemeinsamen Villeggiatur in Casteldurante schreibt er den 3. September 1573 an die Prin=

---

[1] II. 1. Vgl. Serassi. Lib. II, pg. 131.
[2] Le Lettere. Vol. I. Nr. 8. (1568). S. oben S. 119.

zessin, der er jede neue Dichtung zu senden ver=
sprochen hatte, und schickt ihr ein Sonett, worin
ein armer Liebhaber, der den Zwist mit der Ge=
liebten nicht länger ertragen kann, sich endlich ergiebt
und um Gnade fleht. Da nun dieser arme Lieb=
haber natürlich der Dichter selbst ist, so hat man
sein Sonett für ein Liebesbekenntniß angesehen,
welches Giovanni Rosini auf die Prinzessin Leonore,
Gaetano Capponi dagegen auf die Prinzessin
Lucrezia bezogen wissen will. So geht es, wenn
man Sonette für Documente ansieht! [1]

Gleich in der ersten Zeile seines Briefes ent=
schuldigt sich Tasso, daß er seit Monaten geschwiegen
habe, woraus allerdings erhellt, daß zwischen der
Prinzessin und ihm ein Briefwechsel bestand. Und
da bis heute nur zwei sichere Briefe, die beiden
angeführten, bekannt sind, so müssen die übrigen
verloren gegangen oder vernichtet worden sein. Ein
dritter im Gefängniß geschriebener Brief, womit
er die Widmung seiner gesammelten Gedichte an
beide Prinzessinnen begleitet, hat für die gegen=
wärtige Frage keine weitere Bedeutung. [2]

---

[1] Le lettere. Vol. I, Nr. 16, pg. 47. Not. 1.
[2] Ebendas. Vol. II, Nr. 140 (20. Nov. 1580), pg. 99.

4. Sofronia und Olindo.

Es ist sehr wahrscheinlich, daß der tiefe und rührende Eindruck, den diese fromme Prinzessin auf Tassos religiöse Phantasie ausgeübt, auch in den gleichzeitigen Anfängen seines großen Epos fortgewirkt und namentlich in jener berühmten Episode des zweiten Gesanges sich ausgeprägt hat, woraus zu Lessings Zeiten unser Cronegk eine christliche Tragödie machen wollte. [1]

Der König von Jerusalem wüthet gegen die Christen, die das Madonnenbild wieder geraubt haben sollen, welches er ihren Priestern entrissen und auf den Rath eines Zauberers in die Moschee gebracht hat, damit es der Stadt zum Talisman wider das Heer der Kreuzfahrer diene. Da er= scheint die fromme Sofronia und bekennt den Raub verübt zu haben, um sich für ihre Glaubensgenossen zu opfern; alsbald aber eilt der junge Olindo herbei und giebt sich für den Räuber aus, um für Sofronia, die er liebt, oder mit ihr zu sterben. Wie der Dichter diese Sofronia, eine Geburt seiner

---

[1] Lessing: Hamburgische Dramaturgie, Stück I—V.

Phantasie, schildert, vergegenwärtigt sich uns das
Bild der Leonora d'Este:

> Ein Mädchen war's, noch in des Lebens Morgen,
> Entzückend schön, erhaben von Gemüth;
> Kaum schien sie mehr für ihren Reiz zu sorgen,
> Als weil durch ihn die Tugend schöner blüht.
> Ihr größter Werth ist, daß sie, still verborgen,
> Dem Blick der Welt den größten Werth entzieht
> Und ferne von der Schmeichler Lob und Streben
> In Einsamkeit es wagt, sich selbst zu leben.

Freilich stand Leonore, die damals die dreißige
überschritten hatte, nicht mehr „in des Lebens
Morgen", aber diese Worte stehen auch nicht im
Text, sondern nur in Gries' Ueberfetzung. Tasso
schrieb:

> Vergine era fra lor, di già matura
> Verginità.

Dieser Zug paßt ganz auf die Prinzessin und
wäre ohne ihr Vorbild wohl schwerlich der
Sofronia eigen gewesen. Die Schilderung Olindos
gleicht dem Dichter selbst, der zu Leonoren empor=
blickt:

> Sofronia und Olind nennt man die beiden,
> Derselben Stadt, desselben Glaubens Zier,
> So reizend sie, so sehr ist er bescheiden,
> Voll Wunsch, an Hoffnung arm, fern von Begier;

> Zu reden bang, erträgt er still sein Leiden,
> Wenn nicht verschmäht, doch unbemerkt von ihr.
> So hat der Arme längst für sie geschmachtet,
> Die ihn nicht sieht, nicht kennt, vielleicht verachtet. [1]

Alle Bedenken, welche die Revisoren des Gedichtes vorzubringen hatten, vereinigten sich gegen diese Episode, und Tasso war nahe daran, sie zu vertilgen. Wenn er es nicht that, so geschah es, wie er an Scipione Gonzaga den 15. April 1575 schrieb, „dem eigenen Genius und dem Fürsten zu Liebe". Also hatte Alfonso an jener Episode ein besonderes Wohlgefallen gefunden, dessen Grund, wie Serassi meint, kein anderer sein konnte als die Schilderung seiner Schwester in der Gestalt der Sofronia. [2]

Wie lebhaft mußte sich Goethe von dieser dichterischen That Tassos, die ihm Serassi erzählt hat, angesprochen fühlen! War sie doch ganz in der Art seines eigenen Genius. Auch Tassos Liebe offenbarte sich in seiner Dichtung: eine hohe Frau, die er vor Augen und im Herzen hatte, wurde die Muse seines Gedichtes, und eine der rührendsten

---

[1] Ger. Lib. II. Str. 14—16.
[2] Le lettere. Vol. I. N. 25. Vgl. Serassi. Lib. II, pg. 196—98.

Gestalten, die er geschaffen, war von seiner Liebe
zu ihr inspirirt. Nun erweiterte sich Goethe den
Umfang, in welchem diese Liebe Tassos auf die
Gestalten seines Epos eingewirkt und sich in den=
selben gleichsam verkörpert hatte: sie ist nicht blos
Sofronia, sie ist auch Erminia und Clorinde,
er ist nicht blos Olindo, sondern auch Tancred.
So entstand jene Stelle, worin sein Tasso, hin=
gerissen von der Gegenwart Leonorens und dem
Moment ihres Zwiegesprächs, sein befreites Jeru=
salem in ein Bekenntniß seiner Liebe verwandelt.
Unsere ganze Dichtung ist in diesen Worten gleich=
sam concentrirt, denn alles Vorangegangene ist
darin gesammelt und alles Folgende geht daraus
hervor:

> Was auch in meinem Liebe wiederklingt,
> Ich bin nur Einer, Einer alles schuldig!
> Es schwebt kein geistig unbestimmtes Bild
> Vor meiner Stirne, das der Seele bald
> Sich überglänzend nahte, bald entzöge.
> Mit meinen Augen hab' ich es gesehn,
> Das Urbild jeder Tugend, jeder Schöne;
> Was ich nach ihm gebildet, das wird bleiben:
> Tancredens Heldenliebe zu Chlorinden,
> Erminiens stille, nicht bemerkte Treue,
> Sofroniens Großheit und Olindens Noth,

Es sind nicht Schatten, die der Wahn erzeugte.
Ich weiß es, sie sind ewig, denn sie sind.
Und was hat mehr das Recht, Jahrhunderte
Zu bleiben und im Stillen fortzuwirken,
Als das Geheimniß einer edlen Liebe,
Dem holden Lied bescheiden anvertraut?[1]

5. Das Geschenk.

Nach seiner Rückkehr aus Frankreich war Tasso mit dem 1. Januar 1572 in die Dienste des Herzogs getreten, doch begab er sich nicht gleich an Ort und Stelle, sondern blieb drei bis vier Monate in Rom, ehe er am 1. Mai in Ferrara eintraf. Kaum war er angelangt, so erhielt er von der Hand der Prinzessin Leonore, die sich bereits in Consandolo aufhielt, das Geschenk einer kunstvollen Stickerei, womit der Einband eines Buches, das ihr Tasso geliehen hatte, geschmückt war.

Sie hatte dieses Geschenk mit folgenden Zeilen begleitet: „Nicht ohne das größte Wider=streben und nur auf Ihre wiederholten Bitten habe ich mich entschließen können, mit meiner Nadel den Deckel eines Buches zu schmücken, das ich zur Ehre meines Geschlechtes eigentlich hätte den

---

[1] II. 1, B. 1092—1108.

Flammen übergeben sollen. Doch ich will das Gebot des Evangeliums befolgen und unseren Fein=den wohlthun. Das Geschenk meiner Schwester wird dem meinigen zuvorgekommen sein und muß durch die geschicktere Kunst, wie durch die Person der Geberin in Ihren Augen den größeren Werth haben; der des meinigen besteht, wie gesagt, nur in der evangelischen Handlung, die ich um Ihret=willen geübt habe. Ihnen gebührt jedes Zeichen der Hochschätzung und des Wohlwollens. Gott gebe Ihnen alles Gedeihen." Sie unterzeichnet: «Desiderosissima di servirla Leonora d'Este».

Tasso antwortete den 5. Mai mit einem Erguß überströmenden Dankes und ausschließender Huldi=gung: „Das Geschenk, welches Eure Excellenz mir zu senden geruht haben, ist fast mit mir zu=gleich nach Ferrara gekommen und für mich armen Edelmann ein so reicher und kostbarer Schatz, daß ich sicher bin: wenn Jason noch lebte und mit seinen Argonauten erschiene, würde er diesen Schatz nicht blos dem goldenen Vließ, sondern den sel=tensten und kostbarsten Dingen der ganzen Welt vorziehen. Mit heißen Wünschen habe ich die Rückkehr an diesen Hof ersehnt, wo ich vom ersten

Augenblick an mein Herz durch sanfte und feste Bande gefesselt fühlte. Jetzt hoffe ich, daß der Tod allein im Stande sein wird, diese Bande zu lösen und mich von diesem Hofe zu trennen. Alle meine Pflichten weihe ich Ihnen und der erlauchten Frau Lucrezia, deren Geschenk ich in höchsten Ehren halte, denn es ist Ihre Schwester, aus deren Händen es kommt. Es vergegenwärtigt mir jene Orte, wo ich der eitlen Jagdlust gefröhnt habe und darauf ausging, unschuldige Thiere, wie Hasen, Hirsche und Rehe, zu treffen; Ihr Geschenk erfreut, ja beseligt meine Einbildung, da es mir jenen glückseligen Ort zurückruft, wo ich selbst getroffen wurde. Ich werde dieses Geschenk so sorgfältig und eifrig bewahren, wie die Vestalinnen das heilige Feuer. Wie dieses den Altar der Gottheit, so soll jenes meine Muse nähren, die ich der Ver=herrlichung der Helden und Heldinnen Ihres ur=alten erhabenen Hauses geweiht habe: vor allen Einer, deren Name jeder und jede in Ehren hält (le onora)." [1]

---

[1] Le Lettere. Vol. Nr. 1563, pg. 227, 256. Beide Briefe sind von dem Grafen Alberti in seiner Handschriftensamm=lung zum ersten mal 1837 veröffentlicht und von Guasti

6. Die mütterliche Erbschaft.

Nach dem Tode der Herzogin Renata, die den 2. Juli 1575 in ihrem Heimathslande gestorben war, gelangte die Prinzessin Leonore in den Besitz der mütterlichen Erbschaft und dadurch in eine ökonomisch bequemere Lage, als ihre bisherige gewesen war. Tasso, wie wir wissen, war von sich aus ganz arm; die Besoldung, die er als «cortigiano» erhielt, war so gering, daß ihm der Herzog jene Professur der Mathematik ertheilte, die seine Arbeiten kaum und seine Einkünfte etwas vermehrte. Man meine nicht, daß die italienischen Fürsten jener Zeit überaus freigebig waren, weder die Este noch die Medici. Als Tasso die Gefangenschaft überstanden hatte und des Allernöthigsten entbehrte, schenkte ihm die Großherzogin von Toskana ein paar Thaler und nachher einen silbernen Becher,

---

in den Anhang seiner Ausgabe der Briefe Tassos aufgenommen worden; er bezeichnet sie als Apokrypha, ohne sie deshalb für unecht zu halten; im Gegentheil, er nennt ihre Auffindung „eine sehr glückliche". — Das Bild, welches die Prinzessin gestickt hatte, war eine Halle in Consandolo. Beide Schwestern übten die Kunst der Stickerei, worin ihre Mutter eine meisterhafte Fertigkeit besaß.

für welche großmüthigen Geschenke er sich demüthig zu bedanken hatte.

Jetzt versprach ihm die Prinzessin Leonore eine Geldunterstützung. Im April 1576 schreibt Tasso seinem Freunde Luca Scalabrino: „Madama Leonora hat mir heute ganz aus freien Stücken gesagt, daß sie bis jetzt sich in einer pecuniär beengten Lage befunden habe, nun aber durch die mütterliche Erbschaft in günstigere Verhältnisse gekommen sei und mir einige Hülfe zukommen lassen wolle. Ich fordere nichts und werde nichts fordern, ich werde auch nicht an dieses Versprechen erinnern, weder sie noch den Herzog. Wenn sie es thut, werde ich jede kleine Gunst dankbar empfangen und gern annehmen." [1] Erhalten hat er nichts.

Auch diese Erzählung, wie die Kenntniß des Briefes an Scalabrino schöpfte Goethe lediglich aus dem Werke Serassis. Er hat dieselbe in der eigenen Dichtung so verwerthet, daß in dem Bilde seiner Prinzessin ein sehr charakteristischer Zug daraus hervorging. Sie gesteht selbst, daß ihre ökonomische Lage zu eingeschränkt war, um nach Gefallen

---

[1] Le lettere. Vol. I. Nr. 62, pg. 159. Vgl. Serassi. Lib. II, pg. 222.

ihren Freund unterſtützen zu können. Ein gutes
Wort bei ihrem Bruder hätte ihr geholfen. Warum
ſagt ſie es nicht? Von dieſem Alfonſo, wie
Goethe ihn gefaßt hatte, war keine Kargheit zu
befürchten, denn ſie verträgt ſich weder mit ſeiner
brüderlichen noch mit ſeiner fürſtlichen Art. Daß
ſie ſchweigt und die Bitte zurückhält, muß daher
in ihrem eigenen Charakter begründet ſein und nach
der Art, wie Goethe dramatiſch zu denken pflegt,
aus ihrem innerſten Weſen motivirt werden. So
entſteht jener zarte und tiefgegründete Zug, ohne
den wir uns die Seeleneigenthümlichkeit der Prin=
zeſſin in unſerem Taſſo nicht vorſtellen können;
zugleich hat Goethe mit großer Feinheit dieſen
Zug benützt, um die beiden Schweſtern zu unter=
ſcheiden:

> Ich kann, du weißt es, meine Freundin, nicht,
> Wie's meine Schweſter von Urbino kann,
> Für mich und für die Meinen was erbitten.
> Ich lebe gern ſo ſtille vor mich hin
> Und nehme von dem Bruder dankbar an,
> Was er mir immer geben kann und will.
> Ich habe ſonſt darüber manchen Vorwurf
> Mir ſelbſt gemacht; nun hab' ich überwunden.
> Es ſchalt mich eine Freundin oft darum:
> Du biſt uneigennützig, ſagte ſie,

Das ist recht schön; allein so sehr bist du's,
Daß du auch das Bedürfniß deiner Freunde
Nicht recht empfinden kannst. Ich laß' es gehn,
Und muß denn eben diesen Vorwurf tragen.
Um desto mehr erfreut es mich, daß ich
Nun in der That dem Freunde nützen kann;
Es fällt mir meiner Mutter Erbschaft zu,
Und gerne will ich für ihn sorgen helfen.[1]

6. Das Sonett: «dubio crudele».

Die Huldigungen, welche Tasso der schönen Gräfin Leonora Sanvitali darbrachte, scheinen die Prinzessin ernstlich verstimmt zu haben, sie nahm den Dichter als einen leichtsinnigen, treulosen Flattergeist und ließ ihn durch die Kälte ihres Benehmens und den getrübten Ausdruck ihrer Mienen die Veränderung ihrer Gefühle wahrnehmen. Tasso beklagte sich darüber in einem Sonett, das er an die erlauchte Leonora d'Este richtete und ihr zusendete; sie schickte es mit der Ueberschrift «Dubio crudele» und einer Reihe Bemerkungen zurück, die sie über gewisse Stellen des Textes auf die Kehrseite des Blattes geschrieben hatte.

In dem letzten Terzett waren die Launen des Amor mit dem treulosen Meere verglichen, das

---

[1] III. 2. B. 1751—1768.

dem unvorsichtigen Steuermann die spiegelglatte Fläche zeige, ihn plötzlich verschlinge und unter Klippen und Ungeheuern begrabe. In Beziehung auf „den unvorsichtigen Steuermann" wurde bemerkt: „Wie der Poet, der sich selbst nicht zu beherrschen und noch weniger Zunge und Feder zu zügeln vermag". Wenn im Text der Untergang beklagt wurde, den ihm die Liebe bereite, so fand die Leserin zu bemerken: „Ungerecht ist der Poet, der anderen zuschreibt, was ganz und gar seine eigene Schuld ist".

Gleich in der ersten Zeile erinnert der Dichter an die Zeit ihrer früheren Neigung. Die Gegenbemerkung hieß: „Zeichen, daß er sie damals verdiente". Da der Dichter von seinem Herzen sprach, das in Flammen gelodert habe, so wurde entgegnet: „Wie das Stroh, welches schnell brennt und schnell erlischt". In dem Sonett war gesagt, daß die Leserin diese Flamme genährt und sich derselben erfreut habe. Die Gegenbemerkung hieß: „Worüber sie Reue genug empfindet".

Dieses Sonett ist erst neuerdings in der Privatbibliothek des Herzogs von Parma aufgefunden und dem jüngsten Herausgeber der Briefe

Tassos mitgetheilt worden, der es veröffentlicht hat und seine Echtheit nicht bezweifelt; er nennt es „ein höchst merkwürdiges Document". Handschriftkundige Männer haben festgestellt, daß der Text von der Hand Tassos, die Ueberschrift und die Gegenbemerkungen von der Hand der Prinzessin Leonore herrühren. [1]

Wir erinnern uns, daß in den Huldigungen für Leonora Sanvitali Tasso und Guarini wetteiferten, und dieser in einem Gegensonette jenem seine Doppelliebe vorwarf: „Er rühmt sich zweier Flammen" u. s. f. Daß die eine dieser Flammen die junge Gräfin Scandiano war, ist gewiß; aber wir mußten gegen Serassi bezweifeln, daß Lucrezia Bendidio die andere war. Diese Flamme brannte zehn Jahre früher, während die beiden, welche Guarini meint, offenbar gleichzeitig lodern.

Hat es mit dem «dubio crudele» seine Richtigkeit, so sind die beiden Flammen die beiden Leonoren: dann würde es sich mit dem Sinn der Worte Guarinis so verhalten, wie

---

[1] Le lettere. Vol. III, p. XXX — XXXI.

Goethe dieselben genommen und seinem Antonio geliehen hat.[1]

Hätte Serassi, der die Beziehungen der Liebe zwischen der Prinzessin und dem Dichter völlig in Abrede stellt, dieses Sonett gekannt, so würde er schwerlich verneint haben, daß Leonora d'Este für Tasso eine gewisse «debolezza» gehabt habe.

8.　Das Ende.

Im Laufe des Jahres 1576 wurden Tassos krankhafte Stimmungen immer düsterer und un= leidlicher. Vergeblich nahmen ihn der Herzog mit sich nach Belriguardo, die Prinzessin mit sich nach Consandolo, wo er im Juli elf Tage bei ihr ver= weilte. Noch ein Jahr hielt er es in Ferrara aus, dann begannen die Irrfahrten.

Auf die Briefe, die er von Sorrent wegen seiner Rückkehr an den Herzog und dessen Schwestern

---

[1] S. oben VII. 2. S. 124. Das Gedicht wurde unter den Papieren Tassos gefunden; der Sequester der letzteren bemerkt darüber: „dieses Sonett schrieb Tasso, während er der Sanvitali seine Huldigungen darbrachte“. Es stammt also aus dem Jahre 1576. Cecchi nimmt es als ein historisches Document für das Liebesverhältniß zwischen Tasso und der Prinzessin.

gerichtet hatte, antwortete nur die Prinzessin, aber ohne alle Hoffnung, noch etwas für ihn thun zu können. Nach seiner Rückkehr von Sorrent und Rom mußte er sich überzeugen, daß der vertrauliche Verkehr, den er mit den fürstlichen Schwestern gehabt hatte, nicht mehr bestand. Seine Klagen fanden bei ihnen kein Gehör, ihre Thüren blieben ihm verschlossen, die Thürhüter wiesen ihn ab, seine ganze Lage gestaltete sich so peinlich, daß die zweite Flucht erklärlicher war als die erste.[1]

Nach seiner Rückkehr von Turin wurde er nicht mehr empfangen. Die Prinzessin überließ den unglücklichen Mann seinem Schicksale, sie wollte oder konnte nicht hindern, was der Herzog über ihn verhängt hatte. Die Widmung seiner Gedichte aus dem Gefängniß enthielt für die fürstlichen Frauen des Hauses Este eine Huldigung, die Lucrezia dankbar empfunden zu haben scheint; ihre Schwester Leonore dagegen war bereits so krank, daß sie wohl keine Kenntniß mehr davon nahm. Sie starb den 10. Februar 1581.

Alsbald erschien eine Sammlung von Trauer= gedichten über den Verlust der vielverehrten Fürstin.

---

[1] Serassi. Lib. III, p. 256, pg. 263—64.

Unter den wehklagenden Stimmen fehlte die des größten Dichters der Zeit. Keines jener Gedichte stammte von Tasso. War vielleicht sein Schmerz so groß, daß er verstummte, und dem Unglücklichen in der Zelle des Annenhospitals kein Gott verlieh zu sagen, wie er litt?[1]

IX. Die Tassolegende.

1. Giov. Batt. Manso.

Der Kern der Tassolegende, die seit den Zeiten des Dichters sich bis in unsere Tage fortgepflanzt und noch in dem jüngsten Biographen P. L. Cecchi einen entschiedenen Vertheidiger gefunden hat, besteht in der geheimen Liebesgeschichte, die zwischen Tasso und Leonora d'Este gespielt und seine tragischen Schicksale verursacht haben soll. Urkundliche und vollgültige Beweise dafür giebt es keine. Statt ihrer haben nun die Gedichte Tassos als die Zeugnisse seiner Liebesgeheimnisse gelten sollen, und wer den Schlüssel zu diesen Geheimnissen habe, könne leicht Sonette, Canzonen und Madrigale genug auffinden, welche der Welt die Liebes-

---

[1] Ebendas. III, p. 297—98.

geschichte Tassos verrathen. Man hat sogar von unbekannten Versen lasciver Art gefabelt, die man aufgefunden und dem Herzog zugetragen habe.

Den Schlüssel zu Tassos Liebesliedern glaubte G. B. Manso, der Marchese della Villa, zu besitzen, der als jugendlicher Tassoenthusiast den Dichter während seiner letzten Lebensjahre kennen gelernt und in seiner Villa zu Neapel wie in seiner Stadt Bisaccia gastlich bei sich aufgenommen hatte. Als er zum Jubeljahr 1600 nach Rom gekommen war, forderte ihn der Cardinal P. Aldobrandini auf, die Lebensgeschichte Tassos zu schreiben. Manso that es und schrieb noch während seines römischen Aufenthaltes das Büchlein zusammen mit wenig Mühe und ohne alle Kritik. So entstand ohne künstlerischen und historischen Werth die erste Lebensbeschreibung Tassos, die hundertfünfundachtzig Jahre lang die einzige blieb: sie war die einzige, die Goethe kannte, als er den Plan zu seiner Dichtung faßte und die beiden ersten Acte derselben ausführte. Dieser Umstand ist es allein, der uns das kleine Werk noch heute lesenswerth und interessant macht.

Wie wenig Manso über die Vergangenheit seines Freundes unterrichtet war, von deren Grundzügen er eine richtige Vorstellung sich leicht genug hätte verschaffen können, zeigt seine völlig verworrene Beschreibung der Irrfahrten Tassos. Wegen des Zweikampfes mit jenem falschen Freunde habe ihn der Herzog mit Stubenarrest bestraft, aus dieser Haft sei Tasso entflohen, zuerst nach Turin, dann nach Rom und Sorrent, von wo der Brief der Prinzessin Leonore ihn zurückgerufen habe. In Wahrheit hat sich alles umgekehrt zugetragen. Wegen des Handels mit dem verrätherischen Freunde hat ihn der Herzog nicht bestraft, sondern belobt; auch ist Tasso nicht aus irgend welcher Haft entflohen, auch war Turin nicht das erste Ziel seiner ersten, sondern das letzte seiner zweiten Flucht, er ist nicht von Rom nach Sorrent, sondern von Sorrent nach Rom gegangen, die Prinzessin hat ihm nach Sorrent nicht aus freien Stücken geschrieben, sondern ihr Brief war eine Antwort, die das Gegentheil einer Einladung enthielt. Wenn nun Manso offene Begebenheiten, die er so leicht erfahren konnte, in so verkehrter Weise darstellt: wie wird er uns erst

diejenigen Geheimnisse enthüllen, welche er nicht
erfahren konnte? [1]

Der einzige Gegenstand der Liebe Tassos und
seiner poetischen Verherrlichung war nach ihm die
Prinzessin Leonore. Durch das Spiel mit Worten,
wie «aura» und «ora», noch deutlicher durch
Schlußworte, wie «strale onora» u. a., gab er
in seinen Versen zu verstehen, wen er meine, aber
der Gegenstand seiner leidenschaftlichen Huldigungen
war so erhaben, daß er sorgfältig Bedacht nehmen
mußte, ihn zu verbergen. Glücklicherweise gab es
drei Leonoren zum Andichten: die Prinzessin,
eines ihrer Kammermädchen und die Gräfin San=
vitali. Damit sollte der Schlüssel zu dem in
seinen Gedichten verborgenen Liebesgeheimniß ge=
funden sein. Drei Leonoren wurden besungen,
nur eine war gemeint, die beiden andern dienten
als Masken. [2] Eine dieser Leonoren ist aus der
Luft gegriffen, die Geschichte weiß nichts von einer
Zofe dieses Namens. Aber ohne die Erfindung
einer solchen «damigella» hätte ja der Schlüssel
nichts getaugt. Vielleicht lag dieser Fiction eine

---

[1] Manso. Part. I. § 46—56 (p. 77—91).
[2] Ebendas. Part. I. § 34—41 (p. 52—68).

Verwechselung mit Lucrezia Bendidio zu Grunde, die aber weder Leonora hieß noch Kammerjungfer war. So viel ist gewiß, daß Tasso, während er für Leonora d'Este schwärmte, zuerst Lucrezia Bendidio und zehn Jahre später Leonora Sanvitali angedichtet hat, und zwar keineswegs um des leeren Scheines willen. Daß seine Liebeslieder nur der Prinzessin gegolten und er zwei andere Leonoren dabei als Masken gebraucht habe, ist demnach eine irrige Sage und eine falsche Erfindung.

Richtig ist, daß Tasso in seinen Versen die Prinzessin und ihre seltenen Eigenschaften ver=herrlicht hat: ihre Schönheit und kluge Einsicht, ihre Seelengröße und Beständigkeit, ihren in Wissenschaften und Künsten fein gebildeten Geist und vor allem ihre Frömmigkeit. Er hat in einer berühmten Canzone ihre Genesung von jener langen Krankheit gefeiert, die sie von den Hochzeitsfesten am Schlusse des Jahres 1565 fern hielt; er hat es in einem Sonette beklagt, daß ihr die Aerzte den Gesang untersagen mußten; der Gedanke ihrer Vermählung, die der Herzog wünscht, entlockt ihm ein schmerzliches Sonett; dann tröstet ihn die

Gewißheit, daß sie unvermählt bleiben wolle, und er giebt seiner Freude darüber Ausdruck in einem Madrigal[1].

Wir müssen es dem ersten Biographen Tassos Dank wissen, daß er diese Lieder erwähnt und dadurch unserem Goethe die Motive zu einigen der schönsten Stellen in der Charakterschilderung der Prinzessin geliehen hat. Er läßt sie selbst ihres Stilllebens in der Krankheit gedenken, während die Welt um sie her Freudenfeste feierte:

> Die Feste, die du rühmst, die hundert Zungen
> Mir damals priesen und mir manches Jahr
> Nachher gepriesen haben, sah ich nicht.
> Am stillen Ort, wohin kaum unterbrochen
> Der letzte Widerhall der Freude sich
> Verlieren konnte, mußt' ich manche Schmerzen
> Und manchen traurigen Gedanken leiden.
> Mit breiten Flügeln schwebte mir das Bild
> Des Todes vor den Augen, deckte mir
> Die Aussicht in die immer neue Welt.
> Nur nach und nach entfernt' es sich und ließ
> Mich, wie durch einen Flor die bunten Farben
> Des Lebens, blaß, doch angenehm erblicken.[2]

Er läßt es die Prinzessin selbst aussprechen,

––––––

[1] Ebendas. I. § 38 (p. 55—60).
[2] II. 1. V. 846—858.

was sie entbehrt hat, als auf das Gebot der Aerzte
auch ihr Gesang verstummen mußte:

> Wenn Freunde, wenn Geschwister
> Bei Fest und Spiel gesellig sich erfreuten,
> Hielt Krankheit mich auf meinem Zimmer fest,
> Und in Gesellschaft mancher Leiden mußt'
> Ich früh entbehren lernen. Eines war,
> Was in der Einsamkeit mich schön ergetzte,
> Die Freude des Gesangs; ich unterhielt
> Mich mit mir selbst, ich wiegte Schmerz und Sehnsucht
> Und jeden Wunsch mit leisen Tönen ein.
> Da wurde Leiden oft Genuß und selbst
> Das traurige Gefühl zur Harmonie.
> Nicht lang war mir dies Glück gegönnt, auch dieses
> Nahm mir der Arzt hinweg: sein streng Gebot
> Hieß mich verstummen; leben sollt' ich, leiden,
> Den einz'gen kleinen Trost sollt' ich entbehren. [1]

Das Sonett, welches die Vermählung der
Prinzessin fürchtete, und die trostreiche Beruhigung,
woraus das Madrigal hervorging, enthalten einen
Austausch der Gefühle, den Goethe in das erste
Zwiegespräch beider verflochten hat. Er läßt Tasso
sagen:

> Oft hört' ich schon, und diese Tage wieder
> Hab' ich's gehört, ja hätt' ich's nicht vernommen,
> So müßt' ich's denken: edle Fürsten streben

---

[1] III, 2. V. 1802—1816.

Nach deiner Hand! Was wir erwarten müssen,
Das fürchten wir und möchten schier verzweifeln.
Verlassen wirst du uns; es ist natürlich:
Doch wie wir's tragen wollen, weiß ich nicht.

Und die Prinzessin antwortet trostreich:

Für diesen Augenblick seid unbesorgt!
Fast möcht' ich sagen: unbesorgt für immer.
Hier bin ich gern und gerne mag ich bleiben;
Noch weiß ich kein Verhältniß, das mich lockte;
Und wenn ihr mich denn ja behalten wollt,
So laßt es mich durch Eintracht sehn und schafft
Euch selbst ein glücklich Leben, mir durch euch. [1]

Die Liebesgeschichte Tassos, wie Manso die=
selbe überliefert, enthält zwei Züge, die Goethe
ergriffen und benutzt hat: Tassos Klang= und Wort=
spiele mit dem Namen „Leonore", um den
Gegenstand seiner Lieder zu bezeichnen, und die
Andichtung verschiedener Leonoren, um den wahren
und einzigen Gegenstand seiner Liebe zu verbergen.
Dieses Spiel der Mystification von seiten des
Dichters hatte etwas, das dem Sinn unseres Goethe
bekanntlicherweise zusagte; gewiß hat er dieses
Motiv schon in den ersten und ältesten Anfängen
seiner Dichtung verwerthet. Die überflüssige

---

[1] II. 1. B. 1051—1064.

Kammerzofe ließ er mit gutem Tact bei Seite und behielt für seinen Zweck nur die beiden wirklichen Leonoren übrig. Hierin lag wohl der Grund, warum er die zweite Leonore selbst in seine Dichtung aufnahm und als die vertraute Freundin der Prinzessin in dieselbe einführte, wozu weder Manso noch Serassi irgend welche Handhabe boten. Das Verhältniß der beiden Leonoren ist Goethes Erfindung. Daraus ergab sich von selbst, daß Leonorens Schwester Lucrezia, die in der Geschichte des wirklichen Tasso eine so bedeutende und langjährige Rolle gespielt hat, von der Goetheschen Dichtung ausgeschlossen blieb und hier nur gelegentlich in dritter Person vorkommt. Einige ihrer Eigenschaften, die mit denen ihrer Schwester in wohlthätiger Ergänzung contrastiren und darum auch in unserer Dichtung unentbehrlich sind, wie

Den frohen Geist, die Brust voll Muth und Leben,
Den reichen Witz der liebenswürd'gen Frau,

hat Goethe auf Leonore Sanvitale übertragen.

Das Zwiegespräch der beiden Leonoren eröffnet unsere Dichtung, und man darf überzeugt sein, daß es sich von Anfang an so verhielt. Kaum ist

die Rede auf Tasso und „seiner Klagen Wohllaut"
gekommen, so gedenkt die Prinzessin sogleich der
Bezeichnung:

> Und wenn er seinen Gegenstand benennt,
> So giebt er ihm den Namen Leonore.

Die Freundin weiß, wie sie den Doppelsinn
seiner Lieder zu nehmen hat:

> Es ist dein Name, wie es meiner ist.
> Ich nähm' es übel, wenn's ein andrer wäre.
> Mich freut es, daß er sein Gefühl für dich
> In diesem Doppelsinn verbergen kann.
> Ich bin zufrieden, daß er meiner auch
> Bei dieses Namens holdem Klang gedenkt.

Man sieht, wie tief unsere Dichtung ihrem
ersten Ursprunge nach in der Erzählung Mansos
wurzelt. — Goethes Vater war bekanntlich ein eif=
riger Liebhaber der italienischen Literatur und
insbesondere der Werke Tassos. Fünf Jahre vor
der Geburt unseres Dichters hatte Joh. Friedr.
Koppen bei Bernh. Christoph Breitkopf in Leipzig
eine deutsche Uebersetzung des befreiten Jerusalems
in Alexandrinern erscheinen lassen und ihr als
Einleitung einen Abriß der Lebensgeschichte Tassos
nach Manso vorausgeschickt. Dieses Buch ist
wohl das erste gewesen, woraus Goethe schon in

Frankfurt oder in Leipzig die Sage von der Liebe Tassos und ihrer Verheimlichung durch die An= dichtung der drei Leonoren kennen gelernt hat.

2. G. Brusoni.

Die Erfindung der drei Leonoren, von denen nur eine die rechte war, machte Glück, und der Venezianer Girolamo Brusoni fand Tassos poetische Maskerade ganz geeignet, um dessen Liebesgeschichte, natürlich im vollen Glauben an ihre Wahrheit, in seine vergnüglichen Carnevalsgeschichten aufzu= nehmen. In seiner Gondel, deren Ruder Venus, Amor und Merkur führen, konnte kein interessan= teres Liebespaar fahren als Torquato Tasso und Leonora d'Este, „ihrer Zeit die schönste, anmuthigste und tugendhafteste Prinzessin Europas".

Brusoni selbst will Freunde Tassos, die gleichzeitig in den Diensten des Herzogs von Ferrara standen, noch genau gekannt und die Liebesgeschichte von ihnen gehört haben. Seine Quelle ist Manso. Daß die Prinzessin zur Verzweiflung Tassos mit dem römischen Kaiser, als dem vornehmsten Manne der Welt, habe vermählt werden sollen, aber zu seinem Troste unvermählt geblieben sei, ist Bru=

sonis leere Erfindung. Im Uebrigen wiederholt
er Mansos Geschichten ohne die tragischen Schick=
sale Tassos, die nicht zum Carneval passen.
Dieser konnte zwar nicht der Gemahl der Prin=
zessin werden, aber er wurde durch sie ein so voll=
kommener Liebesdichter, daß er selbst den Petrarcha
übertroffen habe.[1]

3. L. A. Muratori.

Der Liebesroman mußte tragisch enden, wie
in Wirklichkeit Tassos Schicksale in Ferrara. Die
Sage hatte noch den Weg zu finden, der den un=
glücklichen Dichter von Leonora d'Este in das
Hospital der heiligen Anna geführt hatte. Gerüchte
darüber waren zeitig entstanden und in wechselnden
Gestalten durch Hörensagen verbreitet worden, bis
sie endlich eine literarische Ausprägung erhielten
und in die Tassolegende eingingen. Dies geschah
durch eine der ersten Autoritäten Italiens und der
gelehrten Welt: Lodovico Antonio Muratori, den
berühmten Bibliothekar des Herzogs von Modena,
einen der gründlichsten Kenner und Schriftsteller

---

[1] Gir. Brusoni: La gondola a tre remi, passatempo
carnevallesco. In Venetia 1657. (Sec. scorza. pg. 98
—113.)

auf dem Gebiete der italienischen Geschichte und
Poesie, zugleich einen begeisterten Verehrer Tassos.
Dieses Gefühl vereinigte er mit dem der Dienst=
treue und Ehrfurcht für das Haus Este, insbe=
sondere mit einer sehr hohen Meinung von Al=
fonso II. Niemand konnte den Gerüchten über
Tassos Schicksale ein Gepräge geben, das größeren
Credit verdiente. Unter dem Namen Muratoris
erschien die Sage als die Geschichte selbst.

Die Bibliothek von Modena bewahrte einen
reichen Schatz handschriftlicher Werke Tassos,
darunter 186 noch unveröffentlichte Briefe, die
Muratori in der venezianischen Gesammtausgabe
der Werke Tassos mit einer Widmungszuschrift an
den kaiserlichen Historiographen Apostolo Zeno
erscheinen ließ.[1]

Hier kam er auf die Schicksale Tassos, ins=
besondere auf die Ursachen seiner Gefangenschaft
zu sprechen: er habe dieselben vergeblich zu er=
forschen gesucht, da die bekannten Thatsachen ein
solches Schicksal unerklärt ließen. Die unziemlichen
Worte, womit sich Tasso an seinem Fürsten ver=

---

[1] Opere di Torquato Tasso. Vol. X. In Venezia. 1739.
(pg. 235—246.)

gangen habe, reichten nicht aus, um seine schreck=
liche Bestrafung zu rechtfertigen; er müsse Schlim=
meres gethan und die Familienehre des Hauses
durch eine unverzeihliche That beleidigt haben.

Nun erzählte Muratori, was er in seiner
Jugend von dem hochbejahrten Abate Carretta
gehört und dieser selbst von seinem Lehrer Ales=
sandro Tassoni, einem Zeitgenossen Tassos, dem
Dichter der «Secchia rapita», erfahren hatte.
Eines Tages vor versammeltem Hofe habe Ma=
dama Leonora eine Frage an Tasso gerichtet,
worauf dieser in der Anwandlung einer mehr als
poetischen Ekstase ihr um den Hals gefallen sei und
sie geküßt habe. Der Herzog habe sich bei diesem
Anblick zu seinen Cavalieren gewendet und gesagt:
„Seht, welch ein schreckliches Mißgeschick diesen
großen Mann betroffen hat, er ist verrückt ge=
worden!" In Folge davon sei Tasso in das
Annenhospital gekommen.[1]

Das Gerücht war alt und längst verbreitet. Schon
im Jahr 1625 wurde in Messina eine Komödie
aufgeführt, worin Tasso auf dem Parnaß der
Kalliope, der Muse des Epos, vorgestellt werden

---

[1] Ebendas. Vol. X. pg. 241—243.

follte. „Bleibe nur hübsch weit entfernt", rief man ihm zu, „damit du nicht plötzlich auf sie zuläufst und ihr einen Kuß giebst. Man kennt deine Art[1]!"

Muratori selbst war doch zu historisch gesinnt, um diese Sage ohne weiteres zu glauben. Viel= mehr bezweifelt er die Thatsache, da ein solcher Vorgang vor versammeltem Hofe den Leuten in Ferrara, wie auch dem Marchese Manso un= möglich so verborgen hätte bleiben können, wie es der Fall war. Indessen findet sich in einem Briefe, den Tasso in den ersten Monaten seiner Gefangenschaft an Scipione Gonzaga geschrieben und Muratori zuerst veröffentlicht hat, folgende Stelle: „Wenn sie, die meinen liebreichen Ge= sinnungen so wenig entsprochen hat, mich hier in diesem Zustande meines tiefsten Elends sähe, so würde sie doch einiges Mitleid mit mir haben". Und aus den letzten Tagen seiner Gefangenschaft giebt es ein Schreiben an den Herzog von Urbino, worin Tasso fleht, daß man ihm verzeihen möge, was er in wahnsinniger Verblendung «in materia d'amore» gesagt und gethan habe.[2]

---

[1] Serassi. Lib. III. pg. 260—261. Not. 4.

[2] Le Lettere. Vol. II. Nr. 124 (maggio 1579), pag. 61. Nr. 556 (Ferrara 1586), p. 581.

Die Widmungsschrift Muratoris ist den 28. März 1735 unterzeichnet: hundertvierzig Jahre nach dem Tode Tassos, fünfzig Jahre, bevor dessen Lebensgeschichte von Serassi erschien, der die Erzählung Muratoris verwarf und die Glaubwürdigkeit der ganzen Tassolegende erschütterte, ohne sie vernichten zu können.

Die Geschichte vom Kuß begleitet Muratori mit seinen Zweifeln: „ich verneine sie nicht, ich beglaubige sie nicht, ich lasse sie dahingestellt". Dagegen ist er völlig überzeugt, daß Tassos Liebe für die Prinzessin Leonore die Quelle seines ganzen Unglücks gewesen sei; er faßt das Verhältniß beider wie ein Problem, das er zu lösen sucht. Die Prinzessin liebte nicht die Person Tassos, er war unschön, kränklich und grillenhaft, sondern seinen Geist und seine tiefen Gedanken, wie alle, die dazu fähig waren, ihn bewunderten. Damals galt niemand für einen Poeten, der nicht von Liebe entbrannt war. Von der Mode jener Zeiten sagt Muratori: «l'essere poeta ed innamorato era una stessa cosa». Tasso war von platonischen Anschauungen erfüllt und wollte ihnen gemäß die Idee der Liebe in seinem Gemüth verwirklichen und erleben. Die Dichter sind der Gefahr ausgesetzt, daß sie den erhabenen Schwung ihrer Phantasie und Sprache zugleich für einen erhabenen socialen Zustand ansehen und sich deshalb für vornehmer halten, als sie sind. Dadurch gerathen sie in eine gesellschaftliche Ueberhebung, sie verrücken ihren Ort in der socialen Ordnung der Dinge und versteigen sich mit ihren Wünschen und Neigungen zu den Gipfeln der Gesellschaft. Einer solchen Selbsttäuschung könnte nur durch große Lebensklugheit vorgebeugt werden, aber diese ist selten die Lieblingstugend der Poeten und fehlte bei Tasso gänzlich. Auch andere große Dichter haben wohl hie und da ihren Raptus, aber Tassos Phantasie gerieth zeitweise in delirirende Zustände. In seiner platonischen Schwärmerei entbrannte er von Liebe zur Prinzessin Leonore und stürzte in sein Verderben.

Nach dieser Auffassung Muratoris war Leonore für Tasso von platonischer Liebe beseelt: sie liebte in ihm den Dichter und Denker, während Tasso von seiner platonischen Schwärmerei in die Irre geführt wurde und in Leonore nicht blos die Tugenden liebte, die sie schmückten, sondern die erhabene Frau.

Im Grunde war also die platonische Philo=
sophie, die damals in Ferrara den Einfluß einer
Mode ausübte, die Wurzel des Unheils auf beiden
Seiten. Darum läßt Muratori seine Betrachtungen
über die Tragödie Tassos mit der Moral enden:
„So geht es mit der vielgerühmten platonischen
Liebe!" [1]

Diese Erörterungen Muratoris hat Goethe
gekannt, und ich habe sie näher ausgeführt, weil
ich ihre Einwirkung auf unsern Dichter nicht genug
beachtet finde. Dieser hat in der Liebe zwischen
der Prinzessin und Tasso den platonischen
Charakter, den jener so nachdrücklich hervorhebt,
in seiner ganzen Tiefe gewürdigt und seelenkundiger
aufgefaßt, als der berühmte Hofgelehrte von
Modena, der ein warnendes Beispiel daraus
gemacht hat.

In unserer Dichtung erscheint von beiden
Seiten die ideal gesinnte Liebe, die echt pla=
tonische, als der Typus, worin das Verhältniß
zwischen Tasso und der Prinzessin besteht, als das
Grundmotiv, woraus sich das ganze Seelen=

---

[1] Opere di Tasso. Vol. X, p. 241—43.

gemälde entwickelt. Sie ist der höchsten Entzückung,
der höchsten Entsagung und des höchsten Leidens
fähig. Das Zwiegespräch der beiden Leonoren,
womit unser Drama beginnt, hat kein anderes
Thema und Ziel, als das wahre Geheimniß der
Liebe zwischen Tasso und der Prinzessin zu ent=
hüllen.

Leonore Sanvitale spricht es aus:

> Hier ist die Frage nicht von einer Liebe,
> Die sich des Gegenstands bemeistern will,
> Ausschließend ihn besitzen, eifersüchtig
> Den Anblick jedem andern wehren möchte.
> Wenn er in seliger Betrachtung sich
> Mit deinem Werth beschäftigt, mag er auch
> An meinem leichtern Wesen sich erfreun.
> Uns liebt er nicht, — verzeih', daß ich es sage! —
> Aus allen Sphären trägt er was er liebt
> Auf einen Namen nieder, den wir führen,
> Und sein Gefühl theilt er uns mit; wir scheinen
> Den Mann zu lieben, und wir lieben nur
> Mit ihm das Höchste, was wir lieben können.

Die Prinzessin möchte das Geheimniß lieber
bergen als enthüllen:

> Du hast dich sehr in diese Wissenschaft
> Vertieft, Eleonore, sagst mir Dinge,
> Die mir beinahe nur das Ohr berühren
> Und in die Seele kaum noch übergehn.

Aber die Freundin weiß, wie gedankenvoll sie empfindet, und in welcher „holden Schule" sie die Liebe kennen gelernt hat:

> Du? Schülerin des Plato! nicht begreifen,
> Was dir ein Neuling vorzuschwatzen wagt?
> Es müßte sein, daß ich zu sehr mich irrte;
> Doch irr' ich auch nicht ganz, ich weiß es wohl.
> Die Liebe zeigt in dieser holden Schule
> Sich nicht wie sonst, als ein verwöhntes Kind;
> Es ist der Jüngling, der mit Psychen sich
> Vermählte, der im Rath der Götter Sitz
> Und Stimme hat. Er tobt nicht frevelhaft
> Von einer Brust zur andern hin und her;
> Er heftet sich an Schönheit und Gestalt
> Nicht gleich mit süßem Irrthum fest, und büßet
> Nicht schnellen Rausch mit Ekel und Verdruß.[1]

Es ist der Amor aus der Geschichte der Psyche nach der Fabel des Platonikers Apulejus, deren Gestalten Rafael in seinen Fresken in der Farnesina zu Rom verherrlicht hat. Mit diesen Bildern war Goethe vertraut, sie gehörten zu seinen Hausgenossen. Den 18. November 1786 schrieb er der Freundin aus Rom: „Heute haben wir in der Farnesina die Geschichte der Psyche gesehen, die du aus meinem Zimmer kennst".[2]

---

[1] I. 1. B. 205—234.
[2] Tagebücher u. Briefe Goethes aus Italien. S. 221.

4. W. Heinse.

Es ist für die Ausbildung der Tassolegende bedeutungslos, daß Wilhelm Heinse, der Schüler Wielands, später der Verfasser des Ardinghello, den Leserinnen der „Iris" in den ersten Stücken dieser Zeitschrift, die er mit G. Jacobi gemeinsam herausgab, das „Leben des Torquato Tasso" erzählt hat.

Von Serassi konnte Heinse nichts wissen, von Muratori wußte er nichts. Was er vorbrachte, war aus Manso, mittelbar oder unmittelbar. Von der Zeit, dem Lande und der Geschichte Tassos hatte er Vorstellungen, die nicht unwissender sein konnten. Sein Zeitalter sei „eines der schönsten Italiens gewesen, da die bösen Geister nach und nach aus ihm gewichen waren". Im Gegentheil kehrten diese bösen Geister gerade damals zurück. Und was sein Land betrifft, so wünscht Heinse, „daß Tasso in seiner Kindheit und Jugend mit diesem Genie sein Italien von den Tiefen der Scylla an bis auf den Kessel des Aetna hinauf hätte sehen, hören und empfinden sollen". Eine sonderbare Reise, wobei er wahrscheinlich umgekommen wäre!

Im Uebrigen wird „den Damen" der Iris Torquato Tasso nach dem Vorbilde der deutschen Kraftgenies jener Tage geschildert. „Er war ein Geist mit Adlerfittigen." Kurz vorher hatte Heinse mit demselben Ausdrucke Goethen beschrieben. „Jede Lebenskraft in Tasso war siedende Liebe, sein Herz durchaus brennende Wunde." Nach seiner Befreiung läßt ihn Heinse noch einige Monate gemüthlich in Ferrara zubringen und seine alten Zimmer im Schlosse Alfonsos bewohnen. „Welch ein Blick, welche Herzen, als er und seine Leonore sich wieder erblickten! Es ging ihr eiskalt durch's Herz" u. s. w. Daß sie kalt war, ist richtig, denn sie war schon über fünf Jahre todt.[1]

Nur weil man diese Schrift, wohl die elendeste in der gesammten Literatur über Tasso, unter den stofflichen Quellen der Goetheschen Dichtung mit aufzuführen pflegt, habe ich sie nicht unerwähnt lassen wollen. Wegen des Themas und des Verfassers, den er kurz vorher auf seiner Rhein-

---

[1] Iris, Bd. I (Oct. u. Nov. 1774). I. St., S. 33—78. II. St., S. 3—52.

reife im Sommer 1774 zu Pempelfort kennen gelernt hatte, mag sie Goethe gelesen haben. Nutzen gewährte sie ihm keinen.

X. Das Goethesche Schauspiel.

1. Die Fabel.

Die Quellen, woraus Goethe die erste An= regung zu dem Plan einer Tassodichtung und die Grundzüge zu ihrer Fabel geschöpft hat, waren Manso und die venezianische Ausgabe der Werke Tassos, in deren zehntem Bande er jene Schrift Muratoris fand, worin Tassos Liebe zu der Prinzessin als der Urgrund seiner tragischen Schicksale bezeichnet wurde, als eine Verblendung, worin sich dichterische Ueberhebung und platonische Schwärmerei vereinigten, und die am Ende jenen ungezügelten Ausbruch zur Folge hatte, den der Herzog durch die lange Gefangenschaft im Irren= hause gerächt und nie verziehen hat.

Wie verschieden auch die alte und neue Tasso= dichtung waren, so gab es doch in Ansehung sowohl des Planes als der Fabel gewisse Grund= züge, die seit dem Beginn des Werks unverändert geblieben sind. Um dieselben zu erkennen und festzustellen, braucht man nur den Gang der Begebenheiten in unserem Tasso mit Mansos und Muratoris Erzählungen zu vergleichen, die Goethe in der Fassung seiner Fabel verschmolzen hat. Das Grundmotiv der Handlungen wie der Leiden, welches in der Liebe Tassos besteht, haben die beiden Erzählungen mit einander gemein; das Motiv, woraus in unserer Dichtung die beiden Leonoren hervorgegangen sind, lieferte Manso, das zur Schlußkatastrophe Muratori. Selbst das letzte Wort des Herzogs in der Tassolegende nach Muratori ist in unsere Dichtung übergegangen; wir vernehmen noch seinen Wiederhall in den letzten Worten des Goetheschen Alphons: „Er kommt von Sinnen, halt' ihn fest".

Der Gang der Zwischenbegebenheiten war in seinen Hauptmomenten durch Manso vorgezeichnet: diese sind jener heftige, bis zu Thätlichkeiten ent=brannte Streit, in Folge dessen Tasso mit Zimmer=haft bestraft wird, und die Flucht nach Sorrent, die Manso an das Ende der ersten Irrfahrt setzt, während sie in Wirklichkeit den Anfang derselben ausmacht. Da nun die Schlußkatastrophe einen stetigen, nicht durch Flucht und Rückkehr unterbrochenen Gang der Handlung voraussetzt, und auch die künstlerische Aufgabe der Dramatisirung einen solchen fordert, so läßt unser Dichter die Flucht nach Sorrent in der Phantasie Tassos dicht vor der Schlußkatastrophe geschehen[1]. Die Haft war nur ein leichter Stubenarrest, der sogleich wieder aufgehoben wurde; daher kann überhaupt von keiner Flucht, sondern nur von einer freiwilligen Verbannung oder Trennung die Rede sein, wozu der Entschluß aus Tassos eigensten Gemüthszuständen, seiner verdüsterten Einbildung und der falschen Auffassung seiner Lage hervorgeht.

In strenger Abfolge verläuft die Reihe der Handlungen in örtlicher und zeitlicher Einheit: der Schauplatz ist Belriguardo, der Zeitpunkt die Vollendung des befreiten Jerusalems im Frühjahr 1575, die Dauer ein Tag. Es ist der Weg vom Gipfel zum Abgrund, den Goethes Tasso vor unseren Augen durchläuft!

Ich habe in der Kürze den Gang der Begebenheiten innerhalb des Rahmens und der Umrisse gezeichnet, die unsere Dichtung von Anbeginn gehabt und festgehalten hat, so daß die

---

[1] S. oben VI. 7. S. 99 flgb.

spätere Umgestaltung und Ausführung sich in
diese Anordnung einfügte. Den Antonio hatte
weder Manso noch Muratori genannt. Diese
Gestalt trat erst durch Serassi in den Horizont
des Goetheschen Tasso; zugleich schöpfte unser
Dichter aus jener Lebensbeschreibung eine Reihe
fruchtbarer Details, die ihm zur tieferen Charak=
teristik der Personen und Handlungen gedient
haben. Ich nenne nur aus dem ersten Act die
rührende Stelle, worin Tasso der eigenen traurigen
Kindheit und Jugend gedenkt, die enthusiastische,
worin er die Einwirkung des Herzogs auf die
Darstellung der Kriegsthaten in seinem Epos
anpreist; ich nenne aus dem zweiten die Stellen,
worin Tasso die herrlichen Feste in Ferrara
schildert, dann den Moment, wie er zum ersten=
mal die Prinzessin sieht, dann das freie Leben im
goldenen Zeitalter, worauf die Prinzessin mit
ihrer Gegenschilderung antwortet.[1] Daß Tasso,
um sein Werk vor das Forum berufener Männer
zu stellen, nach Rom gehen will, daß ihn die
Medici an ihrem Hofe in Florenz zu haben
wünschen, konnte Goethe nur aus Serassi wissen

---

[1] S. oben VII. 2. S. 125.

und diese Motive daher erst in seine spätere Dichtung aufnehmen, wo sie eine so eingreifende Wirkung ausüben. Hier läßt er die Lockung nach Florenz von der Gräfin Leonore Sanvitale, die in Wirklichkeit nichts mit den Medici und ihrer Hauptstadt zu thun hatte, ausgehen und von Tasso so falsch gedeutet werden, als ob man in Ferrara ihn los sein wolle. Nun will er selbst fort, da er wähnt, daß man seiner überdrüssig sei und ihn vertreibe. Aber er strebt nicht nach Florenz, sondern nach Rom und dann weiter nach Neapel und Sorrent.

Dies sind die Motive, durch welche die Hand=lung sich fortbewegt, die nach dem Schlusse des zweiten Acts weder zu stagniren beginnt, wie einige gemeint, noch sich ihrer ursprünglichen Anlage entfremdet, wie andere gewollt haben. Vielmehr besteht von dem Augenblick an, wo ihm der Fürst die Haft ankündigt, der Fortschritt der Handlung in den Leiden Tassos.

2. Die Composition.

Die Krönung des Dichters nach der Vollen=dung seines Werkes ist das Thema und der Gipfel des ersten Acts. Die gedrückte Stimmung Tassos nach dem Auftritt Antonios, womit der erste Act schließt, und die erhöhte nach dem Gespräch mit der Prinzessin, womit der zweite beginnt, sind die bewegten Seelenzustände, die den Gang der Handlung fortleiten. In dem Monolog, der seiner Unterredung mit der Prinzessin folgt, steigert sich das Hochgefühl Tassos zu einer ekstatischen Freudigkeit, in welcher Aufwallung er dem Antonio entgegentritt. Die Stimmungen beider können nicht unähnlicher sein: von Tassos Seite hingebend, offen und enthusiastisch erregt, von Seite Antonios zurückhaltend, ablehnend und bitter. Der Wortstreit entbrennt. Je höher die Stimmung und das Gefühl des eigenen Werthes ist, die Tasso aus dem Gespräch mit der Prinzessin davongetragen, um so schwerer fühlt er sich jetzt durch die Worte Antonios beleidigt. Er fordert ihn zum Zweikampf heraus und zieht schon den Degen. In diesem Augenblicke überrascht beide der Herzog. Mehr genöthigt als freiwillig straft Alphons den Frevel, welchen Tasso an der Unverletzlichkeit des fürstlichen Hauses verübt hat, mit der mildesten Haft. Auf dem Gipfel des Glücks, als ob das tragiſche Schickſal ihn ergriffen hätte, fühlt ſich Taſſo plötzlich überwältigt vom jähen, unverſchuldeten Fall. Dies der Inhalt des zweiten Acts.

Nun ſoll Leonore Sanvitale den Gefangenen wieder aufrichten und zur Verſöhnung mit Antonio günſtig ſtimmen, der alsbald ihm freundlich nahen und ſeine Freiheit ankündigen ſoll. So will es der Herzog. Aber die Gräfin hat es anders beſchloſſen: ſie wünſcht den geliebten Dichter mit ſich nach Florenz zu führen und in ihrer Nähe zu feſſeln, um in ſeinen Liedern verewigt zu werden, wie Laura in den Liedern Petrarchas. Sie weiß der Prinzeſſin die Einwilligung in die Entfernung Taſſos abzugewinnen und dieſe auch dem Antonio nach dem einmal ſtattgefundenen Zwiſt und dem Widerſtreit der Stimmungen als den zweckmäßigſten Ausweg erſcheinen zu laſſen. Dieſer Plan der Gräfin Leonore und der Erfolg, womit ſie denſelben in Bewegung ſetzt, bilden das Thema des dritten Acts, in welchem Taſſo nicht auftritt.

Immer tiefer verſinkt dieſer in die quäleriſche Selbſttäuſchung, die ihn verdüſtert und ſeine Vorſtellung von der Welt um ihn her verfälſcht. Er dichtet ſich ein Netz des Verderbens, das ihn von

allen Seiten umlagert. Von Antonio tückisch und
ungerecht verfolgt, von Alphons grundlos verurtheilt,
gezüchtigt und eingekerkert! Alle sind gegen ihn
verschworen, nur eine nicht, die als ein guter
Schutzgeist ihm zur Seite steht: die Prinzessin!
Darin liegt seine Kraft und sein Trost. Wie
nun Leonore Sanvitale ihm den Rath ertheilt,
Ferrara für einige Zeit zu verlassen, und auch
die Einwilligung der Prinzessin zu seiner Ent=
fernung kund thut, wird er seines letzten und ein=
zigen Trostes beraubt. Er sieht nicht, daß Leonore
seine Gesellschaft für sich begehrt und ihm den
Entschluß mit ihr zu reisen abzuschmeicheln sucht;
er sieht in ihr nur die Sendbotin der anderen,
die dazu helfen soll, daß sie ihn los werden. Alle
wollen ihn los werden: „auch sie, auch sie!"
Jetzt erst fühlt er sich ganz verlassen und allein.
Nichts bleibt ihm als sein Werk und dessen Vol=
lendung in der Berathung mit den berufenen Kunst=
richtern in Rom. Das Gefühl der Verlassenheit
und der Hingebung an sein Werk giebt ihm den
Schein der Kälte und einer gewissen harten Ent=
schlossenheit, die sein Auftreten in den nächsten
Scenen beherrscht. So empfängt er den Antonio,

der in der versöhnlichsten Absicht erscheint und
mit dem Wunsche, sich ihm nützlich zu erweisen.
Er sieht in ihm nur den heimtückischen und heuch=
lerischen Feind, der ihn vertreiben, aber nicht
scheinen will, daß er ihn vertreibe. Der einzige
Dienst, den er von ihm begehrt, ist die Erlaubniß
zur Reise nach Rom, die er vom Herzog ihm er=
wirken möge, und zwar unverzüglich. Gegen die
klugen und redlichen Gegengründe Antonios bleibt
er taub und unempfindlich für deren Gewicht. Mit
der eigensinnigsten Dringlichkeit zwingt er diesen,
daß er ihm nachgiebt. So verläuft und endet
der vierte Act.

Alphons hat die Erlaubniß verweigert und den
Antonio noch einmal zu Tasso gesendet, um ihn
auf andere Gedanken zu bringen. Unverrichteter
Sache kehrt er zurück: damit beginnt der fünfte
Act. Nun willigt auch der Herzog, so wenig er
dazu geneigt ist, in die Reise Tassos. Ungern
und gütig entläßt er ihn, mit weisen und väter=
lichen Rathschlägen, er verspricht ihm die Abschrift
des Gedichts und wünscht, daß er in Rom sich zu
den Seinigen halten und in kürzester Zeit zu ihm
selbst zurückkehren möge. Selbst diese von den

schönsten Gesinnungen für ihn erfüllten Worte, aufrichtig und unverstellt wie sie sind, mißkennt Tasso und hält sie für Täuschung und Komödie. Er hört überall nur Antonios Stimme. Da naht sich „die holde Fürstin". Ihr gegenüber vermag er die Rolle künstlicher Gemüthsruhe und Kälte, die er sich mühsam auferlegt hat, nicht fortzuspielen. Das Gefühl seines tiefen Unglücks bricht durch, wie er sie erblickt. Auch die Kunst und Rom werden ihn nicht befriedigen. Es treibt ihn weiter nach Neapel und Sorrent, er muß als ein ver= mummter Flüchtling forteilen, denn seit der Kind= heit ist er aus seiner Heimath verbannt; die Prinzessin selbst hat ihn daran erinnert, sie fürchtet für ihn. Ihr sanftes theilnehmendes Wort ver= ändert wie mit einem Zauberschlage seine Stim= mung. Jetzt will er bleiben, wenn auch verbannt, auf dem entferntesten Schlosse des Herzogs, in dem niederen Dienst des Gärtners oder Kastellans, nur in ihrer Nähe, wenn auch fern! Und wie er von ihrer Lippe hört, daß ihr Herz ihn nicht ver= lassen könne, so zerreißt die zurückgedrängte Gewalt seiner Leidenschaft die letzten Dämme, und mit der Unwiderstehlichkeit des Elements ergießt sich

die Uebersluth seiner Gefühle, so daß er zuletzt
wie besinnungslos ihr in die Arme fällt und sie
fest an sich drückt. Die Prinzessin stößt ihn von
sich und eilt hinweg. Der Herzog, der inzwischen
mit Antonio sich genähert hat, ruft diesem zu: „Er
kommt von Sinnen; halt ihn fest".[1] Hier ist die
Katastrophe, von wo, wie Muratori berichtet, der
Weg des wirklichen Tasso in das Annenhospital
ging. Was geschieht mit dem Goetheschen Tasso?

3. Die Grundidee.

Gleich beim ersten Anblick mußten die Schick=
sale Tassos auf unseren Goethe den Eindruck einer
Leidensgeschichte machen, die ein junger, ge=
nialer und ruhmvoller Dichter erlebt hat. Rousseau
fühlte seine Verwandtschaft mit dem unglücklichen
Tasso, Goethes Werther die seinige mit dem Freunde
der neuen Heloise. Es ließe sich ein Weg finden,
der von dem Dichter des Aminta und Tancred

---

[1] Goethe läßt diese Scene wie sein ganzes Stück in
Belriguardo spielen, wo es keinen Zeugen gab, der sie
verrathen konnte. Muratori hatte die Begebenheit nur
deshalb bezweifelt, weil sie am Hofe in Ferrara geschehen
sein sollte, wo sie unmöglich hätte verborgen bleiben
können. S. oben IX. 3. S. 169 flgd.

zu Rousseau und den „Leiden des jungen Werthers" und von diesen zu dem dramatischen Seelengemälde der Leiden des jungen Dichters geführt hat, welches Goethe „Torquato Tasso" nannte.

Die Leiden Werthers waren eine Tragödie, die in der Welt eine Hochfluth des Mitleids hervorrief. Das dramatische Seelengemälde der Leiden Tassos ist ein „Schauspiel", wie Goethes Iphigenie. Der wirkliche Tasso erlebt eine schreckliche Tragödie, der Goethesche keine. Ich glaube, daß diese Differenz und Umwandlung mit dem Grundmotiv zusammenfällt, das den ersten Impuls zu unserer Tassodichtung gab, den schöpferischen Gedanken, woraus das ganze Werk hervorging. An dieser Uridee hat auch der römische Aufenthalt nichts geändert, vielmehr hat er dieselbe erst recht bejaht und bekräftigt. Ich datire sie vom 30. März 1780, wo Goethe auf dem Wege nach Tiefurt „den erfindenden Tag" hatte.

Wenn einer der begabten und interessanten Schriftsteller auf dem Felde der dramatischen Literatur unserer Tage, ich meine Henrik Ibsen, einen Torquato Tasso geschrieben hätte, so würde er bemüht gewesen sein, das Elend und die Leiden

des italienischen Dichters nach der Natur abzu=
schildern: wir würden seinen Tasso als bettelhaften
Flüchtling in abgerissenen Kleidern, als Melan=
cholikus in den Anwandlungen des Wahnsinns
und zuletzt unter Wehklagen in der Zelle des Annen=
hospitals erblicken. Ich wundere mich, daß sich Ibsen
bis jetzt diesen lockenden Gegenstand versagt hat.

Wäre der junge Werther ein großer Dichter
gewesen (oder ein größerer Künstler als er war),
so würde er seinen Leiden nicht erlegen sein, sondern
sie dichterisch überwältigt und dargestellt haben.
Dann war er nicht Werther, sondern Goethe!
Man befreit sich von seinen Leidenschaften, wenn
man sie deutlich und klar vorstellt: dann verwandelt
man seine Zustände in seine Gegenstände und wird
eben dadurch von ihnen frei. So hat der Philo=
soph Spinoza gelehrt und gehandelt. Dasselbe thut
Goethe als Denker und Dichter. Hier ist der
Punkt seines tiefsten Einverständnisses mit Spinoza,
dessen Lehre Goethe in der Zeit zwischen der alten
und neuen Tassodichtung (1784—86) eifrig und
zu seiner tiefen Befriedigung studirt hat.[1]

---

[1] B. Suphan: Festgeschichte zur II. Säcularfeier des
Friedr.=Werder=Gymnas. (Berl. 1881).

Er hatte in Tasso einen ihm ebenbürtigen
Gegenstand ergriffen: einen großen Dichter, der
ähnlich wie Werther leidet und wie dieser es
reizend findet, sich in den Abgrund des eigenen
Herzens hinabstürzen. Er darf und soll es nicht.
In den Leiden eines solchen Dichters liegt die
Kraft der Erhebung, die schöpferische Kraft, die
zur Heilung gereicht. Goethes Tasso verkümmert
nicht in der Zelle des Annenhospitals, sondern
erhebt sich über sein Schicksal:

Alles ist dahin! — Nur Eines bleibt:
Die Thräne hat uns die Natur verliehen,
Den Schrei des Schmerzens, wenn der Mann zuletzt
Es nicht mehr trägt. — Und mir noch über alles —
Sie ließ im Schmerz mir Melodie und Rede,
Die tiefste Fülle meiner Noth zu klagen:
Und wenn der Mensch in seiner Qual ver=
                    stummt,
Gab mir ein Gott zu sagen, wie ich leide.[1]

Erst dieses ist der wahre Schluß des Goethe=
schen Tasso und zugleich der Grundgedanke, aus
dem die Dichtung entstand. Er war in der Seele
unseres Dichters gegenwärtig, als er den 30. März
1780 jene Stelle in sein Tagebuch schrieb: „Gute

---

[1] V. 5, B. 3426—3433.

Erfindung Tasso".[1] Unmöglich hätte er dieses Werk unvollendet lassen können. Es mußte sein, wie der Werther!

Der zweite Act war schon im Zuge, als sich Goethe in dem gastlichen Hause des Grafen Werthern zu Neunheilingen einige Tage zum Besuch aufhielt. Mit dem größten Interesse beobachtete er die vornehmen Eigenthümlichkeiten seiner Gastfreunde, um sie dichterisch zu verwerthen. Wir begegnen dem gräflichen Paar im Wilhelm Meister. In einem Briefe vom 11. März 1781 schildert er der Freundin in Weimar die Gräfin nach dem Leben und bei dem Porträt des Grafen bricht er mit den Worten ab: „So viel kann ich sagen, er macht mir meine dramatische und epische Vorrathskammer um ein gutes reicher. Ich kann nicht verderben, da ich aus Steinen und Erde Brod machen kann."[2] Die Grundidee seines Tasso! Wie hätte er diesen Dichter, der doch mit einer ähnlichen Heilkraft ausgerüstet sein mußte, verderben lassen sollen?

---

[1] S. oben II. 2. S. 19.
[2] Goethes Briefe an Frau v. Stein, I. Br. 602.

Schon in der zweiten Ausgabe des Werther hatte Goethe einige Verse an die Leser gerichtet, worin er den Schatten des Abgeschiedenen selbst vor seinem Vorbilde warnen läßt:

> Du beweinst, du liebst ihn, liebe Seele,
> Rettest sein Gedächtniß von der Schmach;
> Sieh, dir winkt sein Geist aus seiner Höhle:
> Sei ein Mann und folge mir nicht nach.

Als fünfzig Jahre später die Jubelausgabe Werthers erscheinen sollte, begleitete sie Goethe mit einem Gedicht „An Werther", welches er dann den beiden früheren Gedichten, der Marienbader „Elegie" und der „Aussöhnung", vorausschickte, um alle drei unter dem Namen „Trilogie der Leidenschaft" in eine Gruppe zu vereinigen. Hatte doch der greise Dichter selbst noch einmal werther= artige Leiden erlebt, die er in der „Elegie" schil= dert. Indem er jetzt das Gedächtniß seines Werthers begeht, nimmt er sich seinen Tasso zum Vorbild:

> Scheiden ist der Tod!
> Wie klingt es rührend, wenn der Dichter singt,
> Den Tod zu meiden, den das Scheiden bringt!
> Verstrickt in solche Qualen, halbverschuldet,
> Geb' ihm ein Gott zu sagen, was er duldet.

Dann folgt die „Elegie", die in Marienbad er=
lebt war. In dem ersten Gedichte der Trilogie
hatte Goethe selbst seinen Werther mit seinem
Tasso verglichen, und zwar so, daß dieser in Wahr=
heit als der höhere Werther erscheint. Er hatte
das Gedicht den 25. März 1824 geschrieben, es
erschien im folgenden Jahre. Ein Jahr später las
er im „Globe" von der Hand Ampères die Beur=
theilung seiner dramatischen Werke. Wie mußte
es ihn überraschen, aus dem Munde des franzö=
sischen Kritikers zu hören, daß sein Tasso der ge=
steigerte Werther sei![1]

XI. Die Welt des Goetheschen Tasso.

1. Die italienische Renaissance.

Jene Worte, womit Tasso aus dem Abgrunde
der Verzweiflung sich erhebt und wieder aufrichtet,
sind nicht für einen glücklichen Einfall zu halten,
der unserem Dichter eines schönen Tages gekommen
sei und zu dem Schluß seines Werkes verholfen
habe, welcher letztere ihm nach mancherlei vergeb=
lichen Mühen den 5. Juli 1789 in Belvedere

---

[1] S. oben I. 1. S. 10 flgd.

gelang. Vielmehr ist dieser Schluß in dem Ur=
plan seines Tasso angelegt und waltet durch den
Charakter des ganzen Werkes.

Warum hat der wirkliche Tasso trotz seiner
Dichtergröße jene Heilkraft des schaffenden Talentes
entbehrt und dem Schicksal erliegen müssen? Ant=
worten wir mit der Gegenfrage: Warum konnte
die zweite Hälfte des sechszehnten Jahrhunderts
nicht die des achtzehnten, Karl V. nicht Friedrich
der Große, Philipp II. nicht Joseph II. und der
Herzog Alfonso von Ferrara nicht der Herzog Karl
August von Sachsen=Weimar sein? Warum war das
Zeitalter der erneuten Inquisition, die am Schlusse
des Jahrhunderts den Giordano Bruno verbrannt
hat, nicht das der französischen Revolution, die am
Schlusse des Jahrhunderts ihre Reise um die
Welt antrat?

Die Zeit sollte in die alten Fugen, aus denen
die Reformation sie herausgerissen hatte, wieder
zurückgeschraubt werden: zwischen diese Schrauben
gerieth der arme Tasso und wurde zerquetscht!
Die spanische Tyrannei hatte in seiner Heimath
die Inquisition eingeführt und ihn von Kindes=
beinen an verfolgt, seinen Vater verbannt, seine

Eltern getrennt, seine Armuth verursacht und ihm jede Wiederherstellung versagt; die Furcht vor der Inquisition hatte ihn dergestalt verstört, daß er die Freude an seiner poetischen Großthat verloren und am Ende das eigene Werk verwünscht hat. Dieser Tasso verstummte wirklich in seiner Qual. Wenn wir die krankhaften Zustände seiner Melancholie bis in die letzten uns erkennbaren Factoren verfolgen, so wurzeln auch diese in den Drangsalen und Uebeln der Zeit, die ihn belagerten, und im Hinblick auf welche Tasso mit Hamlet hätte sagen können: „Das hat mich toll gemacht!"

Alle diese unheimlichen Zeitgewalten hat Goethe unbeachtet gelassen und von seinem Tasso fern gehalten. Wohl hören wir auch diesen der Noth der Eltern und der eigenen traurigen Jugend gedenken, aber von den finsteren Mächten, die jene Leiden verursacht und in seinem Leben fortgewirkt haben, ist nie die Rede. Die einzige Stelle, die man etwa einwenden könnte, zeugt nicht dawider, ich meine in dem letzten Gespräch zwischen der Prinzessin und Tasso die besorgten Worte, womit jene ihn von der Reise nach Neapel zurückhalten möchte:

Darfst du es wagen?
Noch ist der strenge Bann nicht aufgehoben,
Der dich zugleich mit deinem Vater traf.[1]

Goethe hat die Zeit und die Umgebungen dem dichterischen Charakter angepaßt, den er in der ungehemmten Entfaltung seines Schaffens und Leidens, seiner Entzückungen und Qualen darstellen wollte. Sein Tasso sagt:

> Frei will ich sein im Denken und im Dichten;
> Im Handeln schränkt die Welt genug uns ein.

Aber zum Dichten gehört eine Fülle der Phantasie, mit welcher die Leiden der Phantasie — auf einer gewissen Höhenstufe des Geistes vielleicht die größten, die es giebt —, so nothwendig verknüpft sind, als das Märtyrerthum mit der Fülle des Glaubens. Zu der ungehemmten Entfaltung der Phantasieleiden braucht man dieselbe Freiheit wie zum Denken und Dichten.

Demgemäß hat Goethe die Welt seines Tasso gestaltet: sie athmet in einer Fülle ästhetischer Gesittung und Freiheit, wie sie vollkommener in keiner anderen Dichtung je geschildert und in der

---

[1] V. 4, B. 3137—39.

Wirklichkeit vielleicht nur einmal erlebt worden ist:
an dem schönsten Tage der italienischen Re=
naissance! Diese in einem seiner dichterischen Werke
darstellen zu können, gereichte Goethen zu innerster
Befriedigung, und er nahm es wie eine Fügung,
daß gerade dieses Werk sich an das Ende seiner
eigenen italienischen Laufbahn anschloß. [1]

2. Das Idyll in Belriguardo.

Gleich mit dem Beginn des Stückes fühlen wir
uns in die heimliche und unvergleichliche Welt
versetzt, in welcher die Handlung verläuft. Ein
herrlicher Frühlingsmorgen in Belriguardo! Die
beiden Leonoren scheinen schon in ihrer äußeren
Tracht dem Dichter des Aminta zu huldigen: sie sind
arkadisch gekleidet, als Schäferinnen, und winden
Kränze. Die sinnige Prinzessin krönt mit dem
Lorbeer, den sie in Gedanken flocht, die Herme
Virgils: es ist der Dichter des Aeneas und der
Hirten, das Vorbild Tassos! Die lebensfrohe
Leonore drückt ihren vollen frohen Kranz dem
Meister Ludwig auf die hohe Stirne:

---

[1] S. oben X. 2. S. 63.

Er, dessen Scherze nie verblühen, habe
Gleich von dem neuen Frühling seinen Theil!

Die Prinzessin träumt sich in die eigene Ver=
gangenheit und in die Vorzeit, der idyllische Morgen
weckt ihr das Bild des goldenen Zeitalters, vielleicht
denkt sie der Dichtungen des Tasso und des
Guarini:

Wir können unser sein und stundenlang
Uns in die goldne Zeit der Dichter träumen.
Ich liebe Belriguardo; denn ich habe
Hier manchen Tag der Jugend froh durchlebt,
Und dieses neue Grün und diese Sonne
Bringt das Gefühl mir jener Zeit zurück.

Leonore lebt ganz in der Gegenwart, sie schil=
dert uns die entzückende Landschaft, ihr Blick ruht
auf den herrlichen Gärten rings umher und er=
weitert sich in die duftige, von schimmernden Bergen
begrenzte Ferne:

Ja, es umgiebt uns eine neue Welt!
Der Schatten dieser immer grünen Bäume
Wird schon erfreulich. Schon erquickt uns wieder
Das Rauschen dieser Brunnen; schwankend wiegen
Im Morgenwinde sich die jungen Zweige;
Die Blumen von den Beeten schauen uns
Mit ihren Kinderaugen freundlich an.
Der Gärtner deckt getrost das Winterhaus

Schon der Citronen und Orangen ab;
Der blaue Himmel ruhet über uns,
Und an dem Horizonte löst der Schnee
Der fernen Berge sich in leisen Duft.

3. Der Cultus des Genius.

Nichts erinnert uns daran, daß in den Ge=
waltherrschern der italienischen Renaissance auch
finstere und abschreckende Züge gewaltet und in
dem Fürstenhause der Este keineswegs gefehlt haben.
Unsere Dichtung läßt die Fürsten der Zeit im
Lichte der schönsten Menschlichkeit erscheinen als
die Förderer der edelsten Humanität und Gesittung,
die aus wirklicher, einsichtsvoller Freude an den
Werken der Kunst und Wissenschaft die Talente
um sich zu sammeln bestrebt sind. Bei aller Sorge
für den eigenen Ruhm eifert der Goethesche Alfonso
doch im würdigsten Wettstreit um den Besitz
geistiger Größen mit den Medici und den Päpsten:

Das hat Italien so groß gemacht,
Daß jeder Nachbar mit dem andern streitet,
Die Bessern zu besitzen, zu benutzen.
Ein Feldherr ohne Heer scheint mir ein Fürst,
Der die Talente nicht um sich versammelt:
Und wer der Dichtkunst Stimme nicht vernimmt,
Ist ein Barbar, er sei auch, wer er sei.[1]

----

[1] V. 1. B. 2843—2849.

Wie die Gräfin Leonore Florenz und Ferrara, die Stadt des Volks und die der Fürsten, mit einander vergleicht und es rühmt, daß Ferrara durch seine Fürsten groß geworden sei, erwidert die Prinzessin ganz im Sinne unserer Dichtung:

> Mehr durch die guten Menschen, die sich hier
> Durch Zufall trafen und zum Glück verbanden.

Leonore läßt die guten Menschen gelten, nur soll es nicht der Zufall sein, der sie vereinigt, sondern der persönliche Geistesadel, der zwischen den Fürsten und Dichtern der Zeit das Band der wechselseitigen Anziehung knüpft und befestigt:

> Sehr leicht zerstreut der Zufall, was er sammelt.
> Ein edler Mensch zieht edle Menschen an
> Und weiß sie festzuhalten, wie ihr thut.
> Um deinen Bruder und um dich verbinden
> Gemüther sich, die euer würdig sind,
> Und ihr seid eurer großen Väter werth.

Sie schildert den Aufgang der Renaissance, wobei wir freilich vielmehr an Florenz denken müssen, als an Ferrara:

> Hier zündete sich froh das schöne Licht
> Der Wissenschaft, des freien Denkens an,
> Als noch die Barbarei mit schwerer Dämm'rung
> Die Welt umher verbarg.

Ferrara wird zum Musenhof, große Dichter erscheinen in der Mitte der Fürsten, und der Cultus des Genius, den das Zeitalter der Renaissance erst geweckt, den es mit einer Art religiösem Eifer und einem neuen Reliquiendienst gepflegt hat, findet hier seine Stätte:

> Mir klang als Kind
> Der Name Herkules von Este schon,
> Schon Hippolyt von Este voll in's Ohr,
> Ferrara ward mit Rom und mit Florenz
> Von meinem Vater viel gepriesen! Oft
> Hab' ich mich hingesehnt; nun bin ich da.
> Hier ward Petrarch bewirthet, hier gepflegt,
> Und Ariost fand seine Muster hier.
> Italien nennt keinen großen Namen,
> Den dieses Haus nicht seinen Gast genannt.
> Und es ist vortheilhaft, den Genius
> Bewirthen; giebst du ihm ein Gastgeschenk,
> So läßt er dir ein schöneres zurück.
> Die Stätte, die ein guter Mensch betrat,
> Ist eingeweiht; nach hundert Jahren klingt
> Sein Wort und seine That dem Enkel wieder. [1]

Die guten Menschen sind hier, wie es die Denkart der Renaissance mit sich bringt, die großen und bedeutungsvollen, die von der Mit=

---

[1] I. 1. V. 56—57, V. 58—63, V. 64—66, V. 66—82.

welt bewundert, von der Nachwelt verherrlicht werden. Solche Erscheinungen wie die Sterne am Himmel des Zeitalters zu betrachten und sich in ihrem Lichte zu sonnen: dafür hat Leonore Sanvitale den weiblich empfänglichsten, begeisterungsfähigen Sinn. Den Cultus des Genius zu pflegen, ist ihr ein Bedürfniß. Die Verehrung, die sie für die Prinzessin hegt, gipfelt in den Worten:

> Und dich mit deiner Schwester ehrt die Welt
> Vor allen großen Frauen eurer Zeit.

Der Genius ist nicht blos unsterblich, er macht auch diejenigen unsterblich, die er leuchten läßt. Wenn die Nachwelt der Himmel ist, in den die guten, d. h. die großen Menschen kommen, so hat der Geist der Renaissance die Schlüsselgewalt über diesen Himmel den Dichtern anvertraut: sie haben die Macht zu verdammen, die der größte von ihnen ausgeübt hat; sie haben auch die Macht zu vergöttern; sie erreichen die Nachwelt sicher und bringen dahin, wen sie mit sich nehmen. Diese Reisegesellschaft mit Tasso ist es, die Leonore sich wünscht; Florenz ist nur die erste Station, das Ziel ist die Nachwelt:

Wie reizend ist's, in seinem schönen Geiste
Sich selber zu bespiegeln! Wird ein Glück
Nicht doppelt groß und herrlich, wenn sein Lied
Uns wie auf Himmelswolken trägt und hebt?
Dann bist du erst beneidenswerth! Du bist,
Du hast das nicht allein, was viele wünschen;
Es weiß, es kennt auch jeder, was du hast!
Dich nennt dein Vaterland und sieht auf dich:
Das ist der höchste Gipfel jedes Glücks.

————————————————————

Du bist noch schön, noch glücklich, wenn schon lange
Der Kreis der Dinge dich mit fortgerissen. [1]

Und Tasso selbst, den Lorbeerkranz auf dem Haupt, erblickt wie in einer entzückten Vision das Abbild Elysiums, er sieht die Heroen, die Poeten der alten Zeit mit einander vereinigt und sehnt sich in ihre Mitte:

Homer vergaß sich selbst, sein ganzes Leben
War der Betrachtung zweier Männer heilig,
Und Alexander in Elysium
Eilt, den Achill und den Homer zu suchen.
O daß ich gegenwärtig wäre, sie,
Die größten Seelen, nun vereint zu sehen! [2]

Unsere Dichtung versetzt uns, wie keine andere, in die Ideenwelt, die das Zeitalter der Renaissance

————————————————————

[1] III. 3. V. 1927—1936. V. 1951—1952.
[2] I. 3. V. 552—557.

von neuem belebt hat. Die großen Menschen und
ihre Thaten, die abgeschiedenen wie die gegen=
wärtigen, gelten hier unter allen interessanten
Objecten für die höchsten, in deren Betrachtung
man sich immer wieder erquickt und erhebt. Und so
ist hier der Cultus des Genius, das Wort in seinem
ganzen Umfange genommen, das herrschende geistige
Lebensthema. Selbst der Papst, den uns Antonio
schildert, ist ein idealer Weltherrscher, und wenn
sein Kunstsinn gerühmt wird, so könnte man in
diesem Punkt noch eher an Leo X., den Papst
der Renaissance, als an einen Papst der Gegen=
reformation, wie Gregor XIII., denken. Antonio
schildert ihn, als ob die Idee eines gerechten Welt=
herrschers ohne Trübung in ihm verkörpert wäre:
„Der Greis, der würdigste, dem eine Krone das
Haupt belastet!“ Er rühmt den hohen Sinn des
Papsts:

> Er sieht das Kleine klein, das Große groß.
> Nur der erfahrne Mann besitzt sein Ohr,
> Der thätige sein Zutrau'n, seine Gunst.
> Es liegt die Welt so klar vor seinem Blick,
> Als wie der Vortheil seines eignen Staats.
> Wenn man ihn handeln sieht, so lobt man ihn,
> Und freut sich, wenn die Zeit entdeckt, was er

Im Stillen lang bereitet und vollbracht.
Es ist kein schönrer Anblick in der Welt,
Als einen Fürsten sehn, der klug regiert,
Das Reich zu sehn, wo jeder stolz gehorcht,
Wo jeder sich nur selbst zu dienen glaubt,
Weil ihm das Rechte nur befohlen wird.

Ein Papst, der die Wissenschaften und Künste nur schätzt, sofern sie dem regnum hominis dienen!

Er ehrt die Wissenschaft, sofern sie nutzt,
Den Staat regieren, Völker kennen lehrt;
Er schätzt die Kunst, sofern sie ziert, sein Rom
Verherrlicht und Palast und Tempel
Zu Wunderwerken dieser Erde macht.
In seiner Nähe darf nichts müßig sein!
Was gelten soll, muß wirken und muß dienen.

Dieser Papst herrscht wie ein Genius, wie ein Halbgott! Darum wird von Antonios Schilderung auch Leonore gleich bewegt:

Wie sehnlich wünscht' ich jene Welt einmal
Recht nah zu sehn!¹

und Tasso tief davon ergriffen:

Was das Herz im tiefsten mir bewegte,
Was mir noch jetzt die ganze Seele füllt,
Es waren die Gestalten jener Welt,

---

¹ I. 4. V. 604—605, 615—16, 628—29, 634—643, 665—672, 644—45.

Die sich lebendig, rastlos, ungeheuer
Um einen großen, einzig klugen Mann
Gemessen dreht und ihren Lauf vollendet,
Den ihr der Halbgott vorzuschreiben wagt.

Nichts erinnert uns an das Zeitalter der Gegen=
reformation, von dessen Mächten der Dichter des
befreiten Jerusalems beherrscht war. Der Goethesche
Tasso läßt sich die Inquisition nicht anfechten, er
sehnt sich nach den Helden und Dichtern des Alter=
thums, er ruft sogar die Götter an, daß sie den
Lorbeerkranz von seinem Haupte hinwegnehmen
und in unerreichbarer Höhe über ihm schweben
lassen mögen, damit sein Leben nach diesem Ziel
ein ewig Wandeln sei! Und wenn der Papst, den
Antonio uns schildert, nicht blos die Türken, sondern
auch die Ketzer zu vertilgen sinnt, so erscheint
dieser Wunsch als ein zu dem Bilde seiner politischen
Herrschergröße gehöriger Zug, der uns mehr an die
Zeiten des Innocenz III., als an die Gregors XIII.
denken läßt. Nur in einer einzigen Stelle, die
aber nichts mit dem Gange der Handlung zu
thun hat, finden wir uns an die störenden Ein=
flüsse der Gegenreformation gemahnt. Die Her=
zogin Renata hatte sich zum calvinistischen Glauben

bekehrt; dadurch ist in dem Herzen der Prinzessin das Andenken der Mutter getrübt:

> Was half denn unsrer Mutter ihre Klugheit?
> Die Kenntniß jeder Art, ihr großer Sinn?
> Konnt' er sie vor dem fremden Irrthum schützen?
> Man nahm uns von ihr weg: nun ist sie todt;
> Sie ließ uns Kindern nicht den Trost, daß sie
> Mit ihrem Gott versöhnt gestorben sei.[1]

Diese Worte charakterisiren die Gemüthsart der Prinzessin, ihre Lebensanschauung wie ihre Frömmigkeit, und sind in dieser Hinsicht sehr bemerkenswerth, aber sie bewölken nicht den heitern Himmel, unter welchem Goethes Tasso seine Schicksale in Belriguardo erlebt.

4. Die ästhetische Gesittung und Freiheit.

Man hat die Leiden Werthers und die Leiden Tassos mit einander verglichen. Jedes der beiden Seelengemälde ruht auf einer geistigen und gesellschaftlichen Weltlage, mit der es völlig übereinstimmt, aber diese Weltzustände selbst sind von einander grundverschieden. In einer so bildungsreichen und =freudigen, von dichterischen Vorstellungen so durchdrungenen und beseelten Welt, wie wir sie

______

[1] S. oben VIII. 1. S. 137. III, 2. V. 1792—1797.

in unserem Tasso vor uns sehen, kann unmöglich
ein Werther erscheinen und verkümmern. Zu diesem
gehören jene gesellschaftlich gebundenen und geistig
elenden Zustände, die sich mit dem Wort eines
gleichzeitigen Goetheschen Gedichts kennzeichnen
lassen: „Und da sucht das Aug' so oft vergebens
rings umher und findet alles zu!" Unter den
Zurückstoßungen, die Werther erfährt, war ein
drückendes und in dem Seelengemälde seiner Leiden
unentbehrliches Motiv, welches Napoleon mit Un=
recht getadelt hat, „der gekränkte Ehrgeiz" und die
Mißhandlung von seiten der sogenannten höheren
Gesellschaft. Die Atmosphäre, worin Werther
athmet, ist mit Stickstoff überladen; die Welt,
worin er lebt, ist von allen Seiten zu.

Die Welt des Goetheschen Tasso dagegen ist
nach allen Seiten frei und offen; ihr geselliger
Kreis hat die Form der vollendeten Aristokratie,
worin der persönliche Geistesadel und die ange=
borene Gesellschaftshöhe Hand in Hand gehn: „ein
edler Mensch zieht edle Menschen an und weiß sie
festzuhalten". Diese Welt ist für alle dichterischen
Vorstellungen aufgeschlossen und empfänglich, sie ist
in dieselben so eingelebt und davon erfüllt, daß

hier die Poesie nicht blos redet, sondern geredet wird. Von unserer dramatischen Dichtung läßt sich wie von keiner andern sagen: daß ihre Personen sämmtlich Poesie sprechen, nicht nach der Schule und Kunst, sondern nach dem Leben; daß die Sprache der edlen, erhöhten und freien Vorstellungen die ihres Herzens, ihrer natürlichen Denkart und Erfahrung ist, die leicht und anmuthig von den Lippen strömt, auch unter dem Sturm der Affecte.

Welche Weite in diesem geselligen Verkehr der geistige Horizont gewinnt, welche Fülle hoher und werthvoller Gegenstände derselbe beherrscht, möge uns die Prinzessin aus ihrer eigensten Erfahrung bezeugen. Erst das Zeitalter der italienischen Renaissance konnte mit dem neu erworbenen Reichthum der Ideen einen solchen Stoff der Gespräche, ein solches Vergnügen an der Unterredung über bedeutende Themata, einen solchen weiblichen und tiefen Antheil an ihrer Anregung und Führung hervorrufen:

> Ich freue mich, wenn kluge Männer sprechen,
> Daß ich verstehen kann, wie sie es meinen.
> Es sei ein Urtheil über einen Mann

Der alten Zeit und seiner Thaten Werth,
Es sei von einer Wissenschaft die Rede,
Die, durch Erfahrung weiter ausgebreitet,
Dem Menschen nutzt, indem sie ihn erhebt:
Wohin sich das Gespräch der Edlen lenkt,
Ich folge gern, denn mir wird leicht zu folgen.
Ich höre gern dem Streit der Klugen zu,
Wenn um die Kräfte, die des Menschen Brust
So freundlich und so fürchterlich bewegen,
Mit Grazie die Rednerlippe spielt;
Gern, wenn die fürstliche Begier des Ruhms,
Des ausgebreiteten Besitzes Stoff
Dem Denker wird, und wenn die feine Klugheit
Von einem klugen Manne zart entwickelt,
Statt uns zu hintergehen, uns belehrt.

5. Die Gegensätze der Charaktere.

Die Charaktere unsres Schauspiels tragen selbst
jene Kräfte in sich, „die des Menschen Brust so
freundlich und so fürchterlich bewegen". So
lange diese Kräfte nur der Gegenstand schöner
Betrachtungen sind und die Rednerlippe anmuthig
mit ihnen spielt, bleibt das hohe Idyll in Bel=
riguardo ungestört; aber sobald die Gegensätze
geweckt und die Spannkräfte (physikalisch zu
reden) in lebendige Energie verwandelt werden,
entsteht die Handlung, welche der Dichter vor uns

geschehen läßt. Solche Gegensätze schlummern in den beiden Leonoren, wie in Tasso und Antonio: der Widerstreit dieser weckt den Gegensatz jener. Ohne den Ausbruch der Feindschaft zwischen Tasso und Antonio würde der Wunsch, den die Gräfin Leonore in der Stille des Herzens hegt, nie laut werden: sie würde nie ernstlich den Entschluß fassen, der Freundin den geliebten Dichter zu rauben, womit sie allen Interessen, mit Ausnahme des ihrigen, zuwiderhandelt. Ohne den Streit der beiden Männer würden die beiden Frauen nicht in jenen Conflict über Tasso gerathen, wobei die Prinzessin nachgiebt. Ohne diese Nachgiebigkeit könnte Tasso nicht in die Wehklage ausbrechen: „auch sie, auch sie!" Und hätte die Prinzessin die Harmonie zwischen Tasso und Antonio nach ihrem Streit noch ebenso eifrig nicht blos ge= wünscht, sondern betrieben, wie vor demselben, so würde sich nach einer kleinen Störung das Idyll in Belriguardo bald auf das schönste wieder= hergestellt haben.

Wir berühren hier nicht etwa die Zufällig= keiten des Geschehens, die so und auch anders hätten stattfinden können, sondern die Fugen

der Handlung selbst, die in den Grundrichtungen
der Charaktere gegeben und aus dem Wesen der=
selben herzuleiten sind. Wir sehen Fragen vor uns,
die sich nur aus der richtigen Erkenntniß der
Charaktere beantworten lassen.

Und worin besteht das erste Motiv, welches
den Antonio wider Tasso erbittert und nun alle
die übrigen Conflicte zur Folge hat? Es ist der
Anblick des Lorbeerkranzes auf dem Haupte des
Dichters! Es ist der Lohn, den dieser für sein
vollendetes Werk soeben von der Hand der
Prinzessin empfangen hat auf den Wink des
Herzogs. Und so erscheint Alphons als der
Ausgangspunkt der ganzen Handlung und aller
der Gegensätze, die sie bewegen und treiben, ohne
daß er selbst in diese Conflicte geräth. Bei ihm
ist die Initiative. Er ist in der Welt des
Goethe'schen Tasso in der vollen Bedeutung des
Wortes der fürstliche Charakter.

XII. Alphons der Zweite.

1. Die humane Sinnesart.

In der Brust dieses Mannes regt sich keine
Spur jener Verstellungskunst, jener tückischen und

grausamen Tyrannenart, die zu den Charakter=
zügen des wirklichen Alfonso gehörten, der durch
seine Großmutter ein Abkömmling der Borgias
war. Wer viele Menschen richtig brauchen soll,
wie es dem Herrscher beschieden ist und geziemt,
der muß jeden in seiner Art zu nutzen verstehen.
Die Menschen und vor allen die Talente blos
als Werkzeuge des nächsten, augenblicklichen Vor=
theils zu brauchen und zu verbrauchen, ist die
unweise Art der Tyrannen, für welche der
Goethesche Alphons von Natur zu edel gesinnt ist
und durch die Schule des Herrschers, die er sich
zu nutze gemacht hat, auch zu erfahren und
zu klug.

Wie Antonio ihm räth, den Tasso reisen zu
lassen, da er sich von dessen launischem Eigensinn
doch keine Freude versprechen könne, so giebt ihm
der Fürst eine Antwort, die seine eben geschilderte
Denkart auf das klarste erleuchtet:

> Du hättest Recht, Antonio, wenn in ihm
> Ich meinen nächsten Vortheil suchen wollte!
> Zwar ist es schon mein Vortheil, daß ich nicht
> Den Nutzen grad und unbedingt erwarte.
> Nicht alles dienet uns auf gleiche Weise;
> Wer vieles brauchen will, gebrauche jedes

In seiner Art: so ist er wohl bedient.
Das haben uns die Medicis gelehrt,
Das haben uns die Päpste selbst gewiesen.
Mit welcher Nachsicht, welcher fürstlichen
Geduld und Langmuth trugen diese Männer
Manch groß Talent, das ihrer reichen Gnade
Nicht zu bedürfen schien und doch bedurfte![1]

2. Das Verhalten zu Tasso.

Diesen Worten gemäß handelt er mit Tasso, den er liebt und in seiner unmittelbaren Nähe als ein Glied des engsten fürstlichen Kreises leben läßt, er freut sich seines Anblicks und sucht in guter Stunde die Unterhaltung mit ihm. Gleich sein erstes Wort, wie er zu den beiden Leonoren tritt, giebt davon Zeugniß:

Ich suche Tasso, den ich nirgends finde,
Und treff' ihn hier sogar bei euch nicht an.
Könnt ihr von ihm mir keine Nachricht geben?[2]

Mit einer gewissen fürstlichen Ungeduld er=wartet Alphons die Vollendung des großen Epos und drängt den Dichter zur Eile, doch so, daß er die eigenen Wünsche gern durch die Schwester mäßigen läßt. Denn es ist ihm nicht blos um

---

[1] V. 1. W. 2935—2947.
[2] I. 2. W. 239—241.

den eigenen Mäcenatenruhm zu thun, obwohl er
denselben keineswegs verschmäht. Mit einer er=
ziehenden Weisheit und Sorgfalt hat er das
Wohl Tassos selbst vor Augen, der sein schönes
Talent in freiester Weise entfalten und in der
vollendeten Leistung die Frucht desselben genießen
und die eigene Kraft erst recht erkennen soll.
Diese Vollendung soll nach der Absicht des
Fürsten im Leben Tassos der Wendepunkt sein,
womit er aus der Stille der dichterischen Einsam=
keit in die offene Welt hinaustritt, in welcher
durch den Verkehr mit Freund und Feind die
Geltung erkämpft und der Wille gestählt wird.
In der beständigen Wechselwirkung mit der Welt
und ihrem großen Getriebe soll der jüngste
Dichter Italiens, den Ferrara sendet, die Schule
des Lebens vollenden und mit dem Ruhm des
Poeten die Tüchtigkeit des Mannes vereinigen.
Das ist es, was Alphons hofft und bezweckt:

> Dann soll das Vaterland, es soll die Welt
> Erstaunen, welch' ein Werk vollendet worden.
> Ich nehme meinen Theil des Ruhms davon,
> Und er wird in das Leben eingeführt.
> Ein edler Mensch kann einem engen Kreise
> Nicht seine Bildung danken; Vaterland

Und Welt muß auf ihn wirken. Ruhm und Tadel
Muß er ertragen lernen. Sich und andre
Wird er gezwungen recht zu kennen. Ihn
Wiegt nicht die Einsamkeit mehr schmeichelnd ein.
Es will der Feind — es darf der Freund nicht schonen;
Dann übt der Jüngling streitend seine Kräfte,
Fühlt, was er ist, und fühlt sich bald ein Mann![1]

Alle die unfreien Gemüthszustände Tassos,
seine Menschenscheu, die jede rauhe Berührung
meidet und ein argwöhnisches Mißtrauen erzeugt,
das ihm die Welt verdüstert und kleine gesellige
Uebel, die jedem zustoßen, für das weitgesponnene
Werk tückischer Feinde hält, sind die Folge davon,
daß er am liebsten allein mit sich und seiner
Phantasie lebt. Eben dadurch wird seine Em=
pfindungsweise überzart und verweichlicht. Das
einzige Heilmittel liegt in der Abhärtung, welche
der Streit der Kräfte und das Leben in der
offenen Welt mit sich bringt. So sieht Alphons
die Gemüthslage Tassos.

Man fühlt den absichtsvollen Contrast, in
welchen Goethe seinen Alphons zu dem Tyrannen
von Ferrara gestellt hat, der den Dichter bald
durch Curen, bald durch Vergnügungen, die er

---

[1] I. 3. V. 289—301.

ihm angedeihen ließ, heilen wollte und ihm zu=
letzt als die beste aller Curen die vieljährige
Einsperrung im Irrenhause verschrieb. Auch
Goethes Alphons räth seinem Tasso, daß er sich
Erholung von der Arbeit und genußreiche Zer=
streuungen gönnen, daß er sein melancholisches
Geblüt durch eine Cur verbessern möge, aber er
überläßt alles seiner freien Entschließung:

> Ich billige den Trieb, der dich beseelt!
> Doch, guter Tasso, wenn es möglich wäre,
> So solltest du erst eine kurze Zeit
> Der freien Welt genießen, dich zerstreuen,
> Dein Blut durch eine Cur verbessern.

Vor diesem Fürsten ist Tassos Freiheit
sicher; daher auch die Handlung in unserem Stück
nie zu dem schrecklichen Ende führen kann, welches
Alfonso II. über den Dichter verhängt hatte.
Im geflissentlichen Gegensatz zu diesem sagt unser
Alphons in seiner Unterredung mit den beiden
Leonoren:

> Doch hoff' ich, meine Lieben, daß ich nie
> Die Schuld des rauhen Arztes auf mich lade.

Noch während des Gesprächs, dessen Haupt=
gegenstand Tasso war, erscheint dieser selbst und
überreicht dem Fürsten sein vollendetes Werk.

Der Augenblick ist da, der in seinem Leben eine entscheidende Bedeutung haben soll. So will es der väterlich gesinnte Fürst, daher ist er gleich bereit, den Moment zu feiern als ein Fest für sich, als eine Epoche für Tasso. Dieser fühle sich schon als den Virgil der Gegenwart! Ein sichtbares Zeichen bestätige ihm das erste glücklich errungene Ziel: der Lorbeerkranz, den Alphons auf dem Haupte des römischen Dichters erblickt, schmücke das seinige! Die Tage des dichterischen Stilllebens sind abgelaufen, nun beginnt die Bahn des ruhmgekrönten Dichters. In der Ferne winkt das höhere Ziel:

> Es ist ein Vorbild nur von jener Krone,
> Die auf dem Capitol dich zieren soll.[1]

Die Worte, womit Alphons den jungen Dichter in seine neue Laufbahn gleichsam einführt, enthalten eine gewichtige Mahnung. Der Lorbeerkranz, den er soeben von der Hand Leonorens empfangen hat, bezeugt seinen früh erworbenen Ruhm, der ihm zum Unsegen wie zum Segen gereichen kann. Wer auf zeitig gewonnenen Lorbeeren ausruht, wird Gefahr laufen, sie zu

---

[1] I. 2. V. 333—34.

verlieren; wer sie besitzen und erhalten will, muß fortfahren sie zu verdienen, und dazu gehört die immer ringende und gerüstete Kraft: eben dies ist der Segen früh erworbenen Ruhms, daß der Träger desselben sich stets bereit fühlen soll, für ihn zu wachen. Goethe hatte sein eigenes Schicksal vor Augen und sprach zu sich selbst, als er seinen Alphons zu Tasso sagen ließ:

> Wer früh erwirbt, lernt früh den hohen Werth
> Der holden Güter dieses Lebens schätzen;
> Wer früh genießt, entbehrt in seinem Leben
> Mit Willen nicht, was er einmal besaß;
> Und wer besitzt, der muß gerüstet sein.

Doch sollen durch die Anstrengungen und Mühen der Arbeit dem Dichter nicht der natür=liche Frohsinn, seinem Werke nicht die natürliche Leichtigkeit der Gestaltung, wie sie das Talent mit sich bringt, verkümmert werden; er soll nicht auf alle hören, nicht jedem Tadler es recht machen und im Wege des beständigen Feilens, das nie endet, die höchste Vollkommenheit erkünsteln wollen:

> Hüte dich
> Durch strengen Fleiß die liebliche Natur
> Zu kränken, die in deinen Reimen lebt,
> Und höre nicht auf Rath von allen Seiten![1]

---

[1] I. 3. V. 503—507. V. 2. V. 3031—3034.

Der menschenkundige Fürst erkennt die Gefahr, in welcher Tasso schwebt, eingeschüchtert von der Welt, beirrt durch ihre Urtheile, angelockt um so mächtiger von dem Gefühls= und Phantasieleben in sich selbst, von dieser dichterischen Freiheit, die keinen Widerstand zu befürchten hat und die eigene Kraft genießt, ohne sie zu stählen. Es ist besser, daß etwas an der Ausbildung des Dichters ver= loren gehe, als an der des Menschen:

> Dich führet alles, was du sinnst und treibst,
> Tief in dich selbst. Es liegt um uns herum
> Gar mancher Abgrund, den das Schicksal grub;
> Doch hier in unsrem Herzen ist der tiefste,
> Und reizend ist es, sich hinabzustürzen.
> Ich bitte dich, entreiße dich dir selbst!
> Der Mensch gewinnt, was der Poet verliert.

Während andere sich an seinem Talente er= freuen und ihm erhöhten Lebensgenuß danken, verkennt er selbst den Werth des Lebens und darbt in der Fülle der Jugend und Kraft. Daß sein Talent andern zur Freude, ihm selbst zum Leiden gereichen soll, dieses Märtyrerthum des Dichters will dem lebensfrohen Alphons nicht ein= leuchten; er wünscht mit väterlichem Wohlwollen seinen Tasso so glücklich zu sehen, wie er es

im Besitz so holder Lebensgüter sein könnte
und sollte:

Höre mich!

Du giebst so vielen doppelten Genuß
Des Lebens; lern', ich bitte dich,
Den Werth des Lebens kennen, das du noch
Und zehnfach reich besitzest.

3. Der fürstliche Humor.

Einige der Aussprüche Alphonsens sind unter
die geflügelten Worte gekommen, die man häufig
citirt; sie haben dadurch im Munde der Leute ein
Gewicht erlangt, das sie in der Rede des Fürsten
nicht haben. Dieser sagt nicht mit besonderer
Hervorhebung, als ob er sich schon des künftigen
Citats bewußt wäre: „die Menschen fürchtet nur,
wer sie nicht kennt, und wer sie meidet, wird sie
bald verkennen", oder „der Mensch gewinnt, was
der Poet verliert" und ähnliche bedeutungsvolle
Worte. Wenn ein Schauspieler solche Stellen mit
einem gewissen Nachdruck hervorhebt, als ob er sie
citirt, so spricht er den Leuten nach dem Munde,
nicht dem Alphons, dem sie leicht von der Lippe
fließen, als die natürlichen Ergebnisse einer großen
und bedeutenden Lebenserfahrung, wie dieselbe aus
seiner fürstlichen Stellung und Klugheit hervorgeht.

Nichts ist, was diesen Fürsten bedrückt oder einengt. Sein Selbstgefühl ist von einer natürlichen und völlig ungezwungenen, einer leichtlebigen und wohlthuenden Erhabenheit, die ihm die Herzen zuwendet und in seiner Art, Menschen und Dinge zu beurtheilen, sich heiter und humoristisch ausprägt. Man muß ihn dem Antonio gegenüber hören, der eben von Rom zurückkehrt, und, noch ganz beherrscht von den Eindrücken, die Papst und Vatikan auf ihn gemacht haben, deren Herrlichkeit in gewaltigen Zügen schildert, die nur dem Fürsten wenig imponiren. Alphons kennt die Schwierigkeiten, die sein Gesandter zu besiegen gehabt, und giebt mit ein paar Worten ein treffendes und ergötzliches Bild von den eigentlichen Triebfedern des Vatikans:

> Wer seines Herren Vortheil rein bedenkt,
> Der hat in Rom gar einen schweren Stand:
> Denn Rom will alles haben, geben nichts;
> Und kommt man hin, um etwas zu erhalten,
> Erhält man nichts, man bringe denn was hin,
> Und glücklich, wenn man da noch was erhält.

Auch die Freundschaft des Papstes würdigt er mit unverblendeter Klugheit:

Ich freue seiner guten Meinung mich,
Sofern sie redlich ist.

Ueberhören wir nicht das kleine scherzhafte Zwischenspiel mit der Gräfin Leonore, die so gern die große Welt, die Antonio schildert, in der Nähe sehen möchte:

Doch wohl um mitzuwirken?
Denn blos beschaun wird Leonore nie.
Es wäre doch recht artig, meine Freundin,
Wenn in das große Spiel wir auch zuweilen
Die zarten Hände mischen könnten. — Nicht?

Man fühlt sich wohl in der Nähe dieses Alphons, der fürstlich denkt und handelt, ohne alles pedantische Scheinwesen und Gethue; er braucht den Fürsten nicht noch zu spielen, da er einer ist durch Geburt und Amt, wie durch angeborene und erworbene Höhe des Charakters und der Gesittung. Zu dem fürstlichen Humor, der ihn kennzeichnet, rechnen wir nicht zum wenigsten auch die Leichtlebigkeit, die es versteht, zu rechter Zeit zu genießen und genießen zu lassen. Wenn die Staats= geschäfte mit Antonio abgethan und wohl besorgt sind:

So mag der Schwarm dann kommen, daß es lustig
In unsern Gärten werde, daß auch mir,
Wie billig, eine Schönheit in dem Kühlen,
Wenn ich sie suche, wohl begegnen mag.

XIII. Leonore von Este.

1. Klarheit und Lauterkeit.

Zwischen Alphons und seiner Schwester herrscht die schönste Geschwisterliebe und zugleich eine gewisse intellectuelle Aehnlichkeit wohl von mütterlicher Herkunft. Was Leonore Sanvitale von ihrer Freundin rühmt, ist keine Schmeichelei, wie diese es nimmt, und dürfte auch von deren Bruder gelten:

> Fest ist dein Sinn und richtig dein Geschmack,
> Dein Urtheil grad, stets ist dein Antheil groß
> Am Großen, das du wie dich selbst erkennst.

Ebenso richtig unterscheidet sie die Gemüthsart der Prinzessin von der ihrigen:

> Drängt mich doch das volle Herz
> Sogleich zu sagen, was ich lebhaft fühle;
> Du fühlst es besser, fühlst es tief und — schweigst.
> Der Witz besticht dich nicht, die Schmeichelei
> Schmiegt sich vergebens künstlich an dein Ohr.

Diese Worte geben das Charakterbild der Prinzessin in seinem Grundriß und lassen uns in den Zügen, die sie hervorheben, deren geistige Eigenart erkennen. In ihrem Gefühl besitzt die Prinzessin eine solche Gabe der Durchdringung

und Aneignung, daß die Gegenstände, die ihr
Interesse erregen, nicht flüchtig berührt und ge=
nossen, sondern in der Tiefe des Gemüths in=
tellectuell erlebt werden und fortwirken. Daher ist
das nach innen gerichtete, gedankenvolle und reiche
Stillleben die ihrem Dasein gemäße Form. „Du
fühlst es besser, fühlst es tief und — schweigst".

So ist Leonore von Este im Kern ihrer Per=
sönlichkeit nach Abzug aller Vorzüge, welche ihr
die Erzieher angebildet oder Natur und Glück
verliehen haben. Sie selbst erscheint in ihrer
eigensten Art sich gering. Ihre Mutter, der sie
die Kenntniß der alten Sprachen und der Schätze
des Alterthums dankt, war viel geistesmächtiger,
ihre Schwester Lucrezia ist der Mutter an Geist
weit ähnlicher als sie. Daher will sie auch nicht
unter oder gar vor allen großen Frauen ihrer Zeit
sich von der Freundin gepriesen hören:

> Mich kann das, Leonore, wenig rühren,
> Wenn ich bedenke, wie man wenig ist;
> Und was man ist, das blieb man andern schuldig[1].

Die Größe und der Werth des Menschen, der
allein wahre und echte, besteht nach ihrem Gefühl

---

[1] I. 1. V. 104—106. S. oben XI. 3. S. 203.

nicht in den äußern Gütern, wozu Stand und
Geburt, Rang und Besitz gehören, sondern in
dem, was er innerlich ist und erstrebt, in der
Höhe und dem Reichthum seines geistigen Lebens.
Dieses Leben, wie es sich in der weiten und
schönen Welt offenbart, in den Ideen und Ge=
sprächen geistvoller Männer in nächster Anschau=
lichkeit äußert, zu verstehen und in sich nachzuleben:
das ist der Prinzessin eigenste Fähigkeit, ihre
Freude, ihr bis zur genialen Tiefe und Leichtig=
keit ausgebildetes Talent. Sie versteht zu hören,
was Männer zu würdigen wissen, die zu reden
verstehen. Sie will nicht vorleuchten, sondern
nachfolgen. So schildert sie der Freundin sich
selbst:

> Auch kann ich dir versichern, hab' ich nie
> Als Rang und als Besitz betrachtet, was
> Mir die Natur, was mir das Glück verlieh.
> Ich freue mich, wenn kluge Männer sprechen,
> Daß ich verstehen kann, wie sie es meinen.
>
> — — — — — — — — — — — —
>
> Wohin sich das Gespräch der Edlen lenkt,
> Ich folge gern, denn mir wird leicht zu folgen[1].

----

[1] Vgl. oben XI. 4. S. 210—11.

Und was ihr dieses Folgen, diese schnelle und richtige Auffassung der Dinge und Personen so erleichtert, ist nicht blos die weiblich=geniale Art ihres Intellects, sondern zugleich die völlige Lauterkeit ihres Herzens: sie allein denkt und urtheilt ohne alle Nebenzwecke, ohne jede Rücksicht auf den eigenen Vortheil oder Nachtheil, ohne trübende oder hemmende Affecte, was von keinem der anderen Charaktere gesagt werden kann. Um ganz von Tasso zu schweigen: wie sehr verkennt Leonore in jenem Monolog des dritten Acts, wo sie nur an sich und ihren Vortheil denkt, die Gefühle der Prinzessin! Wie falsch urtheilt Antonio, so lange ihn der Neid erbittert, über Tasso! Und selbst der Fürst in der Raschheit seines Wollens, die ihm so wohl ansteht, hat nicht immer die ruhige und richtige Ansicht. Dagegen beachte man, wie wahr die Prinzessin in den beiden Ge= sprächen mit Leonore sich selbst schildert, wie treffend sie in der Unterredung mit Alphons über Tasso, in der mit Tasso über diesen selbst, über Antonio und Leonore urtheilt.

Der Blick, womit sie die Individualität eines Charakters zu würdigen weiß, ist der hellste.

Die Freunde, die jemand hat, die Menschen,
denen er vertraut, gehören gleichsam zu seiner
Individualität und machen dieselbe erkennbar.
Als Antonio den Papst schildert, hat jeder eine
Frage an ihn zu richten, die uns recht deutlich
zeigt, was ihn an jener erhabenen Persönlichkeit
am meisten interessirt: Tasso möchte wissen, ob
Wissenschaft und Kunst sich seines Schutzes erfreuen; Leonore wünscht zu erfahren, ob er für
die Nepoten viel gethan hat; die Prinzessin fragt:

> Weiß man die Männer, die er mehr als andre
> Begünstigt, die sich ihm vertraulich nahn?[1]

Sie weiß so gut, daß man die Individualität
eines bedeutenden Menschen nehmen muß, wie sie
ist, und nicht modeln kann, wie man will. Da
Alphons mancherlei Unarten, wie Menschenscheu
und Mißtrauen, an Tasso zu tadeln hat, so erwidert sie ihm:

> Laß uns, geliebter Bruder, nicht vergessen,
> Daß von sich selbst der Mensch nicht scheiden kann,
> Und wenn ein Freund, der mit uns wandeln sollte,
> Sich einen Fuß beschädigte, wir würden
> Doch lieber langsam gehn und unsre Hand
> Ihm gern und willig leihen.[1]

---

[1] I. 4. V. 626—627.

Goldene Worte, die dem raschen Alphons nicht ganz einleuchten! Gewiß haben sie schon in der alten Dichtung gestanden und mochten eine Mahnung Goethes an die eigene Freundin enthalten, die sie beherzigen und die Prinzessin sich zum Vorbilde nehmen sollte; denn sie verhielt sich zu ihm und seiner Art bisweilen etwas zu unduldsam und modelnd. Vielleicht hat Goethe gleichzeitig, als er der Prinzessin jene goldene Mahnung in den Mund legte, folgende Worte an Frau von Stein gerichtet: „Nun bitte ich Sie, sich täglich zu sagen, daß alles, was Ihnen an mir unangenehm sein konnte, aus einer Quelle kommt, über die ich nicht Meister bin, dadurch erleichtern Sie mir viel"[1].

2. Leiden und Entsagung. Das stille Leben.

Der Besitz äußerer Güter, wie ihre fürstliche Geburt und Würde, hat die Gefühle der Prinzessin nie bestochen; dagegen haben einen tiefen und läuternden Einfluß auf die Ausbildung ihrer

---

[1] I. 2. V. 323—328. Vgl. Briefe an Frau von Stein. Bd. I. Brief 510 (24. November 1780).

Gemüthsart die Leiden und Entbehrungen aus=
geübt, die ihr von Jugend an beschieden waren:
sie hat früh gelernt zu dulden und auf die Freuden
der Welt zu verzichten, die für die meisten den
Werth des Lebens ausmachen; sie hat sich an diese
Entsagungen gewöhnt und ist damit fertig ge=
worden. Nicht ohne Kämpfe. Wenn sie sagt: „nun
hab’ ich überwunden“, so gilt dieses Wort von
mehr als einer Entsagung. Um alle partiellen
Resignationen loszuwerden, hat sie einmal für
immer im Ganzen entsagt. Diesen Goetheschen
Ausspruch, der einen Inbegriff seiner Lebens=
weisheit bildet, finde ich in keinem der Charaktere,
die uns der Dichter geschaffen hat, so verkörpert,
wie in der Prinzessin Leonore von Este.

Die Leiden und Entbehrungen, die ihr aufer=
legt sind, hat sie nicht wie häßliche Plagen erlitten
und widerwillig getragen, sondern nach der Art
ihrer intellectuellen Natur innerlich durchlebt und
durchdacht; sie hat in den Uebeln der Welt ein
Geschick erkannt, von dem jeder sein Theil trägt,
auch die scheinbar Glücklichsten. Sie sagt es der
Freundin, die etwas von blindem Frohsinn hat
und für die schmerzlichste Entbehrung, die sie selbst.

der Prinzessin zufügt, diese mit der Aussicht auf künftiges Glück trösten möchte:

Eleonore! Glücklich?
Wer ist denn glücklich?

Und hingewiesen auf das Glück, das sie be=
sitzt, und das ihr bleibt, erwidert sie der Freundin,
die im Stillen wohl an den Glanz denkt, welchen
die fürstliche und geistvolle Frau um sich ver=
breitet:

Was mir bleibt?
Geduld, Eleonore! Ueben konnt' ich die
Von Jugend auf. Wenn Freunde, wenn Geschwister
Bei Fest und Spiel gesellig sich erfreuten,
Hielt Krankheit mich auf meinem Zimmer fest,
Und in Gesellschaft mancher Leiden mußt'
Ich früh entbehren lernen.

Obwohl ihre Resignation den Charakter der
Ueberwindung in sich trägt und in der Tiefe der
Seele einen schwecmüthigen Zug hinterlassen hat,
wie er in den eben angeführten Worten hervortritt,
so ist doch ihre Lebensansicht ohne alle pessimi=
stische Verdüsterung. Vielmehr haben die Leiden
ihre Ertragungsfähigkeit gestärkt, ihren Willen
gefestigt, ihr geistiges Leben gesammelt und da=
durch noch geläutert und erhöht. Gegen die

Menge zerstreuter und armseliger Weltgenüsse hat sie einen Schatz schöner und fruchtbarer Geistes=freuden eingetauscht, der ihr für alle Entbehrungen den reichsten Ersatz bietet. Nie ist sie weniger einsam, als wenn sie in leidensvollen Zeiten mit sich allein ist und in der Musik lebt:

> ich unterhielt
> Mich mit mir selbst, ich wiegte Schmerz und Sehnsucht
> Und jeden Wunsch mit leisen Tönen ein.
> Da wurde Leiden oft Genuß und selbst
> Das traurige Gefühl zur Harmonie [1].

In dieser Seele ist es hell. Die Weltent=sagung gewinnt in dem Charakter der Prinzessin einen heiteren Ausdruck und flößt ihrem geselligen Wesen eine erhabene Menschenfreundlichkeit und Milde ein, die sie wie einen guten Genius er=scheinen läßt. Auch an Humor fehlt es ihr nicht. Gleich im Beginn der Dichtung sehen wir die beiden hohen Frauen in einer ländlichen Maskerade vor uns, die sie nicht zum erstenmal aufführen, denn sie hat schon den Spott des Fürsten er=fahren: sie spielen „recht beglückte Schäferinnen", die ernst gesinnte Leonore und ihre leichtlebige

---

[1] III. 2. B. 1800—1812. S. oben IX. 1. S. 161 ff.

Freundin, die junge Gräfin, der die Verkleidung,
dieser Contrast zwischen dem, was sie sind, und
dem, was sie scheinen, ein ergötzliches Bedenken
verursacht:

> Du siehst mich lächelnd an, Eleonore,
> Und siehst dich selber an und lächelst wieder.
> Was hast du? Laß es eine Freundin wissen!
> Du scheinst bedenklich, doch du scheinst vergnügt.

In der ländlichen Einsamkeit, in der zurück=
gezogenen Stille, in der Mitte der vertrautesten
Umgebungen fühlt sich die Prinzessin wohl und
in ihrem Element; das völlig ruhige und stille,
gleichförmig dahinfließende, von dem Wechsel der
Dinge kaum berührte, nie unterbrochene Leben ist
ihr das liebste und für ihre contemplative
Geistesart, ihre intellectuellen und künstlerischen
Befriedigungen die allein gemäße Form des
Daseins[1]. Es ist eine natürliche Folge davon,
daß sie die überlieferten und vererbten Lebens=
formen festhält und allen Störungen oder gar
gewaltsamen Erschütterungen derselben aus innerster
Abneigung widerstrebt. Diese Lebensformen sind
die Sitten, worauf die Sitte beruht, deren

---

[1] S. oben S. 226.

Erhaltung und Pflege den Frauen zukommt und
gebührt. „Nach Freiheit strebt der Mann, das
Weib nach Sitte."

Nun giebt es keine tiefer gegründeten Sitten,
keine, deren Erschütterungen gewaltsamer vor sich
gehen, als die religiösen, die eingewurzelten,
einheimischen, durch Jahrhunderte geheiligten
Formen des Glaubens. Daher kann die Prin=
zessin nicht fassen, wie ihre kluge und großgesinnte
Mutter diesem Glauben untreu werden und „dem
fremden Irrthum" verfallen konnte; sie beklagt
deren Abtrünnigkeit zugleich als eine Thorheit und
als ein Unglück, sie fühlt es als einen Mißklang,
daß sie mit ihrem Gotte unversöhnt gestorben:

> Was half denn unsrer Mutter ihre Klugheit?
> Die Kenntniß jeder Art, ihr großer Sinn?
> Konnt' er sie vor dem fremden Irrthum schützen?
> Man nahm uns von ihr weg: nun ist sie todt;
> Sie ließ uns Kindern nicht den Trost, daß sie
> Mit ihrem Gott versöhnt gestorben sei[1].

Wir wollen über diese Meinung mit der
Prinzessin nicht rechten und etwa ihre Glaubens=
treue mit ihrem Wahrheitssinn in Conflict bringen.

---

[1] S. oben S. VIII. 1. S. 137. XI. 3. S. 207 flgb.

Ihre Frömmigkeit beruht auf der Sitte, nicht auf
der Glaubensprüfung. Gesetzt, daß sie einen Vor=
wurf darüber sich gefallen ließe, so würde sie
antworten:

Ich laß' es gehn,
Und muß denn eben diesen Vorwurf tragen.

Es wäre nicht der einzige Vorwurf, der sie
trifft. Sie hat ihr Stillleben dergestalt lieb ge=
wonnen, daß sie bis zur thatlosen Selbstvergessen=
heit darin versenkt ist, und es ihr unmöglich fällt,
nach außen handelnd aufzutreten, nicht einmal für
ihre Freunde; sie will selbst für diese den Beistand
anderer lieber entbehren, als in Anspruch nehmen,
sogar den ihres Bruders. Sie hat sich selbst diesen
Vorwurf gemacht, und eine Freundin hat sie oft
darum gescholten:

Du bist uneigennützig, sagte sie,
Das ist recht schön, allein so sehr bist du's,
Daß du auch das Bedürfniß deiner Freunde
Nicht recht empfinden kannst. Ich laß' es gehn
Und muß denn eben diesen Vorwurf tragen.[1]

Dieser quietistische Zug in dem Wesen der
Prinzessin, der sie verhindert, von sich aus Ent=

---

[1] Vgl. oben VIII. 5. S. 150 flgd.

scheidungen zu treffen und anderen Impulse zu
geben, wirkt im Gange unserer Handlung ver=
derblich und trägt eine Schuld an der Zerstörung
ihres Glücks. Sobald sie von dem Streite zwischen
Tasso und Antonio gehört hat, fühlt sie sich wie
aus dem Gleise gerückt, sie ist bestürzt, unent=
schlossen, rathlos. Statt selbst einzugreifen und
durch ihre schnelle Dazwischenkunft die Versöhnung
herzustellen, was so leicht wäre, fragt sie ängstlich:
„Wo bleibt Eleonore?" „Was bringst du, Leonore?"
„O, gieb mir einen Rath! Was ist zu thun?"
Sie läßt sich wie betäubt und blind von der
Freundin leiten und Tasso in den Wahn gerathen,
daß sie ihn los sein wolle und seine Entfernung
wünsche.

3. Die Liebe zu Tasso.

Unsere Dichtung sagt nichts über die Schönheit
und die Jahre der Prinzessin. Diese selbst spricht
von ihrer Jugend wie von vergangenen Zeiten, sie
nennt Tasso ihren „jungen Freund", sie äußert
im Gespräche mit ihm schon ein Vorgefühl des
herannahenden Alters: dies alles und nicht zum
wenigsten ihre Geistesreife läßt uns den Eindruck
gewinnen, daß sie, wie es ja auch in der Wirk=

lichkeit der Fall war, die jugendlichen Jahre über=
schritten hat.

Doch hat unser Dichter — und es ist ihm vor=
züglich gelungen — in das Wesen der Prinzessin
einen Zug unverlebter, gleichsam zurückgedrängter
Jugend gelegt, eine noch unerfüllte Sehnsucht,
einen Durst nach Seelenverwandtschaft, der in der
Stille auf die schönste aller Befriedigungen hofft.
Eine solche Verwandtschaft gründet sich auf Wahl
und Prüfung, auf die Erkenntniß einer gleichge=
stimmten, geistesebenbürtigen Natur und wird nicht
wie ein Loos im Glücksspiele der Welt gewonnen:

> Mit jugendlicher Sehnsucht griff ich nie
> Begierig in den Loostopf fremder Welt,
> Für mein bedürfend unerfahren Herz
> Zufällig einen Gegenstand zu haschen.

Sie hatte viel von dem jungen Dichter gehört,
der wie ein neues Gestirn an dem vaterländischen
Himmel emporgestiegen war und schon eine Zeit=
lang in Ferrara glänzte, bevor sie ihn sah. Mit
Begeisterung hatte ihr Lucrezia, die geliebte
Schwester, deren Urtheil sie höher als das ihrige
schätzt, oft von Torquato Tasso erzählt: sie war
es, die ihr den Jüngling zuführte, als sie selbst

nach langer Krankheit zum erstenmal wieder hinaustrat in die Welt. Dies war keine zufällige Begegnung, kein Griff „in den Loostopf fremder Welt", sondern ein längst erwarteter hoffnungs=reicher Moment.

Zehn Jahre, die unsere Dichtung nicht erwähnt, wohl aber kennt, sind seit diesem Augenblick ver=flossen. Wie lebendig hat die Prinzessin das An=denken desselben in ihrer Seele bewahrt! Im Ge=spräch mit Tasso schildert sie ihn, als ob er eben erlebt wäre:

> Zum erstenmal trat ich, noch unterstützt
> Von meinen Frauen, aus dem Krankenzimmer,
> Da kam Lucrezia voll frohen Lebens
> Herbei und führte dich an ihrer Hand:
> Du warst der erste, der im neuen Leben
> Mir neu und unbekannt entgegentrat.
> Da hofft' ich viel für dich und mich; auch hat
> Uns bis hierher die Hoffnung nicht betrogen.

Jener Moment war weit bedeutungsvoller, als die eben angeführten Worte besagen: er war eine Epoche in ihrem Seelenleben, wie sie es in einem Erguß vollster und vertraulichster Aussprache gegen=über der Freundin bekennt:

> Der Augenblick, da ich zuerst ihn sah,
> War vielbedeutend. Kaum erholt' ich mich

Von manchen Leiden; Schmerz und Krankheit waren
Kaum erst gewichen: still bescheiden blickt' ich
In's Leben wieder, freute mich des Tags
Und der Geschwister wieder, sog beherzt
Der süßen Hoffnung reinsten Balsam ein.
Ich wagt' es, vorwärts in das Leben weiter
Hineinzusehn, und freundliche Gestalten
Begegneten mir aus der Ferne. Da,
Eleonore, stellte mir den Jüngling
Die Schwester vor; er kam an ihrer Hand,
Und daß ich dir's gestehe, da ergriff
Ihn mein Gemüth und wird ihn ewig halten[1].

Das Gefühl der Wiedergenesung, wie das Morgengefühl nach erquickendem Schlaf, erhöht die poetische Empfänglichkeit für die Eindrücke der Welt und erneut den Glauben an die Zukunft. Kein Dichter hat es so, wie Goethe, verstanden, diese magische Empfindung, die uns das Leben im Lichte des Aufgangs erscheinen läßt, zu beschreiben und zu verwerthen[2].

---

[1] Vgl. II. 1. V. 860—867 u. III. 2. V. 1822—1836.

[2] Ohne jede Vergleichung erinnere ich an die wunder= bar schönen Stellen im Wilhelm Meister, in denen Lothario erzählt, wie er nach überstandener Krankheit, von der verjüngten Erinnerung an seine Jugendliebe gelockt, Margareten aufsucht und wiederfindet. (Lehrjahre, Buch VII. Kap. VII.)

Daß die Prinzessin denselben Moment in lebendigster Vergegenwärtigung Zug für Zug zweimal schildert, zeigt uns, wie viel dem Dichter an der vollen Erleuchtung dieses Ereignisses lag: es war der Ursprung ihres Seelenbundes mit Tasso; hier begann die Liebe, die sich in der Erkenntniß seiner dichterischen Höhe und Geistesschönheit vollendet hat.

Diese Liebe ist der Schatz, den sie in der Stille des Herzens bewahrt und verbirgt. Sein „schön verklärtes“ Bild lebt in ihrer Seele und umschwebt sie noch im Traum. Es thut ihr wohl, seinen Preis aus dem Munde der Freundin zu hören, mit der allein sie oft und gern von Tasso spricht; nur soll es Alphons nicht merken:

> Da kommt mein Bruder! Laß uns nicht verrathen,
> Wohin sich wieder das Gespräch gelenkt;
> Wir würden seinen Scherz zu tragen haben,
> Wie unsre Kleidung seinen Spott erfuhr![1]

In diesem Zusammenleben mit Tasso, das sich täglich in gleicher Anmuth erneuert hat, sind die Jahre wie Tage verflossen. Sie hat seine dichterische Schöpfung entstehen, wachsen und reifen, in dem

---

[1] I. 1. V. 235—38.

beständigen Streben nach künstlerischer Ordnung und Einheit sich vollenden sehen. In Gedanken an ihn hat sie die Zweige geflochten, womit sie jetzt sein Haupt bekränzen darf. Der Lorbeer von und aus ihrer Hand ist ein Bekenntniß, ein wortloser Aus=druck ihrer Gesinnung, den ihr die Feier eines seltenen Augenblicks gestattet. Sie gilt der Vollendung seines Werkes:

Du gönnest mir die seltene Freude, Tasso,
Dir ohne Wort zu sagen, wie ich denke.

Wollte sie es in Worten sagen, so würde sie den Ausspruch wiederholen, womit sie eben erst die Herme Virgils geschmückt hat:

Die Zweige, die ich in Gedanken flocht,
Sie haben gleich ein würdig Haupt gefunden.

Sie sagt es auch, um die Zweifel des lorbeer=gekrönten Dichters an dem eigenen Werth und Verdienst zu bannen:

Wenn du bescheiden ruhig das Talent,
Das dir die Götter gaben, tragen kannst,
So lern' auch diese Zweige tragen, die
Das Schönste sind, was wir dir geben können.
Wem einmal würdig sie das Haupt berührt,
Dem schweben sie auf ewig um die Stirne.[1]

---

[1] I. 3. V. 478—79, 521—26.

Diese Worte fügen zu dem Lorbeerkranz den Weihespruch: „Sei, was du bist, ein Dichter von der Götter Gnade! Sei und bleibe es für alle Zeiten!" Dieser erhabene, geweihte Dichter ist i h r Dichter, ihr Tasso.

Mit ihm zugleich und durch ihn erreicht auch die Prinzessin den Höhepunkt ihres Lebens: jenes längst und still ersehnte Ziel, jene schönste aller Befriedigungen. Jede melancholische Trübung weicht jetzt aus ihrer Seele, es ist ganz hell in ihrem Gemüth, und eine innere Stimme jubelt: „ja, es giebt ein Glück!" Die goldene Zeit ist nicht entschwunden, sie ist gegenwärtig, wie der heutige Tag. Möge sie der Dichter nicht in der Vergangenheit suchen, sondern in der Gegenwart erleben und zu würdigen wissen! Die Prinzessin selbst ist es, die sie ihm gewährt und bietet:

> Mein Freund, die goldne Zeit ist wohl vorbei:
> Allein die Guten bringen sie zurück.

> — — — — — — — —

> Und war sie je, so war sie nur gewiß,
> Wie sie uns immer wieder werden kann.
> Noch treffen sich verwandte Herzen an
> Und theilen den Genuß der schönen Welt.

Nur eines bleibt zu wünschen: daß ein solcher

Seelenbund beständig wäre und dem Wechsel der
Reize, von denen die Männer beherrscht werden,
Trotz bieten könnte; daß jener holde Schatz, der
in der Stille eines weiblichen Herzens verborgen
und sicher ruht, auch erkannt und geschätzt würde:

> Wenn's Männer gäbe, die ein weiblich Herz
> Zu schätzen wüßten, die erkennen möchten,
> Welch einen holden Schatz von Treu' und Liebe
> Der Busen einer Frau bewahren kann;
> Wenn das Gedächtniß einzig schöner Stunden
> In euren Seelen lebhaft bleiben wollte;
> Wenn euer Blick, der sonst durchdringend ist,
> Auch durch den Schleier dringen könnte, den
> Uns Alter oder Krankheit überwirft;
> Wenn der Besitz, der ruhig machen soll,
> Nach fremden Gütern euch nicht lüstern machte:
> Dann wär' uns wohl ein schöner Tag erschienen,
> Wir feierten dann unsre goldne Zeit.

Tasso versteht richtig, daß die Prinzessin von
sich redet, aber er glaubt irrigerweise, daß sie
bei der Schilderung der Männer an ihre Ver=
mählung gedacht habe. Darüber weiß sie ihn
schnell zu beruhigen, sie wünscht keinen Wechsel und
fühlt sich wohl, wenn die Freunde glücklich sind,
die sie umgeben:

> Hier bin ich gern und gerne mag ich bleiben;
> Noch weiß ich kein Verhältniß, das mich lockte;

Und wenn ihr mich denn ja behalten wollt,
So laßt es mich durch Eintracht sehn und schafft
Euch selbst ein glücklich Leben, mir durch euch!

Tasso blickt zu ihr empor, wie zu einem höheren Wesen, das gleich einem Genius sich zu ihm herabläßt, seine Seufzer und Klagen anhört, immer tröstend, besänftigend, wohlthuend mit ihm verkehrt:

Du hast mich oft, o Göttliche, geduldet,
Und wie die Sonne trocknete dein Blick
Den Thau von meinen Augenlidern ab.

Er ahnt nicht, wie tief und weiblich zart die Prinzessin für ihn empfindet, wie sie in bewußter Seelenverwandtschaft mit ihm lebt, wie verständniß= voll und freudig sie seinem Geistesfluge gefolgt ist: „Ich folge gern, denn mir wird leicht zu folgen“. Dieses Talent hat sich ihr nie schöner bewährt als an den Dichtungen Tassos.

Sie kennt das Geheimniß seiner Liebe, das er seinem Liede bescheiden anvertraut hat; sie hat es längst durchschaut, wer das Urbild seiner Sofronien und Erminien ist. Jetzt, da er es selbst bekennt, ist der Augenblick gekommen, wo auch sie das Geheimniß ihrer Liebe ihm offenbart:

Und soll ich dir noch einen Vorzug sagen,
Den unvermerkt sich dieses Lied erschleicht?
Es lockt uns nach und nach, wir hören zu;
Wir hören und wir glauben zu verstehn;
Was wir verstehn, das können wir nicht tadeln;
Und so gewinnt uns dieses Lied zuletzt. [1]

Hier erreicht die Liebe zwischen der Prinzessin und Tasso ihre Erfüllung: sie schließt eine Entsagung in sich, die ihren Werth nicht vermindert und ihre Dauer verbürgt. Leonore von Este sagt es dem Dichter, den die Gewißheit ihrer Gegenliebe entzückt und in den Himmel erhebt:

Nicht weiter, Tasso! Viele Dinge sind's,
Die wir mit Heftigkeit ergreifen sollen;
Doch andre können nur durch Mäßigung
Und durch Entbehrung unser eigen werden.
So, sagt man, sei die Tugend, sei die Liebe,
Die ihr verwandt ist. Das bedenke wohl! [2]

Ein sehr bedeutungsvolles Wort dieses: „nicht weiter"! Die Liebe beider darf nicht mehr noch weniger sein, als sie in ihrer gegenwärtigen Erfüllung ist. Jedes mehr wäre weniger. Um es kurz und deutlich zu sagen: jede Art der Liebelei

---

[1] II. 1. V. 995—1004, 1035—1047, 1060—64, 1082—84, 1109—1114.
[2] II. 1. V. 1119—1124.

und Liebschaft wäre der Tod dieser Liebe, denn sie
würde -- ganz abgesehen von allen äußeren Ver=
hältnissen, die sich mit einer Liebschaft schlecht ver=
tragen würden, -- die geistige Blüthe, den schönen
platonischen Charakter zerstören, worin die Liebe
beider besteht und fortzudauern vermag.

Da wird plötzlich die gleichförmige und ruhige
Fortdauer ihres Zusammenlebens durch den Streit
zwischen Tasso und Antonio gestört. Ahnungslos
hat die Prinzessin, die gerade das Gegentheil ge=
wollt, dazu beigetragen, diesen Streit zu entzünden.
Ohne ihr Zureden würde Tasso weniger bringend
und zutraulich, ohne das überglückliche und hoch=
gestimmte Gefühl ihrer Gegenliebe würde er weniger
siegesgewiß dem Antonio begegnet sein. Mit einem=
male sind die Zustände in Verwirrung. Die
Prinzessin, allem thätigen Eingreifen abgeneigt,
hört nur den Bericht Leonorens und überläßt sich,
ohne jede eigene Kenntniß und Prüfung der ge=
schehenen Dinge, mit vollem und blindem Ver=
trauen der Leitung dieser Freundin, die gerade in
diesem Falle die Rücksichten der Freundschaft völlig
bei Seite setzt. Wir kennen ihre Rathschläge
und deren Beweggründe. Die Prinzessin läßt sich

irreleiten und trägt die Schuld, daß nun auch Tasso irregeleitet und in der ihm verderblichsten Form getäuscht wird.

Die Art und Weise, wie sie Leonoren zögernd nachgiebt, ihre Einwilligung in die Entfernung Tassos erst verweigert, dann zurückhält und zuletzt nicht ertheilt, sondern es nur geschehen läßt, daß er geht, erleuchtet uns recht jenen quietistischen Zug im Wesen der Prinzessin, der sie rath= und thatlos macht. Die Freundin kennt diesen Zug sehr wohl und weiß mit ihm zu rechnen: sie warnt vor den Folgen, wenn die Prinzessin nicht nach= gebe und Tasso bleibe; sie ängstet ihr Gemüth mit Schreckbildern der nächsten Zunkunft:

> So warte noch ein größeres Uebel ab,
> Wir werden bald entdecken, wer sich irrt.

Eingeschüchtert, erwidert die Prinzessin:

> Und soll es sein, so frage mich nicht länger.

Sie leitet die Dinge nicht, sondern läßt sie ge= schehen; sie entschließt sich nicht, sondern fügt sich:

> Entschlossen bin ich nicht, allein es sei.[1]

Nur möge seine Entfernung nicht zu lange währen und ihr den Trost lassen, für ihn sorgen zu dürfen.

---

[1] Vgl. III. 2. V. 1736—39, V. 1741.

Daß sie in den Tagen, die nun kommen, ihn nicht mehr sehen, seiner Gegenwart und seines Anblicks sich nicht mehr freuen und diese schmerzlichste aller Entbehrungen noch dazu als heilsam preisen soll, weckt von neuem jene Grundstimmung der Trauer, die ihre Weltentsagung bewölkt:

> Muß ich denn wieder diesen Schmerz als gut
> Und heilsam preisen? Das war mein Geschick
> Von Jugend auf; ich bin nun dran gewöhnt.
> Nur halb ist der Verlust des schönsten Glücks,
> Wenn wir auf den Besitz nicht sicher zählten.

Sie hat sich gewöhnt, im Ganzen zu resigniren und die Entbehrungen als ihr Schicksal zu betrachten, das sie ruhig und still tragen müsse. Die Trennung von Tasso gehört zu ihrem Schicksal und ist von allen Entbehrungen, die ihr beschieden sind, bei weitem die schmerzlichste. So wird sie von der Prinzessin empfunden und schon im voraus innerlich durchlebt. Nun erst gewinnt ihr Nachgeben eine gewisse Festigkeit, da der Entschluß mit der Entsagung zusammenfällt. Leonore meint:

> Wer sich entschließen kann, besiegt den Schmerz.

Ganz anders verhält sich die Gemüthsart der Prinzessin. Nicht der Entschluß erleichtert ihr den

Schmerz, sondern die Größe ihres Schmerzes stärkt
den Entschluß ihn zu tragen:

Ach, meine Freundin! Zwar ich bin entschlossen:
Er scheide nur! Allein ich fühle schon
Den langen, ausgedehnten Schmerz der Tage, wenn
Ich nun entbehren soll, was mich erfreute.
Die Sonne hebt von meinen Augenlidern
Nicht mehr sein schön verklärtes Traumbild auf;
Die Hoffnung ihn zu sehen füllt nicht mehr
Den kaum erwachten Geist mit froher Sehnsucht;
Mein erster Blick hinab in unsre Gärten
Sucht ihn vergebens in dem Thau der Schatten.
Wie schön befriedigt fühlte sich der Wunsch,
Mit ihm zu sein an jedem heitern Abend!
Wie mehrte sich im Umgang das Verlangen,
Sich mehr zu kennen, mehr sich zu verstehn!
Und täglich stimmte das Gemüth sich schöner
Zu immer reinern Harmonien auf.
Welch eine Dämmrung fällt nun vor mir ein!
Der Sonne Pracht, das fröhliche Gefühl
Des hohen Tags, der tausendfachen Welt
Glanzreiche Gegenwart ist öd und tief
In Nebel eingehüllt, die mich umgiebt.
Sonst war mir jeder Tag ein ganzes Leben;
Die Sorge schwieg, die Ahnung selbst verstummte,
Und, glücklich eingeschifft, trug uns der Strom
Auf leichten Wellen ohne Ruder hin:
Nun überfällt in trüber Gegenwart
Der Zukunft Schrecken heimlich meine Brust![1]

[1] III. 2. V. 1775—80, V. 1853—1897.

Was in diesem wunderbaren Seelengemälde Zug für Zug ausgeführt ist, befassen die folgenden Worte in aller Kürze:

> Ich mußt' ihn lieben, weil mit ihm mein Leben
> Zum Leben ward, wie ich es nie gekannt.

Unwiderstehlich war die Anziehungskraft, die Tasso auf die Prinzessin ausgeübt, sie ist von dieser Gewalt nicht blind ergriffen und fortgerissen worden, denn sie weiß mit voller Klarheit, was sie bewegt und zu ihm hingezogen hat:

> Ihn mußt' ich ehren, darum liebt' ich ihn.

Auch hat sie anfänglich jener Gewalt aus Furcht vor ihrer Herrschaft sich zu entziehen gesucht; es war umsonst, denn der Reiz, einen Freund zu haben, dessen hohem Geistesfluge sie folgen konnte, war, wie sie selbst es bezeichnet, zu lieblich und lockend, als daß sie auf die Dauer ihm hätte widerstehen können und wollen. Tage und Jahre haben ihr das Zusammenleben mit Tasso zur süßesten Gewohnheit werden lassen. Jetzt soll sie plötzlich mit unsäglichem Schmerze aufopfern, was ihr Tage und Jahre hindurch zu unsäglicher Wonne gereicht hat:

> Erst sagt' ich mir: Entferne dich von ihm!
> Ich wich und wich und kam nur immer näher,
> So lieblich angelockt, so hart bestraft!
> Ein reines, wahres Gut verschwindet mir,
> Und meiner Sehnsucht schiebt ein böser Geist
> Statt Freud' und Glück verwandte Schmerzen unter.[1]

Die Bekenntnisse der Prinzessin, womit das zweite und letzte Gespräch zwischen ihr und Leonore endet, sind die vertraulichsten und tiefsten, die sie zu machen hat; sie enthalten innere Erfahrungen, die sich jetzt erst in ihrem Bewußtsein erleuchten. Es ist sehr wichtig, ihre Bekenntnisse aus diesem Gesichtspunkt zu würdigen und nicht mit den meisten Commentatoren und Lesern zu meinen, daß die Prinzessin hier nur längst Erlebtes und Empfundenes ausspreche.

Was ihr Tasso ist, weiß sie genau und seit Jahren; aber was sie in der Stunde der Trennung empfinden wird, noch dazu der unfreiwilligsten, wo ein böses Schicksal zu fordern scheint, daß sie selbst den Freund gehen heißt: das weiß die Prinzessin nicht, denn sie hat nie an eine solche Möglichkeit gedacht. Wie hätte sie es auch gekonnt?

---

[1] III. 2. V. 1888—1896.

Die Sorge schwieg, die Ahnung selbst verstummte,
Und, glücklich eingeschifft, trug uns der Strom
Auf leichten Wellen ohne Ruder hin.

Jetzt fühlt sie sich im Banne jenes Zaubers, den sie erst gefürchtet, dann in glücklicher Sorglosigkeit genossen hat, wie man die Lebensluft athmet. Er ist mächtiger, als sie geahnt; er ist es geworden, da sie ihn unbewacht walten ließ. Nun ist der Schmerz der Losreißung so leidenschaftlich groß, daß sie ihm fast erliegt und in dem Worte Leonorens:

Das Edle zu erkennen ist Gewinnst,
Der nimmer uns entrissen werden kann,

keinen Trost findet. Sie möge den Freund gehen lassen, nachdem sie das Beste von ihm gehabt hat! So herzlos und eigennützig ist die platonische Liebe nicht, wie die Prinzessin sie empfunden und erlebt hat. Auch diese Liebe ist ein feuriges Element und kann verzehren. Nun erleuchten sich die vielverkannten Worte, die sie der leichtherzigen Leonore erwidert:

Zu fürchten ist das Schöne, das Vortreffliche,
Wie eine Flamme, die so herrlich nützt,
So lange sie auf deinem Herde brennt,
So lang sie dir von einer Fackel leuchtet,

Wie hold! Wer mag, wer kann sie da entbehren?
Und frißt sie ungehütet um sich her,
Wie elend kann sie machen! Laß mich nun!
Ich bin geschwätzig und verbärge besser
Auch selbst vor dir, wie schwach ich bin und krank.

Wer dem Gange der Handlung aufmerksam genug gefolgt ist, muß hier fragen: warum die Prinzessin diesen Verlust, der sie so elend macht, daß sie ihn kaum erträgt, nicht blos geschehen läßt, sondern durch ihre Einwilligung selbst herbeiführt? Warum läßt sie das reine, wahre Gut sich verschwinden und den bösen Geist schalten, der ihrer Sehnsucht statt Freude und Glück verwandte Schmerzen unterschiebt?

Es ist, die Wahrheit zu sagen, ihre eigene Schuld: sie selbst läßt jenes reine, wahre Gut los, das sie einst begierig und mit beglückter Hand ergriffen hat; sie thut nichts, es zu erhalten, und sie brauchte doch nur die Hand nicht zu öffnen, die es hingiebt und unwiederbringlich verliert.

Die Prinzessin ist eine viel zu erkennende und wahrhaftige Natur, um sich diese Wahrheit zu verhehlen. Nicht die Welt trägt die Schuld, daß wir die schönsten Güter entbehren müssen; in ihrer reichen, herrlichen Fülle enthält sie dieselben und bietet sie uns dar, nicht um uns mit dem bloßen Scheine zu locken und zu täuschen, so daß wir am Ende nichts haben und behalten als die unerfüllte, bange Sehnsucht. Freilich besteht in der vergeblichen Jagd nach dem Glück, in dem Haschen und Nicht= erreichen der gewöhnliche Lauf des Lebens. Doch giebt es ein reines, wahres Glück, wie selten es immer ist. Es wird uns auch zu Theil, aber im täglichen Genusse so gewohnt, daß wir dieses Glück erst erkennen, wenn wir es verlieren, wie die Gesundheit, wenn wir erkranken. Und wir verlieren es, weil wir, seiner Seltenheit uneingedenk oder vergessen, im gewohnten Besitz es nicht wohl be= wacht und behütet, d. h. im Grunde nicht wahrhaft zu schätzen gewußt haben.

So sind die räthselhaften und, so weit mir Erklärungsversuche erinnerlich sind, unverstandenen Worte der Prinzessin zu nehmen, die sie Leonoren entgegnet, als diese sie zuletzt mit der stillen Kraft der schönen Welt, der guten Zeit, die alle Wunden heilt, zu trösten sucht:

> Wohl ist sie schön, die Welt! In ihrer Weite
> Bewegt sich so viel Gutes hin und her.
> Ach, daß es immer nur um Einen Schritt

Von uns sich zu entfernen scheint,

Und unsre bange Sehnsucht durch das Leben

Auch Schritt vor Schritt bis nach dem Grabe lockt!

So selten ist es, daß die Menschen finden,

Was ihnen doch bestimmt gewesen schien,

So selten, daß sie das erhalten, was

Auch einmal die beglückte Hand ergriff!

Es reißt sich los, was erst sich uns ergab;

Wir lassen los, was wir begierig faßten.

Es giebt ein Glück, allein wir kennen's nicht:

Wir kennen's wohl und wissen's nicht zu schätzen.[1]

--- - ---

[1] Vergl. III. 2. V. 1840—1848. V. 1900—1913. Die eben erläuterten Stellen halte ich in unserer Dichtung für die schwierigsten, und ich glaube, daß von ihrem richtigen Verständniß die Einsicht in den Charakter der Prinzessin abhängt, also eine sehr wesentliche Bedingung zum Verständniß des Goetheschen Tasso überhaupt. Da ich der Erklärungsversuche gedacht habe, so will ich einige Beispiele verfehlter und falscher Deutung anführen, nicht aus polemischer Absicht, sondern zur Erleuchtung des Richtigen nach dem Worte Spinozas: «verum index sui et falsi».

Die Worte der Prinzessin: „Zu fürchten ist das Schöne, das Vortreffliche" u. s. w., sind ein Bekenntniß ihrer eigensten Seelenerfahrung und keineswegs auf Tasso zu beziehen, dem sie in einem überschwenglichen Momente Einhalt thun und zurufen mußte: „Nicht weiter, Tasso!" Nein, die Entzückungen ihres Dichters haben ihr bisher noch nicht bange gemacht und keinerlei Elend verursacht; vielmehr hat sie von ihrem jüngsten Gespräch mit Tasso

4. Der Abschied und die Verstoßung.

Bevor die Prinzessin Abschied von Tasso nimmt, hat sie erfahren, daß er nach Rom gehen will und auf dem Entschluß zu dieser Reise beharrt, daß ihr Bruder und Antonio umsonst versucht haben, ihn zu begütigen und zurückzuhalten.

---

einen sehr wohlthuenden und glücklichen Eindruck behalten, den sie auch der Freundin mittheilt:

er gab sich ganz;
Wie schön, wie warm ergab er ganz sich mir!

Das Verhältniß zwischen der Prinzessin und Tasso wird von Grund aus falsch aufgefaßt, wenn man ihre Empfindungen, wie sie dieselben in der Rückerinnerung an das schöne Zusammenleben mit dem Dichter schildert, „bräutlich" nennt. Nicht alle Empfindungen, die auch eine Braut haben kann, sind darum bräutliche Empfindungen. Diese gehören, wie zart sie immer sein mögen, zur erotischen Liebe und fallen in die Richtung einer Liebschaft, die auf glückliche oder unglückliche Art der Ehe zustrebt. Wie aber Goethe die Liebe zwischen der Prinzessin und Tasso gefaßt und dargestellt hat, sind zwar Leidenschaft und bewegteste Affecte keineswegs von ihr ausgeschlossen, wohl aber jeder Zug erotischer Begehrungen und die Liebschaft in jeder Form. (Franz Kern, Goethes Torquato Tasso, Beitr. zur Erklärung des Dramas, Berlin 1884, S. 61 ff.)

Die Prinzessin sagt: „Ein reines wahres Gut verschwindet mir" und gleich nachher: „Es giebt ein Glück" u. s. w. Wie schwierig, ja räthselhaft diese Schlußworte

Sie ahnt nicht, daß der Wahn, von ihr verlassen zu sein, der Beweggrund seiner Entschließungen ist; sie fühlt nur, daß der Gedanke an sie ihn nicht zu halten vermocht hat, daß Erbitterung und Eigensinn in seinem Gemüth mächtiger sind als die Liebe.

Jetzt hört sie von ihm selbst, wie er in quälerischem Selbstgenuß der Einbildung seines Elends nachhängt, wie er als verbannter Flüchtling in vermummter Tracht nach Sorrent eilen

---

ihres letzten Gesprächs mit Leonore scheinen mögen, so ist doch sobiel gleich zu erkennen, daß unter jenem Gut und diesem Glück dasselbe gemeint ist, nämlich eine Seelengemeinschaft, ein geistiges und persönliches Zusammenleben, wie das ihrige mit Tasso. Was soll es nun heißen, wenn man uns erklärt: unter den Worten „Es giebt ein Glück" u. s. f. sei „die stille Duldung" zu verstehen? Diese wäre das Glück, von dem die Prinzessin sagt: „Wir kennen's nicht"? Von dem sie sagt: „Wir kennen's wohl und wissen's nicht zu schätzen"? Diese wäre das Gut, von dem sie sagt, daß es ihr verschwinde? Solche Erklärungen giebt man, wenn man keine zu geben weiß! Dagegen ist es doch wenigstens nur geschmacklos, wenn die Worte der Prinzessin: „Nun überfällt in trüber Gegenwart der Zukunft Schrecken heimlich meine Brust", aus der Sprache des Dichters in die desselben Erklärers so übersetzt werden: „Die Zukunft drückt sie, wie ein Alp". (Dünzer, Erläuterungen XVII. S. 124—126.)

will, um bei der Schwester noch Zuflucht und
Trost zu suchen. Zu ihrer eigenen schmerzlichen
Resignation gesellt sich ein Bild von Tasso, das
ihr wehe thut und nicht gefällt:

> Ist's edel, so zu reden, wie du sprichst?
> Ist's edel, nur allein an sich zu denken,
> Als kränktest du der Freunde Herzen nicht?

In ihrer Gegenwart, unter dem Eindruck ihrer
Stimme, ihres milden und liebreichen Tadels ent=
flieht der Trübsinn des Dichters. Die Hoffnung,
daß sie ihn „nicht ganz und gar verstoßen" wolle,
erhellt seine Seele und verscheucht die Gedanken an
Rom und Sorrent, welche die Geburten seiner Ver=
zweiflung waren. Jetzt will er bleiben und in
ihrer Nähe weilen, sei es auch als Verbannter
und in niederem Dienst. Und wie er nun von
ihr selbst vernimmt:

> Ich muß dich lassen, und verlassen kann
> Mein Herz dich nicht,

so ist seine Hoffnung mehr als erfüllt und das
Bild der Prinzessin strahlt ihm wieder als sein
guter Genius entgegen:

> Du bist es selbst, wie du zum erstenmal,
> Ein heil'ger Engel, mir entgegen kamst!

27*

Noch könnten beide in das ruhige Gleis eines schönen und befriedigten Zusammenlebens zurück=kehren, wenn Tasso nur im Stande wäre, die Worte zu beherzigen, die sein guter Engel zu ihm spricht:

> Wir wollen nichts von dir, was du nicht bist,
> Wenn du nur erst dir mit dir selbst gefällst.

Er vermag in diesem Augenblick nichts, wozu eine ruhige und klare Selbstbetrachtung gehört. Der Wechsel der Affecte in ihm ist zu plötzlich, der Uebergang zu jäh von dem Wahn, der ihm das Bild Leonorens getrübt hat, zu dieser Entzückung, die es vergöttert, von den schmerzlichsten Gefühlen der Losreißung zu dieser Wonne der Vereinigung, die gleich dem ungestümen Element alle Schranken durchbricht. Vergebens mahnt die Prinzessin und ruft ihm noch einmal zu: „nicht weiter!"

> Wenn ich dich Tasso länger hören soll,
> So mäßige die Gluth, die mich erschreckt.

Im Anblick seiner verzehrenden Leidenschaft gedenkt sie wohl ihres eigenen Wortes: „Und frißt sie ungehütet um sich her, wie elend kann sie machen!" Er aber fühlt nur sich, er hört nicht, was sie sagt, er sieht nicht in ihren Zügen den Ausdruck

des Schreckens, sondern wähnt, daß sie ihm zu=
stimmt und seine Gluth erwidert:

> Mit jedem Wort erhöhest du mein Glück,
> Mit jedem Worte glänzt dein Auge heller.
> Ich fühle mich im Innersten verändert,
> Ich fühle mich von aller Noth entladen,
> Frei wie ein Gott, und alles dank' ich dir! [1]

Hier ist die Grenze, in welcher die Ekstase in
den Wahnsinn auszubrechen droht und ihn außer
sich gerathen läßt. „Er fällt ihr in die Arme und
drückt sie fest an sich." Sie stößt ihn von sich und eilt
fort mit dem Ausruf: „Hinweg!" [1]

Diese Schlußscene zwischen der Prinzessin und
Tasso, deren wechselseitige Liebe das Hauptthema
unserer Dichtung bildet, hat vielen das Verständniß
der letzteren gleichsam versperrt und eine grundfalsche
Vorstellung von ihrem Charakter · zurückgelassen.
Daß eine Prinzessin von dem Manne, dem sie
innerhalb eines rein geistigen Verkehrs ihre Liebe
geschenkt hat, umarmt und ans Herz gedrückt wird,
sei freilich ein arger Verstoß gegen die Etikette,
aber doch nicht Grund genug zu einer solchen

---

[1] V. 4. B. 3166—68, 3220—21, 3237—38, 3246—47,
3265—66, 3269—73. Vgl. oben X. 2. S. 187 ff.

förmlichen Verstoßung, wie sie hier dem armen Mann zu Theil werde. Er habe doch keine so schreckliche Unthat verübt, daß darüber die sittliche Welt gleich in ihren Achsen zu krachen hätte. Man müßte denn mit dem Hofmarschall Kalb die Etikette für das zermalmende Schicksal halten.

Wird Tasso von der Prinzessin verstoßen, weil er sich an diesem Schicksal versündigt hat, so erscheint Goethes Dichtung wie eine Vergötterung der Hofetikette, als welche sie der Unverstand vieler genommen und getadelt, oft sogar in Ausdrücken rohen und gemeinen Hasses geschmäht hat.

Manche haben unkundigerweise gemeint, daß Goethe das Beispiel seines Jugendfreundes, des Dichters Lenz, vor Augen gehabt habe, den der Herzog Karl August nicht aus Gründen verletzter Etikette, sondern wegen einer „Eselei", wie Goethes Tagebuch sagt (26. November 1776), von Hof und Land verwiesen. Es geschah vier Jahre vor den Anfängen unserer Dichtung und hat mit dieser nichts zu schaffen. Während seines Aufenthaltes bei Goethe und an dem gastlichen Hofe zu Weimar verging, wie Wieland gelegentlich berichtet, kein Tag, ohne daß Lenz seinen dummen Streich machte.

Dieser Mann hatte keine Aber von Goethes Tasso und lieh kein Motiv zu diesem Werke.

Die Scene, von der wir reden, ist nicht Goethes Erfindung, sondern gehört in die Tassolegende, die unser Dichter in Muratoris Ueberlieferung vorfand und in die Fabel seines Dramas aufnehmen mußte. Nicht für den vorhandenen Mythus und dessen Tradition ist er verantwortlich, sondern für die Art und Weise, wie er ihn verwerthet und seiner eigenen Dichtung angepaßt hat. Es ist ihm schwer genug geworden. Ohne Zweifel gehörte diese Schlußscene zu jenen drei, die er am 6. April 1789 noch zu schreiben hatte und gleich „losen Nymphen" nicht zu fassen wußte. [1]

Nach der Ueberlieferung geschieht die Verstoßung Tassos durch den Herzog, der ihn für verrückt erklärt und zur Einsperrung im Irrenhause verurtheilt. In unserer Dichtung geschieht sie durch die Prinzessin, durch diese allein, die ihn von sich stößt und entsetzt hinwegeilt; sie rettet ihre Freiheit vor dem Andrange einer Leidenschaft, die schon dem Ausbruche des Wahnsinns ähnlich sieht. Seine

---

[1] S. oben IV. 2. S. 46.

Freiheit bleibt unangetastet. Wer für die letztere Sorge trägt, wird durch die Schlußscene beruhigt. In einer ernsten und erhabenen Selbstbetrachtung hat Tasso sich als Dichter wiedergefunden, und wir dürfen hoffen, daß er nicht von neuem die Beute verblendeter Leidenschaften werden wird; er hat sich mit Antonio versöhnt, und die Freundschaft dieses Mannes verbürgt, daß ihm kein Leides geschieht. Wenn eine solche Bürgschaft nöthig wäre! In der Welt des Goetheschen Tasso giebt es kein unmenschliches Schicksal.

Die Prinzessin wird ihm verzeihen können, aber jene heimlich wohlthuende Liebe, worin sie sich glücklich gefühlt hat, kehrt nie wieder, denn sie ist vor ihm wie vor einem Schreckbilde geflohen! —

XIV. Leonore Sanvitale.

1. Die Freundschaft mit der Prinzessin.

Die Freundschaft der beiden Leonoren ist in die Fabel unseres Stücks erst durch Goethes Erfindung gekommen[1] und aus den Charakteren selbst nicht recht begründet und einleuchtend. Daß

---

[1] Vgl. oben, IX. 1. S. 164 ff.

die Prinzessin ihr Vertrauen „rein und ganz"
einer Freundin schenkt, von der sie getäuscht wird,
ist wohl in dem Gange der Handlung nach der
Composition des Dichters vorgesehen, aber nicht in
dem einsichtsvollen Wesen Leonorens von Este.
Und wie aufrichtig immer die Bewunderung ist,
welche Leonore Sanvitale vor dem Geist und der
erhabenen Sinnesart der Prinzessin hegt, so hat
sie doch für deren innerste Gemüthsinteressen kein
wahres Verständniß. Selbst nach jenen vertrauens=
vollsten Bekenntnissen, die uns die Gefühle der
Prinzessin für Tasso ganz enthüllt und einen Blick
in den Grund ihrer tiefsten Empfindungen eröffnet
haben, kann diese Freundin, als ob sie nichts
vernommen hätte, in dem nächsten Selbstgespräch
sagen:

> Du mußt ihn haben, und ihr nimmst du nichts:
> Denn ihre Neigung zu dem werthen Manne
> Ist ihren andern Leidenschaften gleich.
> Sie leuchten, wie der stille Schein des Monds
> Dem Wandrer spärlich auf dem Pfad zu Nacht;
> Sie wärmen nicht und gießen keine Lust
> Noch Lebensfreud' umher. [1]

————

[1] III. 3. V. 1953—1959.

Daß Leonore mit diesen Worten ihr Schuld=
gefühl sich erleichtert und über ihre Versündigung
an dem Vertrauen der Freundin sich hinwegtäuscht,
paßt wohl zu ihrem Charakter, wie Goethe den=
selben gefaßt hat, und verträgt sich auch mit der
Art ihrer Freundschaft für die Prinzessin, aber
keineswegs mit der Freundschaft der Prinzessin zu
ihr. Wie dieses Verhältniß in der Wirklichkeit
nicht bestanden und in der geschichtlichen Ueber=
lieferung gar keinen Haltpunkt hat, so fehlt dem=
selben auch bei Goethe jede Art der Begründung
und Vorgeschichte, die, wo sie in der Schilderung
ähnlicher Verhältnisse sich darbietet, stets von ihm
vortrefflich benutzt wird. Die Freundschaft der beiden
Leonoren müssen wir auf die bloße Versicherung
hinnehmen; sie ist in unserer Dichtung wurzellos.

Nachdem Leonore eine lange Zeit, wohl ein
Jahr, am Hofe zu Ferrara verweilt hat, soll sie
jetzt mit dem beginnenden Frühling scheiden; sie
wird nach Florenz zurückkehren und ihren Sohn,
„der dieses Jahr so schnell gewachsen, schnell sich
ausgebildet“, dem Gemahl zu gemeinsamer Eltern=
freude zurückbringen.[1] Ihre nah bevorstehende

----

[1] Serassi erzählt, daß die junge Gräfin Scandiano

Abreise bildet einen wesentlichen Zug in der Situation, woraus die Handlung hervorgeht, denn dieser Umstand allein bringt es mit sich, daß sie die gleichzeitige Entfernung Tassos wünscht und betreibt.[1]

2. Welt und Weltbildung. Nach dem Leben.

Wir kennen schon den Werth und die Bedeutung, die in der Welt des Goetheschen Tasso dem Charakter der zweiten Leonore zukommt, die Stelle, die sie in dieser bildungs= und genußreichen Welt einzunehmen, die Rolle, die sie im Gange unseres Dramas zu spielen hat.[1]

Um ein solches Zeitalter ästhetischer Gesittung, wie das der italienischen Renaissance, heraufzuführen und zu einer Reife zu bringen, daß seine Früchte an einem heiteren Frühlingstage in einem fürstlichen Lustschloß von einem kleinen Kreise vorzüglicher Personen so genossen werden können, wie es in unserem Idyll zu Belriguardo geschieht: dazu

------

während ihres Aufenthaltes in Ferrara ihr erstes Kind geboren habe. Ueber ihre Ankunft und Erscheinung in Ferrara vgl. oben VII. 2. S. 122, über ihre Rückkehr nach Florenz X. 1. S. 182.

[1] Vgl. oben X. 2. S. 184 — XI. 3. S. 198—204.

hat eine Fülle genialer Kräfte durch eine Reihe von Generationen thätig sein müssen. Daher gehört auch der Cultus des Genius in der Person verdienstvoller und berühmter Männer in diese Welt herrlicher Menschenschöpfungen, die durch ihn gedeiht, wie er durch sie. Die großen Männer sind die Götter der Zeit, ihre gesteigerte sociale Verehrung mit dem Anfluge der Schwärmerei bildet eine sehr charakteristische Sitte des Zeitalters, die in der anmuthigsten und eindrucksvollsten Weise von den Frauen der großen Welt ausgeübt wird. Die beiden Schätze, die dem Ruhme zu Theil werden und den Neid am meisten erregen, sind „der Lorbeer und die Gunst der Frauen". Und der zweite dieser Schätze ist noch beneidenswerther als der erste. Ich sage ausdrücklich die Frauen der großen Welt, welche letztere durch ihre Bildung die Allerweltsschwärmerei und durch die Weite ihres gesellschaftlichen Horizontes die Vertiefung von sich ausschließt; ihre Spiegelfläche hat Raum genug für viele Götterbilder, und ihr Cultus gewinnt mit der Zeit den polytheistischen Charakter in gebührender Abstufung.

Ein vollendeter Frauentypus dieser Art in

glücklichster dichterischer Darstellung ist Leonore Sanvitale. In der Tassogeschichte wie innerhalb seiner eigensten Herzenserfahrung fand Goethe Züge und Motive genug, woraus er das Bild der Prinzessin erschaffen konnte; wogegen zur Gestaltung der zweiten Leonore ähnliche Bedingungen in keinem jener beiden Gebiete sich darboten. Manso hatte von der Gräfin Sanvitale kaum mehr als den Namen, Muratori nichts, Serassi nur wenige Züge ohne charakteristischen Ausdruck. Auch lebte die Gestalt in Goethes Dichtung schon lange, bevor er die Tassogeschichte des italienischen Abate kennen lernte. In dem Gebiete seiner eigensten Herzenserfahrung gab es rührende Erscheinungen nach Art der Gretchen und Klärchen, die aber das Gegentheil einer Frau von Welt waren. Eine solche war auch Frau von Stein nicht, und wie es scheint fand sich in der nächsten Gesellschaft des weimar= schen Hofes keine Dame, die ihm für die zweite Leonore eine Art Modell bieten konnte. Und doch mußte Goethe einen solchen Frauencharakter erleben, um ihn zu schaffen; er mußte unserem Dichter in unmittelbarer Gegenwart einleuchten. Dies geschah in dem gastlichen Schloß zu Neunheilingen. Die

Gräfin Werthern liebte den Herzog und war für Goethe kein Gegenstand der Leidenschaft, sondern der ästhetischen Beobachtung, denn in ihr sah er zum erstenmal in seinem Leben eine Frau von Welt.

„Sie wissen", schrieb er den 11. März 1781 an Frau von Stein, „daß ich nie etwas als durch Irradiation lerne, daß nur die Natur und die großen Meister mir etwas begreiflich machen können, und daß im halben oder einzelnen mir etwas zu fassen ganz unmöglich ist! Wie oft habe ich die Worte Welt, große Welt, Welthaben u. s. w. hören müssen und habe mir nie etwas dabei denken können; die meisten Menschen, die sich diese Eigen=schaften anmaßten, verfinsterten mir den Begriff, sie schienen mir wie schlechte Musikanten auf ihren Fiedeln Symphonien abgeschiedener Meister zu kreuzigen, ich konnte eine Ahnung davon aus diesem und jenem einzelnen Liede haben, vergebens suchte ich mir das zu denken, was mir nicht mit vollem Orchester war producirt worden. Dieses kleine Wesen hat mich erleuchtet. Diese hat Welt oder vielmehr sie hat die Welt, sie weiß die Welt zu behandeln, sie ist wie Quecksilber, das sich in

einem Augenblick tausendfach theilt und wieder in
eine Kugel zusammenläuft. Sicher ihres Werths,
ihres Rangs, handelt sie zugleich mit einer Deli=
katesse und Aisance, die man sehen muß, um sie
zu denken. Sie scheint jedem das Seinige zu geben,
wenn sie auch nichts giebt, sie spendet nicht, wie
ich andere gesehen habe, nach Standesgebühr und
Würden jedem das eingesiegelte zugedachte Packet=
chen aus, sie lebt nur unter den Menschen hin,
und daraus entsteht die schöne Melodie, die sie
spielt, daß sie nicht jeden Ton, sondern nur die
auserwählten berührt. Sie tractirts mit einer
Leichtigkeit und anscheinenden Sorglosigkeit, daß
man sie für ein Kind halten sollte, das nur auf
dem Klavier, ohne auf die Noten zu sehen, herum=
huschelt, und doch weiß sie immer, was und wem
sie aufspielt. Was in jeder Kunst das Genie ist,
hat sie in der Kunst des Lebens." „Sie kennt
den größten Theil vom vornehmen, reichen, schönen,
verständigen Europa theils durch sich, theils durch
andere; das Leben, Treiben, Verhältniß so vieler
Menschen ist ihr gegenwärtig im höchsten Sinn
des Wortes, es kleidet sie alles, was sie sich und
jedem zueignet, und was sie jedem giebt, thut ihm

wohl." „Ich habe noch drei Tage und nichts zu thun, als sie anzusehen, in der Zeit will ich noch manchen Zug erobern." [1]

Die Kunststudien, die Goethe in Neunheilingen nach dem Leben gemacht hat, sollten seine „dramatische und epische Vorrathskammer" bereichern. Was er in die letztere eingesammelt hat, daraus ist das gräfliche Paar im Wilhelm Meister hervorgegangen. Und aus dem ersteren? Man lese die eben angeführte briefliche Schilderung ohne alle örtliche und persönliche Beziehungen als einen Commentar, den Goethe zu einem seiner dramatischen Frauencharaktere selbst geschrieben habe, und frage sich, zu welchem? Wer diese Charaktere kennt, wird sagen: es ist Leonore Sanvitale!

Auch die Kennzeichen der Gestalt und Form bis auf den Eindruck des Benehmens scheinen von der Gräfin Werthern auf die Gräfin Sanvitale übertragen zu sein: die kleine Gestalt, die Feinheit und Zierlichkeit der ganzen Erscheinung! Von der Gräfin im Wilhelm Meister heißt es: „Ihre Schönheit, Jugend, Anmuth, Zierlichkeit und

____

[1] Briefe an Frau v. Stein, Bd. I. Br. 602. S. 332 ff. Vgl. oben X. 3. S. 192.

feines Betragen machten den angenehmsten Ein=
druck auf ihn". Mit gleichen Ausdrücken schildert
die Prinzessin im Gespräch mit Tasso die Gräfin
Sanvitale:

> So haben wir Leonoren lang' besessen,
> Die fein und zierlich ist, mit der es leicht
> Sich leben läßt.[1]

Leonore hat die Welt, welche der Prinzessin
fehlt und bei der Tiefe und Innerlichkeit ihres
Lebens fehlen muß. Gerade darin besteht die
Ergänzung beider, wodurch ihr Zusammenleben
für eine Zeitlang so erfreulich und harmonisch
gestimmt wird, daß uns der Dichter dasselbe im
Lichte der Freundschaft erscheinen lassen kann.

Man beachte nur die leichte, geschmeidige und
vollkommen natürliche Art, womit Leonore die
jedesmalige Lage sich anpaßt und aneignet, wie sie
darin sich wohl fühlt, dieses Wohlgefühl ausspricht
und ihren Umgebungen mittheilt, so daß sie Lust
und Lebensfreude um sich verbreitet. Ist dieses
nicht das Genie in der Kunst des Lebens? Wie
sie die jedesmalige Gegenwart und Umgebung

---

[1] Vgl. Wilhelm Meisters Lehrjahre, Buch III. Kap. 1.
Tasso II. 1. V. 959—961.

gefällig, reizend, intereſſant findet, ſo erſcheint ſie ſelbſt dem Kreiſe, worin ſie lebt, gefällig, reizend, intereſſant, und ſo beſteht zwiſchen ihr und der Welt, mit der ſie verkehrt, die anmuthigſte und zwangloſeſte Wechſelwirkung. Iſt dieſes nicht das Talent und zugleich die Kunſt, welche Goethe in jenem Briefe an Frau von Stein mit dem Worte „Welthaben" und „die Welt haben" bezeichnet, indem er ſie nach der Natur ſchildert?

Dieſes Talent mit allem, was dazu gehört und daraus folgt, hat Goethe in dem Weſen ſeiner zweiten Leonore auf unübertreffliche Art dichteriſch ausgeführt und entwickelt. Sie ſtrahlt von Wohlgefühl und Wohlgefallen, das ihr die nächſte Gegenwart einflößt und ſie unwillkürlich um ſich verbreitet. Gleich die erſten Worte der Dichtung ſtimmen uns für den Eindruck, den ſie hervorruft:

> Du ſiehſt mich lächelnd an, Eleonore,
> Und ſiehſt dich ſelber an und lächelſt wieder.

Aus ihren Zügen leuchtet die Freude an der arkadiſchen Tracht, die gewiß die kleine und zierliche Gräfin ſehr hübſch kleidet:

Ja, meine Fürstin, mit Vergnügen seh' ich
Uns beide hier so ländlich ausgeschmückt.[1]

Wir haben schon gehört, wie sie den Dichter des Vaterlandes und der jüngsten Vergangenheit, ihn, „dessen Scherze nie verblühen", bekränzt und dem des Alterthums vorzieht; mit welchem Entzücken sie die Landschaft in der Nähe und Ferne betrachtet und schildert, welche Bewunderung sie vor dem hohen Geist der Prinzessin hegt, und wie ihr Ferrara weit besser gefällt als Florenz. So oft hat sie sich hingesehnt, nun ist sie da! Die Gegenwart ist ihr stets die mächtigste Göttin. Die Fürstenstadt ist ihr lieber als die Volksstadt; sind doch die Fürsten weit berühmter als das Volk, sie haben Namen, das Volk hat keine:

Mir klang als Kind
Der Name Hercules von Este schon,
Schon Hippolyt von Este voll in's Ohr.

Aber die höchsten Namen, die wahrhaft großen und unvergänglichen sind diejenigen, welche auch vom Volke genannt und gepriesen, von den Fürsten beschirmt und geehrt werden: das sind die großen Menschen, in denen der Genius sich personificirt

---

[1] I. 1. V. 1—2, 5—6. Vgl. oben XIII. 2. S. 234.

und die in ihren Werken fortleben, die unſterb=
lichen Menſchen. Zur Verherrlichung und Fort=
dauer des eigenen Namens giebt es keinen beſſern
Weg, als an dem Leben dieſer Unſterblichen ſo viel
Antheil zu gewinnen, daß man mit ihnen fort=
lebt. Darum findet es Leonore vortheilhaft, den
Genius zu bewirthen:

> Italien nennt keinen großen Namen,
> Den dieſes Haus nicht ſeinen Gaſt genannt.
> Und es iſt vortheilhaft den Genius
> Bewirthen. [1]

Wenn eines der Worte Leonorens ihr Wahl=
ſpruch ſein ſollte, ſo würde ich dieſes nennen!

Der höchſte vaterländiſche Dichter der Gegen=
wart iſt Taſſo, deſſen perſönliche Nähe die junge
Gräfin beglückt. Hier hat ſie einen ſolchen Genius
vor Augen, an dem ſie Theil haben, den ſie auch
ihrerſeits ſo gern bewirthen möchte. Sie betrachtet
den wunderbaren Mann wie die Erſcheinung des
Genius der Poeſie ſelbſt: ſein Sinn iſt offen für
die Harmonie der Welt, er hat die Macht zu ver=
einigen und zu beleben, die Gewalt zu erhöhen
und zu erniedrigen:

---

[1] Vgl. oben XI. 2. S. 198—202.

Ich ehre jeden Mann und sein Verdienst
Und ich bin gegen Tasso nur gerecht.
Sein Auge weilt auf dieser Erde kaum;
Sein Ohr vernimmt den Einklang der Natur;
Was die Geschichte reicht, das Leben giebt,
Sein Busen nimmt es gleich und willig auf:
Das weit Zerstreute sammelt sein Gemüth,
Und sein Gefühl belebt das Unbelebte.
Oft adelt er, was uns gemein erschien,
Und das Geschätzte wird vor ihm zu nichts.
In diesem eignen Zauberkreise wandelt
Der wunderbare Mann und zieht uns an,
Mit ihm zu wandeln, Theil an ihm zu nehmen.

Sehnlich wünscht Leonore, daß der welt= und menschenscheue Dichter in dem ihr eigenen und vertrauten Elemente der großen Welt heimisch werden möge. Daher stimmt sie dem Herzog freudig bei, daß Vaterland und Welt auf Tasso wirken müsse:

So wirst du, Herr, für ihn noch alles thun,
Wie du bisher für ihn schon viel gethan.
Es bildet ein Talent sich in der Stille,
Sich ein Charakter in dem Strom der Welt.

Man möge dieses Wort nicht als eine allge= meine Sentenz nehmen, es kommt aus dem Munde einer Frau, welche „die Welt hat" und hier in

ihrer eigenſten Sache redet. Wie ganz anders
denkt die Prinzeſſin, ſie ſagt zu Taſſo:

> Begnüge dich, aus einem kleinen Staate,
> Der dich beſchützt, dem wilden Lauf der Welt,
> Wie von dem Ufer, ruhig zuzuſehen.

Sie redet auch in ihrer eigenſten Sache.

Beachten wir wohl, wie verſchieden und charak=
teriſtiſch die Glückwünſche ſind, die der lorbeer=
bekränzte Dichter empfängt. Die Prinzeſſin hat
nur ſeine That, ſein Verdienſt vor Augen, das
vollendete Werk:

> Genieße nun des Werks, das uns erfreut!

Alphons den Beifall, aber nur den werthvollen,
den Taſſo errungen hat und ſich erhalten möge:

> Erfreue dich des Beifalls jedes Guten!

Leonore ſieht in dem Kranze das erſte Zeichen
ſeines Weltruhms:

> Des allgemeinen Ruhms erfreue dich!

Dieſer Ruhm iſt die Sonne, in deren Mittags=
höhe Taſſo wandeln ſoll, nur von ſeinem Lorbeer
beſchattet:

> Es ſchützet dieſer Zweig vielmehr das Haupt
> Des Manns, der in den heißen Regionen
> Des Ruhms zu wandeln hat, und kühlt die Stirne.

Wie Tasso in die Vision Elysiums versinkt, wo die Heroen, die Poeten der alten Zeit seinem Geiste vorschweben, freut sich die Prinzessin dieser Entzückung, die ihn verklärt, während Leonore ihm zuruft:

> Erwach! Erwache! Laß uns nicht empfinden,
> Daß du das Gegenwärt'ge ganz verkennst.

Sie selbst ist stets, wie es sich für eine Frau der großen Welt schickt, von dem Reize der Gegenwart erfüllt, sie überläßt sich gern dem Wechsel angenehmer und interessanter Eindrücke; in der Lebendigkeit, womit sie dieselben ergreift und erwidert, offenbart sich in der anmuthigsten Form ihr vielgestaltiges Wesen. Kaum ist Antonio erschienen, so ist Leonore ganz Ohr für seine Erzählungen von Rom, für die große Welt, die er schildert:

> Wie sehnlich wünscht' ich jene Welt einmal
> Recht nah zu sehn!

Ganz anders empfindet die Prinzessin in ihrer stillen Lebensart:

> Was ich besitze, mag ich gern bewahren,
> Der Wechsel unterhält, doch nützt er kaum.

Wenn es die Frau der großen Welt kennzeichnet, daß sie die Welt hat, d. h. zu behandeln versteht, und daß sie jeden in seiner Art zu nehmen und sich anzueignen weiß, so ist Leonore Sanvitale, wie sie Goethe uns dargestellt, unter den dichterischen Gestalten vielleicht der vollkommenste Frauencharakter dieser Art. Wie der Virtuose auf seinem Instrument, spielt sie gleichsam auf den andern Charakteren und entlockt ihnen den Ton, den sie wünscht. Ihre Wirkungen sind nicht ohne Berechnung, aber das meiste thut die eingehende Gefälligkeit und Klugheit ihres Wesens, die Fähigkeit auch tiefer Gefühle und leichtester Nachempfindung. Sie bringt jeden dahin, wo sie ihn haben will; sie gewinnt trotz der größten Verschiedenartigkeit ihrer Naturen das vollste Vertrauen der Prinzessin, und es ist doch schließlich ihr alleiniges Werk, daß Tasso reisen soll, daß alle es geschehen lassen und dazu mitwirken, während alle, ausgenommen sie selbst, das Gegentheil wünschen oder bezwecken, wenn auch aus sehr verschiedenen Beweggründen. Und wenn ihr Plan am Ende nicht gelingt, so liegt von ihrer Seite die Schuld oder der Fehler darin, daß sie die Liebe zwischen Tasso und der Prinzessin mitzufühlen oder nachzuempfinden nicht fein, nicht geschickt und klug genug war. Nichts aber ist erklärlicher, denn diese Liebe kreuzt die ihrige.

Diesen Fall ausgenommen, ist sie die bequemste Freundin, die keinem andern die Kreise stört und das Spiel verdirbt. So verkehrt sie auf dem besten Fuße mit dem Herzog, der gern mit ihr scherzt, wie sie mit ihm. Wenn nun der Schwarm gekommen, und in dem Schatten der Abendkühle die Paare lustwandeln und sich zerstreuen, darunter Alphons mit seiner unbekannten Schönen, so wird unsere Gräfin „freundlich durch die Finger sehen". Sie wird sehen und thun, als ob sie nicht sieht.

Leicht und spielend gleitet sie in den Gesprächen von einem Thema auf das andere. Was haben wir nicht alles in wenigen Minuten von ihr gehört und zwar mit dem willigsten Ohr: ein Wort der Sympathie für Ariost, die Beschreibung der Landschaft, das Lob Ferraras und seiner Fürsten, die Anpreisung des Genius, die Schilderung Tassos und der platonischen Liebe, vortreffliche Worte über den Werth der Weltbildung u. s. w. Ich meine immer, daß Goethe an diese italienische Gräfin gedacht hat, als er von jener thüringischen Gräfin schrieb: „daraus entsteht eben die schöne

Melodie, die sie spielt, daß sie nicht jeden Ton, sondern nur die auserwählten berührt".

3. Die Liebe zu Tasso.

Es sind Motive ausnehmender Art, die Leonoren zum Störenfried werden lassen. Mansos Tasso huldigt in seinen Gedichten drei Leonoren, um seine Gefühle für die Prinzessin auszusprechen und zu verbergen. Guarinis Tasso spielt mit einer Doppelliebe, deren Gegenstand offenbar die beiden Leonoren waren. Allem Anscheine nach that der wirkliche Tasso dasselbe. Der Goethesche wird von beiden Leonoren geliebt und liebt selbst nur die Prinzessin. Leonorens Liebe zu Tasso ist, wie ihre Freundschaft mit der Prinzessin, die Erfindung unseres Dichters.

Schon seit lange hat Ferrara mit seinen Größen einen Zauber auf unsere Leonore ausgeübt; gewiß hatte sie dabei nicht blos die Vergangenheit, die Namen Hercules und Hippolyt von Este im Sinn, sondern vorzüglich die Gegenwart und das leuchtende Gestirn des jugendlichen Dichters, das glänzend emporgestiegen war und strahlte. Sie kam wohl schon mit dem stillen Wunsch, von ihm geliebt und verherrlicht zu werden.

Nun ist dieser Wunsch, wie es scheint und wie sie glaubt, zur Hälfte erfüllt, wenn auch erst zur kleineren. In Tassos Liedern wird der Name Leonore gefeiert, er bezeichnet den Gegenstand seiner Verehrung, die bald als himmlische Frau in lichter Glorie über den Wolken schwebt, bald als irdische, von ihm gefolgt, durch Wald und Flur wandelt. Die kleine zierliche Gräfin ist viel zu sehr Weltdame, als daß ihr die Himmelsglorie zu Gesicht stehen sollte. Und da „er mit mannichfaltigem Geist ein einzig Bild in allen seinen Reimen verherrlicht", so ist diese Leonore offenbar nicht der Gegenstand seiner Liebe.

Sie weiß sich zu trösten. Die Prinzessin ist es auch nicht. Dieser Gegenstand ist ein Ideal, das überhaupt nicht in der Wirklichkeit lebt, sondern nur in den Träumen des Dichters. Und seiner Liebe zu den beiden Leonoren soll auch die ihrige zu Tasso gleichen:

> Uns liebt er nicht — verzeih, daß ich es sage!
> Aus allen Sphären trägt er was er liebt
> Auf einen Namen nieder, den wir führen,
> Und sein Gefühl theilt er uns mit; wir scheinen
> Den Mann zu lieben, und wir lieben nur
> Mit ihm das Höchste, was wir lieben können.

Es ist der begeisterte Aufschwung der Seele zu den höchsten Gegenständen, der Eros aus Platos „holder Schule", der sich nicht, wie sonst, als ein verwöhntes Kind zeigt:

> Es ist der Jüngling, der mit Psychen sich
> Vermählte, der im Rath der Götter Sitz
> Und Stimme hat.

Da der platonische Eros in der Welt des Goetheschen Tasso Mode ist, so verwundern wir uns nicht, daß die Gräfin Leonore so geistreich über ihn zu reden weiß; sie versteht es weit besser, ihn zu schildern als zu erleben, das letztere über=läßt sie der Prinzessin, deren ganzes Wesen in jener Liebe besteht, die mit Psychen sich vermählte. Sie hält es für die glücklichste Gabe der Freundin, daß diese die Geschenke des Genius so lebhaft zu fühlen und zu preisen vermag: „Gar oft beneid' ich dich um dieses Glück".

Unsere Gräfin behält den irdischen Tasso gern im Auge; sie hat ihn schon von fern beobachtet und weiß dem Herzog, der nach ihm fragt, bessere Auskunft als die Prinzessin zu geben:

> Ich sah ihn heut von fern, er hielt ein Buch
> Und eine Tafel, schrieb und ging und schrieb.

Diesen Worten gemäß pflegen wir uns den Goethe=

schen Tasso unter den immer grünen Bäumen
von Belriguardo wandelnd vorzustellen.

Nach dem Streit zwischen Antonio und Tasso,
der zu einer Bestrafung des letzteren geführt hat,
erscheinen Leonoren die geselligen Zustände in Bel=
riguardo so erschüttert, daß nach den Regeln der
Welt eine zeitweilige Entfernung Tassos noth=
wendig sei. Jetzt kann sie ihre Abreise mit der
seinigen verbinden, ihn mit sich nehmen und nun
in ihrem Hause dem Genius die Gastgeschenke
bieten, für welche sie die schöneren und erwünsch=
testen zurückempfängt. Nach dem Gespräche mit
der Prinzessin, die nur mit der schmerzlichsten Ent=
sagung in die Trennung von dem Freunde ge=
willigt hat, fühlt Leonore, daß die Entfernung
Tassos nicht unvermeidlich, ihre Absicht, ihn mit
sich zu nehmen, nicht so ganz redlich, und ihre
Liebe zu ihm doch anderer Art ist, als die un=
eigennützige Begeisterung für die Ideale des Dich=
ters. Sie hat die Bekenntnisse der Prinzessin
nicht zu durchdringen vermocht und nimmt nach
ihrer weltlichen Denkart deren Resignation als
eines der schmerzlichen Opfer, die sie ihrer fürst=
lichen Stellung schulde:

Wie jammert mich das edle, schöne Herz!
Welch traurig Loos, das ihrer Hoheit fällt!
Ach, sie verliert! — und denkst du zu gewinnen?
Ist's denn so nöthig, daß er sich entfernt?
Machst du es nöthig, um allein für dich
Das Herz und die Talente zu besitzen,
Die du bisher mit einer andern theilst,
Und ungleich theilst? Ist's redlich so zu handeln?
— — — — — — — — — — — — Liebst du ihn?
Was ist es sonst, warum du ihn nicht mehr
Entbehren magst? Du darfst es dir gestehn. —

— — — — — — — — — — — — — — — —

Ist Laura denn allein der Name, der
Von allen zarten Lippen klingen soll?
Und hatte nur Petrarch allein das Recht,
Die unbekannte Schöne zu vergöttern?
Wo ist ein Mann, der meinem Freunde sich
Vergleichen darf? Wie ihn die Welt verehrt,
So wird die Nachwelt ihn verehrend nennen.
Wie herrlich ist's, im Glanze dieses Lebens
Ihn an der Seite haben! so mit ihm
Der Zukunft sich mit leichtem Schritte nahn!
Alsdann vermag die Zeit, das Alter nichts
Auf dich, und nichts der freche Ruf,
Der hin und her des Beifalls Woge treibt:
Das, was vergänglich ist, bewahrt sein Lied.[1]

---

[1] III. 3. B. 1914—21, 1925—27, 1937—1950. Vgl.
oben XI. 3. S. 204. XIV. 1. S.

In diesen Worten ihres Selbstgesprächs malt sich Leonore Sanvitale! Geht alles nach Wunsch, so wird Tasso sie begleiten, nachdem durch ihren Einfluß die gestörten Verhältnisse geebnet sind und die gesellige Harmonie wieder auf das beste hergestellt. Er soll nicht verstimmt und erbittert Ferrara verlassen und mit ihr gehen; sie wird alles aufbieten, um jenes Hirngespinnst des Argwohns und des falschen Verdachts, in das er zu eigener Qual sich verstrickt hat, ihm zu benehmen:

> Alles will ich thun,
> Um es entzwei zu reißen, daß du frei
> Den schönen Weg des Lebens wandeln mögest!

Doch sind alle Versuche, ihn zu überzeugen, wie beredt und richtig auch ihre Zusprache ist, umsonst und müssen es sein, da sie selbst den Hauptgrund, der seine Vorstellungen verfälscht, in seine Seele gelegt hat. Daß er zum Besten aller Ferrara gleich verlassen möge, ist ihr Rath. Daß die Prinzessin in seine Entfernung willigt, ist ihr Werk. Daß er in die Klage: „auch sie! auch sie!" ausbricht, ist ihre Schuld. Wenn sie ihm jetzt vorhält:

> Leider dichtest du
> In diesem Fall ein seltenes Gewebe,
> Dich selbst zu kränken,

so vergißt sie ganz, daß der Einschlag dazu von
ihrem Webstuhle kommt. Wie will sie noch im
Stande sein, dieses Gewebe zu zerstören?

Sie hat das Vertrauen Tassos nie besessen
und fühlt auch wohl, daß es ihr mangelt;
sonst würde sie ihm dasselbe nicht abzuschmeicheln
suchen durch übertriebenes und falsches Lob. Man
höre nur, wie sie, ihn zu umgarnen, das Zwie=
gespräch beginnt:

> Was ist begegnet? Lieber Tasso, hat
> Dein Eifer dich, dein Argwohn so getrieben?
> Wie ist's geschehn? Wir alle stehn bestürzt,
> Und deine Sanftmuth, dein gefällig Wesen,
> Dein schneller Blick, dein richtiger Verstand,
> Mit dem du jedem giebst, was ihm gehört,
> Dein Gleichmuth, der erträgt, was zu ertragen
> Der Edle bald, der Eitle selten lernt,
> Die kluge Herrschaft über Zung' und Lippe —
> Mein theurer Freund, fast ganz verkenn' ich dich.

Und kurz vorher hatte im Zwiegespräch über
Tasso ihr Antonio die Frage vorgelegt:

> Kannst du es leugnen, daß im Augenblick
> Der Leidenschaft, die ihn behend ergreift,
> Er auf den Fürsten, auf die Fürstin selbst,
> Auf wen es sei, zu schmähn, zu lästern wagt?
> Zwar augenblicklich nur; allein genug,

> Der Augenblick kommt wieder: er beherrscht
> So wenig seinen Mund als seine Brust. [1]

Leonore mußte diese Frage schweigend bejahen, und jetzt lobt sie Tasso ins Gesicht wegen seines Gleich= muths, seiner klugen Herrschaft über Zung' und Lippe!

Es war eine etwas eigenliebige Selbsttäuschung, wenn Leonore je glauben konnte, daß Tasso sie liebe. Diese Frau von Welt ist keine Frau nach seinem Herzen. Er hat sehr richtig durchempfunden, daß sie gefällig sei, um zu gefallen, und daß der liebenswürdige Eindruck ihres Wesens nicht ohne Berechnung stattfinde. Was Tasso der Prin= zessin erwidert, als sie ihn auf den Verkehr mit Leonoren hinweist, hätte sie lieber beherzigen als tadeln sollen, denn er hat recht:

> So liebenswürdig sie erscheinen kann,
> Ich weiß nicht, wie es ist, konnt' ich nur selten
> Mit ihr ganz offen sein, und wenn sie auch
> Die Absicht hat, den Freunden wohlzuthun,
> So fühlt man Absicht, und man ist verstimmt. [2]

Er hat sie nie geliebt und nur auf den Wunsch der Prinzessin nicht gemieden. Jetzt ist sie in der

---

[1] IV. 2. V. 2464—66.

[2] IV. 2. V. 2241—50. III. 4. V. 2142—47. Vgl. oben VIII. 7. S. 152.

Abſicht ihm wohlzuthun die Urheberin ſeiner qual=
vollſten Zuſtände geworden: das Gegentheil von
dem, was ſie ihm ſein wollte. Sie wünſchte ſeine
beſte Freundin zu werden, jetzt erſcheint ſie ihm
als die ſchlimmſte Feindin. An die Stelle des
bloßen Mißtrauens tritt der Haß. Zwar ver=
kennt Taſſo ihre Beweggründe gänzlich und ſchiebt
ihr die falſcheſten und verkehrteſten unter, indem
er wähnt, ſie wende ihm den Rücken, da er in
der Gunſt des Fürſten gefallen ſei, ſie komme als
ein Werkzeug Antonios, ſie wolle ihn dem
neuen Hauſe der Mediceer zuführen und für immer
mit dem der Eſte entzweien. Dies alles iſt Täuſchung,
aber ihre Handlungsweiſe empfindet und beurtheilt
er richtig.

Dieſe kleine, zierliche, weltgewandte Gräfin hat
viel von der Schlangenklugheit und nichts von der
Taubeneinfalt. Wir können nicht widerſprechen,
wenn Taſſo aus eigener Erfahrung ſagt:

> Sie war nicht redlich, wenn ſie noch ſo ſehr
> Mir ihre Gunſt, mir ihre Zärtlichkeit
> Mit ſüßen Worten zeigte! Nein, ſie war
> Und bleibt ein liſtig Herz.

Sie ſchleicht heran und ziſcht mit glatter Zunge,

Die kleine Schlange, zauberische Töne,
Wie lieblich schien sie! Lieblicher als je!
Wie wohl that von der Lippe jedes Wort!
Doch konnte mir die Schmeichelei nicht lange
Den falschen Sinn verbergen.[1]

Was ihr Verfahren gegenüber der Prinzessin und Tasso betrifft, so ist es wahr, daß sich diese Frau der großen Welt in eine kleine Schlange verwandelt hat. Auch mit dem listigen Herzen, der Schmeichelei und Falschheit hat es seine volle Richtigkeit, nur die Deutung ihrer Absichten mit Tasso, wie dieser selbst sie auslegt, ist ganz falsch. Für ihre Schuld ist sie bestraft genug, denn sie erntet das Gegentheil von dem, was sie auf ihrem Schlangenwege erreichen wollte.

XV. Antonio Montecatino.

1. Die Bekanntschaft mit Tasso.

Als wir die Geschichte der Goetheschen Tassodichtung, insbesondere die Unterschiede des alten und neuen Werks zu untersuchen hatten, blieb eine Frage unerörtert und dem gegenwärtigen Abschnitte ausdrücklich vorbehalten: sie betraf das Zeitver-

---

[1] II. 1. V. 965—69. IV. 3. V. 2493—96, 2510—14.

hältniß der Bekanntschaft zwischen Tasso und An=
tonio. Sind beide nach der Art, wie unsere Dich=
tung sie zusammenführt und einander begegnen läßt,
alte Bekannte oder neue? Wir hatten damals
einige Aussprüche angeführt, die unbegründet er=
scheinen, wenn die beiden Männer als langjährige
Bekannte und Feinde gelten. Unmöglich kann die
Prinzessin dann die Hoffnung hegen, daß in
Antonio, diesem alten Freunde des fürstlichen Hauses,
jetzt auch dem Tasso ein neuer Freund gewiß sei.[1]

Nun aber giebt es eine Reihe von Stellen, die
geradezu die entgegengesetzte Voraussetzung haben
und aussprechen. Wären Tasso und Antonio nicht
schon seit lange Gegner, wie könnte Leonore zu der
Prinzessin sagen:

> Zwei Männer sind's, ich hab' es lang gefühlt,
> Die darum Feinde sind, weil die Natur
> Nicht Einen Mann aus ihnen beiden formte.[1]

Eben so wenig würde Antonio zu Leonore sagen:
„Ich kenn' ihn lang, er ist so leicht zu kennen"
u. s. w. Auch würde Tasso sich selbst wegen seines
offenen Benehmens gegen Antonio nicht mit fol=
genden Worten tadeln:

---

[1] Vgl. oben V. 1. S. 48—52.

O, hätt' ich doch so klug mir ausgedacht,
Wie ich den Mann empfangen wollte, der
Von alten Zeiten mir verdächtig war.

Er könnte in dem nächstfolgenden Zwiegespräch mit
Leonore nicht von Antonio sagen:

Verdrießlich fiel mir stets die steife Klugheit,
Und daß er immer nur den Meister spielt.

Und Leonore könnte, den Antonio in Schutz nehmend,
unmöglich erwidern:

Er spricht mit Achtung oft genug von dir,
— — — — — — Möchtest du, mein Freund,
Vernommen haben, wie er sonst von dir
Und dem Talente sprach, das dir vor vielen
Die gütige Natur verlieh.

Sagt doch Tasso selbst zu Antonio, der ihm vom
Herzog die Erlaubniß zur Reise nach Rom erwirken
soll:

Doch hegst du einen alten Groll im Busen,
Willst du von diesem Hofe mich verbannen,
Willst du auf ewig mein Geschick verkehren,
Mich hülflos in die weite Welt vertreiben:
So bleib' auf deinem Sinn und widersteh'!

Dies ist der Antonio, wie der wirkliche Tasso ihn
vor Augen gehabt und in seinen Briefen geschildert
hat! Lassen wir auch nicht unbeachtet, daß Antonio
in seiner letzten Unterredung mit dem Herzog den

Tasso als Patienten nach dem Leben schildert und die Bemerkung vorausschickt:

Wie bitter und wie thöricht hab' ich ihn
Nicht oft mit seinem Arzte rechten sehn!

worauf Alphons lächelnd erwidert: „Ich hab' es oft gehört und oft entschuldigt".[1]

Was demnach die Frage nach dem Zeitverhältniß der Bekanntschaft zwischen Tasso und Antonio betrifft, so finden wir in unserer Dichtung einen merkwürdigen Widerstreit der Angaben. Nach einigen Stellen erscheint diese Bekanntschaft als eine neue, die wir entstehen und alsbald durch die Schuld Antonios in feindselige Spannung gerathen sehen; nach einer Reihe anderer Stellen gilt sie als eine seit Jahren bestehende Feindschaft.

Die Sache steht ähnlich, wenn die Dauer der Bekanntschaft zwischen Antonio und Leonoren in Frage kommt. Nach der Situation zu urtheilen, woraus Goethe seine Handlung hervorgehen läßt, ist die Bekanntschaft neu und entsteht vor unseren Augen. Antonio ist lange entfernt gewesen und

---

[1] Vgl. III. 2. V. 1720—22, III. 4. V. 2117—39, IV. 1. V. 2209—11, IV. 2. V. 2306, 2313—16, IV. 4. V. 2723—27, V. 1. V. 2884—2917.

kehrt zurück, als Leonore, die sich zum erstenmale in Ferrara aufgehalten, scheiden soll:

> Auch ich begrüße dich, wenn ich schon zürne,
> Du kommst nur eben, da ich reisen muß.

Später folgen eine Reihe von Stellen, aus denen unzweideutig erhellt, daß beide seit längerer Zeit bekannt und befreundet sind.

Die widerstreitenden Angaben laufen nicht durch einander, sondern vertheilen sich in dem Gange der Dichtung so, daß Tasso und Antonio in den beiden ersten Acten als neue Bekannte erscheinen, dagegen in den drei letzten Feinde von alten Zeiten sind. Unsere Leser mögen sich erinnern, daß die alte Tassodichtung nur in den beiden ersten Acten bestand, deren Text uns nicht erhalten ist, und deren Umbildung in die neue Tassodichtung die Ein=führung des Antonio zur wesentlichen Aufgabe hatte.[1]

---

[1] Um meine Sätze unwidersprechlich zu fassen, so be=haupte ich: 1. daß in den beiden ersten Acten keine auf das Verhältnis zwischen Tasso und Antonio bezügliche Stelle sich finde, aus welcher einleuchten könnte, daß sie Bekannte und Gegner von alten Zeiten sind; 2. daß da=gegen in den drei letzten Acten keine auf dieses Verhältniß bezügliche Stelle sich finde, aus welcher ihre alte Gegner=schaft nicht sogleich einleuchte.

Auch ist jener Widerstreit der Angaben keines=
wegs zufällig, sondern in der Dichtung selbst be=
gründet und der Ausdruck widerstreitender Situa=
tionen, die mit dem Gange der Handlung noth=
wendig verknüpft sind. Antonio soll nach einer
langen Abwesenheit in Staatsgeschäften bei seiner
Rückkehr von Rom den Dichter des befreiten Jeru=
salems in der Blüthe fürstlicher Gunst als einen
Neuling vorfinden, den er nicht oder kaum gekannt
hat: daher die Voraussetzung oder der Anschein
der neuen Bekanntschaft. Zugleich wollte unsere
Dichtung, als es sich um ihre Umgestaltung und
Vollendung handelte, den Gegensatz zwischen Tasso
und Antonio typisch ausprägen, was unmöglich
geschehen konnte, wenn die Bekanntschaft beider nur
nach Stunden zählte: daher die Voraussetzung einer
alten und eingewurzelten Gegnerschaft, wie sie auch
in Wirklichkeit bestanden hat.

Einen solchen zu den Grundlagen einer Handlung
gehörigen Widerstreit könnte man treffend eine dra=
matische Antinomie nennen. Der gegebene Fall
ist nicht der einzige seiner Art. Freilich ist es undenk=
bar, daß ein dramatischer Dichter den Plan seines
Werkes von vornherein so anlegt, daß Situationen,

durch welche Charaktere und Handlungen bedingt sind,
einander widerstreiten und sich wechselseitig zu nichte
machen. Wenn daher solche Antinomien, wie die ge-
nannte, in die Composition eines dramatischen Werks
eindringen, so darf man sicher sein, daß sich der Plan
desselben im Laufe der zu langsam und zu unterbrochen fortschreitenden Dichtung verändert hat.
Mit dem Dichter änderte sich sein Werk. So verhielt es sich mit Schillers Don Karlos und mit
Goethes Faust; ebenso verhält es sich auch mit
seinem Tasso. [1]

---

[1] Schillers Karlos bietet ein sehr merkwürdiges Beispiel einer dramatischen Antinomie. Wenn Karlos einen
Brief der Königin hat und ihre Handschrift kennt, so ist
die erste Scene zwischen ihm und der Eboli unmöglich,
aus welcher eine Reihe von Scenen hervorgehen, die zu der
Unterredung zwischen dem Könige und Posa führen. Wenn
Karlos einen solchen Brief nicht hat, so braucht er nichts
für die Königin zu fürchten, wenn er auch sein Portefeuille
in der Hand des Königs weiß, so fällt der Beweggrund
weg, aus welchem die zweite Scene zwischen ihm und der
Eboli folgt und Posas Entschluß sich zu opfern.

In Goethes Faust besteht zwischen der alten und
neuen Dichtung ebenfalls eine dramatische Antinomie in
Ansehung sowohl des Mephistopheles als des Faust, die
sogleich zu Tage tritt, wenn der Mephistopheles, wie er
in der Scene „Trüber Tag, Feld" auftritt oder noch im
Monolog „Wald und Höhle" erscheint, mit dem des Prologs

Wir wissen aus der Geschichte dieses Werks, daß seit den Anfängen desselben zehn Jahre vergingen, bevor es vollendet wurde, und daß ein Vierteljahr vor seiner Vollendung die erste Scene, worin Antonio erscheinen sollte, noch nicht geschrieben war.

2. Der Gegensatz zu Tasso.

Die Gegner, die in Ferrara wider Tasso aufgetreten sind, hat Goethe in die Person seines

---

verglichen wird, und der Faust der Gretchentragödie mit dem der Wette.

Wer Goethes Tasso aufmerksam und prüfend liest, wird in dem Werke selbst, ganz abgesehen von seiner Entstehungsgeschichte, die Zeichen eines veränderten Plans finden und namentlich aus der den Antonio betreffenden Antinomie erkennen, daß dieser Charakter noch nicht in dem Plan und der Ausführung der ältesten Tassodichtung enthalten sein konnte.

Ich will einem Einwurf begegnen, der auf Grund einer Aeußerung Goethes, die Eckermann berichtet (18. April 1827), gemacht werden könnte. Der Dichter dürfe getrost Widersprüche brauchen, die seinen Absichten dienen. So lasse Shakespeare im Macbeth den Macduff sagen: „Er hat keine Kinder", während doch Lady Macbeth ihrer Kinder gedenke. Hier ist kein unentrinnbarer Widerspruch. Wenn die Kinder nicht mehr am Leben sind, haben beide recht. Mit den dramatischen Wirkungen durch widerstreitende Situationen steht es mißlich. Sobald der Widerstreit erkannt ist, hört die Sache auf, vorstellbar zu sein, und das Unvorstellbare macht keinen Effect.

Antonio gleichsam zusammengezogen und in ihr
vereinigt, so daß dieselbe nach den Zügen, woraus
sie besteht, als ein dichterisches Sammelproduct
erscheint. Dieser Antonio ist nicht blos er selbst,
sondern hat Züge übertragener Art, die von Pigna,
Guarini und jenem falschen Freunde entlehnt sind,
an dem Tasso Verrath und Beleidigung zu rächen
hatte; auch der Diener, gegen den er im Palast
den Dolch zückte, hat einen wichtigen Beitrag
liefern müssen, da in dieser Ausschreitung das
Vergehen bestand, wofür Tasso mit Zimmerhaft
bestraft wurde.[1]

Unter den übertragenen Zügen finden wir
solche, die Goethe mit dem Wesen seines Antonio
nicht zu verschmelzen gewußt hat. Ich nenne als
Beispiel die Stelle, worin Tasso Leonoren gegenüber
darauf bringt, daß Antonio ihm auch sein Dichter-
talent mißgönne:

> Er gönnt es mir? Er, der mit steifem Sinne
> Die Gunst der Musen zu ertrotzen glaubt?
> Der, wenn er die Gedanken mancher Dichter
> Zusammenreiht, sich selbst ein Dichter scheint?

---

[1] Vgl. oben VII. S. 120—123.

Weder der historische noch der Goethesche Antonio rechtfertigen im mindesten diesen Zug, der ihn als Dilettanten in der Dichtkunst erscheinen läßt. Wohl aber ist Tassos Vorwurf treffend, sobald er auf Pigna bezogen wird. Auch die Worte „Er rühmt sich zweier Flammen" u. s. f. waren in dem Sonnette Guarinis wider Tasso weit besser an ihrem Ort als in dem Munde unseres Antonio, da sich doch dem Goetheschen Tasso weder nach= sagen noch zumuthen läßt, daß er sich der beiden Flammen rühme.

Trotz diesen zusammengelesenen und übertragenen, theilweise nicht recht angepaßten Zügen ist es dem Dichter wunderbar gelungen, in seinem Antonio einen Charakter zu schaffen, der im Ganzen den Eindruck macht, als ob er aus einem Stück wäre. Goethe wollte in diesem Gegner Tassos zugleich den Typus der dem dichterischen Geniewesen ab= holden und widerstreitenden Gemüthsart darstellen, gleichsam in plastischer Form, d. h. in aller Be= stimmtheit und Schärfe. Daher mußte sein Antonio für das dichterische Genie in seinen Arten und Unarten einen sehr hellen, keineswegs aber bösen Blick haben, er durfte gegen den Dichter als

ſolchen keine verderblichen Geſinnungen hegen, die
auch mit dem Typus des Gegenſaßes in ſeiner
menſchlichen Begründung und Berechtigung un=
verträglich ſein würden.

In der Welt des Goetheſchen Taſſo, in der
Geſellſchaft von Belriguardo giebt es niemand, der
den Dichter um ſeiner Kunſt willen anfeinden oder
auch nur dem Einfluſſe der letzteren ſich verſchließen
könnte. Wie ſollte es Antonio thun, zu dem der
Herzog ſagt:

> Und wer der Dichtkunſt Stimme nicht vernimmt,
> Iſt ein Barbar, er ſei auch, wer er ſei.

Ein ſolcher Barbar iſt unſer Antonio keines=
wegs; er iſt vielmehr darauf angelegt, daß er ſich
zuletzt einer wohlthuenden Vereinigung mit Taſſo
zuneigt. Der Weg, den dieſer Charakter durch=
läuft, von dem abſtoßenden Widerwillen gegen
das, wie ihm ſcheint, vom Schickſal verwöhnte,
ungeberdige, ſeinen Launen hingegebene Genie bis
zu der Ausſöhnung mit dem vom Schickſal nieder=
geſchmetterten, ſeiner Schuld bewußten, ſich zuletzt
ermannenden und probehaltigen Dichter: dieſes
Seelengemälde iſt es, das uns Goethe in ſeinem
Antonio entwickelt. Er beginnt als Taſſos Feind

und endet als sein Mentor, nachdem jener seine Bahn durchlaufen hat von dem Momente, wo die Prinzessin ihm den Lorbeer reicht, bis zu dem, wo sie ihn von sich stößt: von der Höhe und Kraftfülle des Genies bis zu der Anwandlung des Wahnsinns.

Man sollte die Gegensätze Goethescher Charaktere nicht immer unter den Generalnenner des „Idealismus und Realismus" bringen und nun Contraste, wie Faust und Mephistopheles, Tasso und Antonio einander coordiniren, als ob in Antonio eine Ader vom Mephisto wäre. Ich erinnere mich, einen berühmten Schauspieler gesehen zu haben, der von seinem Mephisto etwas in seinen Antonio mitbrachte und den Tasso anblickte, als ob er die Gabe des Malocchio besäße. Man darf nicht einmal mit Goethe selbst sagen, daß er „dem Tasso als prosaischen Contrast den Antonio entgegengestellt habe". Wäre dieser gleichsam die verkörperte Prosa, so würde er von Ariost nicht „wie ein Verzückter" reden, so daß die Prinzessin, davon ergriffen, zu ihm sagt:

> Wer ein Verdienst so wohl zu schätzen weiß,
> Der wird das andre nicht verkennen. Du

Sollst uns dereinst aus Tassos Liedern zeigen,
Was wir gefühlt und was nur du erkennst.[1]

Unter den wenigen Worten, welche Leonore von Este an den Antonio richtet, ist dieses das wärmste. Es sei der Charakteristik der Prinzessin hinzugefügt, damit dieser Zug ja nicht unbeachtet bleibe: daß es Antonios Begeisterung für einen Dichter ist, die ihr Herz erfreut und jenes Wort hervorruft.

Antonios Contrast wider Tasso gilt nicht dem ideal gesinnten Künstler, sondern dem zuchtlosen, vom Leben selbst noch ungeschulten und un= erprobten Genie, dem noch im Sturm und Drang begriffenen Dichter, der die Poesie in Wirklichkeit verwandeln möchte. Wenn Goethes Tasso in etwas den jugendlichen Stolbergs vergleichbar wäre, dann dürfte uns Antonio in etwas an Merck erinnern, der so treffend die beiden Arten des Dichterthums unterschied, das unechte und echte: jenes wolle die Poesie in Wirklichkeit verwandeln, dieses verwandle die Wirklichkeit in Poesie.

---

[1] I. 4, V. 742—45. Vgl. oben I. 1. S. 11.

3. Das Spiel der Leidenschaften.

Indessen würde Antonio den Tasso ruhig seines Weges gehen lassen, wenn dieser nicht ihm selbst auf eine Art im Wege stände, die seine Leidenschaften erregt. Hier beginnt das Spiel der Affecte, das sich in dem Charakter Antonios mit der lebensvollsten Eigenthümlichkeit ausprägt.

Es giebt gut geartete Menschen, die ihr Wohlwollen anderen im Unglück lieber angedeihen lassen als im Glück, die eines energischen und hülfreichen Mitleids fähig und der Schadenfreude wenig zugänglich sind, aber den Anblick eines ausnehmenden Glücks nicht unbeneidet ertragen. Sie werden demselben Mann, der ihren Neid erregt hat, als sein Schiff stolz dahin segelte, mitleidig und rettend zur Seite stehen, wenn er Schiffbruch leidet. Ein Beispiel dieser Menschenart ist unser Antonio.

Vermöge seiner glücklichen (geschichtlich grundlosen) Erfindung läßt Goethe den Antonio nach einem gelungenen Meisterstücke seiner diplomatischen Kunst, nach einem langen mühevollen Aufenthalte in Rom zurückkehren und in Belriguardo vor dem Herzog in dem Augenblick erscheinen, wo Tasso

eben den Lorbeer empfangen hat. Er durfte er=
warten, als der Held des Tages zu kommen, und
findet den Platz besetzt, er sieht sich im Schatten
des jungen im Glanze fürstlicher Huld und Be=
wunderung strahlenden Poeten. Antonio braucht
noch kein Neidhard zu sein, um bei diesem Anblick
von einem heimlichen Unwillen beschlichen zu werden,
der ihm das Gefühl des eigenen Werthes und
seiner Verdienste steigert. Die Heiterkeit weicht
von seiner Stirne, die gewohnte Zurückhaltung
und Bestimmtheit seines Wesens erscheint noch
ausgeprägter und schärfer. Die Prinzessin, wie
wir später von ihr hören, hat es sogleich bemerkt:

> Antonio erschien mir heute früh
> Viel schroffer noch als je, in sich gezogener.

Den Gruß Tassos erwidert er nicht und nimmt
ihn mit einer Kälte entgegen, die schon den Ton
der Zurückweisung hat; er versteht die Kunst zu
tadeln, indem er Personen und Zustände von ent=
gegengesetzter Art lobt. Die hohen Lobsprüche,
womit er den römischen Herrscher preist, haben
auch ihren geheimen Text. Ein verdienstvoller
Staatsmann, wie er, würde im Vatikan leuchten;
in Belriguardo steht er im Schatten! Mit wahrer

Genugthuung rühmt er den Papst als „den Mann, der Männer unterscheidet", „nur der erfahrene Mann besitzt sein Ohr, der thätige sein Zutrauen, seine Gunst". „In seiner Nähe darf nichts müßig sein! Was gelten soll, muß wirken und muß dienen." Ob er damit nicht Wahrheiten gesagt haben will, die Alphons und Tasso, jeder an seinem Ort, merken sollen?

Es ist doch ein etwas bedenklicher Lobspruch, den er dem Herzog zur Herabstimmung Tassos widmet:

> Mir war es lang bekannt, daß im Belohnen
> Alphons unmäßig ist, und du erfährst,
> Was jeder von den Seinen schon erfuhr.

Wägt man die Worte, wie es Antonio verlangen darf, so scheint Alphons nicht der Mann zu sein, der Männer unterscheidet.

Wie nun die Prinzessin für Tassos Verdienste eintritt, labt sich Antonio förmlich an dem Anblick des Blumenkranzes, womit Leonorens Hand Ariostens Stirne geschmückt hat:

> Und sie hat wohl gethan! Er ziert ihn schön,
> Als ihn der Lorbeer selbst nicht zieren würde!

In dieser Vergleichung, die nicht ungesuchter und glücklicher kommen konnte, zwischen der Dichtung des Ariost und der blumenreichen Natur offenbart uns Antonio, indem er sie ausführt, den Genius des großen romantischen Dichters:

> Wie die Natur die innig reiche Brust
> Mit einem grünen bunten Kleide deckt,
> So hüllt er alles, was den Menschen nur
> Ehrwürdig, liebenswürdig machen kann,
> In's blühende Gewand der Fabel ein.

Als ob alle Geheimnisse dieses Genius vor ihm aufgethan wären, schwelgt Antonio in den Herrlichkeiten Ariosts, gegen welchen Tasso ver=schwindet. Er würde ihn gar nicht zu bemerken scheinen, wenn er nicht neben der bekränzten Herme des Ariost dastände, auch mit einem Kranz. Die Worte, womit Antonio seinen Hymnus auf Ariost beschließt, bergen oder enthalten vielmehr einen scharfen Spott:

> Wer neben diesen Mann sich wagen darf,
> Verdient für seine Kühnheit schon den Kranz!

Diesen Ausspruch soll, wie einer der Com=mentatoren gemeint hat, nicht auf Tasso deuten? Auf wen sonst? Oder geht er in's Leere? Ist der Contrast zwischen Ariost und Tasso nicht das

Motiv und Thema der ganzen Rede? Die Prin=
zessin hat den Sinn der Rede sehr wohl verstanden
und sucht in dem folgenden Zwiegespräch Tasso
damit zu trösten, daß Antonio seine Ansicht
ändern werde:

> Wird er dann
> Auch näher kennen, was du diese Zeit
> Geleistet hast, so stellt er dich gewiß
> Dem Dichter an die Seite, den er jetzt
> Als einen Riesen dir entgegenstellt.

Antonio selbst scheint zu fühlen, daß er die
Grenzen der Hofsprache zu weit überschritten habe
und einer Entschuldigung bedürfe. Freilich ent=
hält diese einen neuen feinen Spott auf die ganze
Situation, die ihn verstimmt hat. Er habe wie
ein Verzückter geredet, da unter den Eindrücken
dieser fremdartigen Welt ihm die Besonnenheit
abhanden gekommen sei:

> Vergebt, wenn ich mich selbst begeistert fühle,
> Wie ein Verzückter rede, weder Zeit noch Ort,
> Noch was ich sage, wohl bedenken kann:
> Denn alle diese Dichter, diese Kränze,
> Das seltne festliche Gewand des Schönen
> Versetzt mich aus mir selbst in fremdes Land.

Diese beiden Auftritte, die erste Tassoscene und
die erste Antonioscene (die dritte und vierte des

erften Acts), die ihrem zeitlichen Urſprunge nach) ſo
weit auseinanderliegen, hat Goethe ſo gut zu
verknüpfen gewußt, daß ſie ſich gleichſam wie
Strophe und Gegenſtrophe zu einander verhalten.
Die erſte endet mit Taſſos entzückten Worten zur
Verherrlichung der Heroen und Poeten der alten
Zeit; die zweite endet mit Antonios entzückten
Worten, die den Dichter der romantiſchen Zeit
und ihrer Helden preiſen. Beide Scenen, ins=
beſondere die zweite, ſind mit einer Feinheit und
Deutlichkeit der Charakteriſtik geſchrieben, die bis
in die einzelnen Wendungen und Worte hinein
vernehmlich bleibt und als ein Beiſpiel jener
plaſtiſchen Kunſt gelten darf, die in der Ent=
wicklung unſeres Dichters eine Frucht ſeiner
römiſchen Epoche war.

4. Der Streit und ſeine Folgen. Antonios Schuld.

Den Taſſo zu demüthigen, war Antonios Abſicht
und Wirkung. Dieſer Wirkung gewiß und ſeiner
Ueberlegenheit ſicher, behandelt er Taſſo bei der
nächſten Begegnung von oben herab, als dieſer nach
dem Geſpräch mit der Prinzeſſin auf ihn zueilt und
aus vollem Herzen um ſeine Freundſchaft wirbt.

Vornehm und kühl nimmt Antonio die Bitte
auf, ihre Dringlichkeit abwehrend. Um nicht zu=
dringlich zu scheinen, beruft sich Tasso auf den
Wunsch der Prinzessin. Diese Wendung ist es,
die Antonios Unwillen von neuem hervorruft und
reizt. Den Vorwurf der Kälte erwidert er mit
dem des Gegentheils im abschätzigen Sinn:

> Der Mäßige wird öfters kalt genannt
> Von Menschen, die sich warm vor andern dünken,
> Weil sie die Hitze fliegend überfällt.

Und wie nun Tasso noch einmal auf seine
Bitte zurückkommt, inständig und bescheiden, wie
er ihre gemeinsame Verehrung der Prinzessin an=
ruft, damit sie die Grundlage ihrer Freundschaft
werde, die dem Dienste dieser „Göttin" geweiht
sei, so verwandelt sich Antonios gereizte Stimmung
in bittersten Groll. Die Wolke auf seiner Stirne
entladet sich in einem Gewitter, das wider Tasso
losbricht. Im schnellen Wortwechsel, wo ein Wort
das andere giebt, folgt Blitz auf Blitz. Er sei ein
Günstling des blinden Glückes, ein übermüthiger
und unverdienter, es gebe leichte Kränze, die sich
oft im Spazierengehen bequem erreichen lassen, er
möge nicht gnädiges Geschenk für Lohn, zufälligen

Putz für wohlverdienten Schmuck halten. Gegen
ihn betrage er sich wie ein übereilter Knabe, der
glücklicherweise noch jung genug sei, um durch
gute Zucht gebessert zu werden.

Seitdem Tasso den Namen der Prinzessin als
seine Göttin gepriesen hat, ist es mit Antonios
Selbstbeherrschung vorbei, die feindseligen Affecte
gewinnen die Oberhand und werden vom Neide
beherrscht. Jedes seiner Worte ist eine Beleidigung
ohne einleuchtenden Grund, eine Schmähung, die
Tasso außer sich bringen muß, auch wenn er kein
Edelmann und nicht der Dichter wäre, den der
Fürst des Lorbeers und die Prinzessin ihrer Liebe
gewürdigt hat. Da Antonio seine Herausforderung
höhnend zurückweist, so zieht Tasso den Degen, um
ihn zum Kampfe zu zwingen. Der Herzog ver=
hindert den Ausbruch durch seine Dazwischenkunft
und fordert Rechenschaft wegen des Streites.
Antonio antwortet mit einer förmlichen Anklage
Tassos auf Majestätsverletzung und nöthigt den
Herzog, ihn zu strafen. Es geschieht, wenn auch nur
um des Scheines willen und in der mildesten Form.

Im Zwiegespräch mit dem Herzog muß Antonio,
nunmehr beruhigt, selbst bekennen, daß Tassos

Lippen im größten Zorn kein sittenloses Wort entflohen sei. Und doch hatte er ihn noch eben „unsittlich" gescholten! Wenn er aber von seiner eigenen Person sagt:

Als Menschen hab' ich ihn vielleicht gekränkt,
Als Edelmann hab' ich ihn nicht beleidigt,

so müßte diese Cavaliersehre mit Erz umgürtet sein, wenn eine solche Fluth von Beleidigungen sie unberührt gelassen. Dieselbe Erklärung giebt er später dem Tasso selbst, indem er ihm Abbitte leistet:

Allein kein schimpflich
Wort ist meinen Lippen unbedacht entflohen.
Zu rächen hast du nichts als Edelmann,
Und wirst als Mensch Vergebung nicht versagen.

Wirklich scheint Antonio nicht mehr zu wissen, was er ihm alles ins Gesicht geschleudert hat. Auf die Frage des Herzogs, wie er Tassos Zorn gereizt habe, lautet seine Antwort:

Ich wüßte kaum zu sagen, wie's geschah.

Aehnlich entschuldigt er sich gegen Tasso selbst:

Ich habe dich
Mit Worten, scheint es, tief und mehr gekränkt,
Als ich, von mancher Leidenschaft bewegt,
Es selbst empfand.

Wir führen beide Stellen an, um mit Antonios eigenen Worten zu zeigen, daß im Streite mit Tasso ihn die Leidenschaft fortgerissen, die Selbst=beherrschung und Besonnenheit völlig verlassen hatte. Ohne alle Beschönigung gesteht er es Leonoren:

Ja, mich verdrießt — und ich bekenn' es gern —
Daß ich mich heut' so ohne Maß verlor.[1]

Er hätte weit schlimmere Vorwürfe verdient als den milden Tadel des Herzogs, daß, wenn Männer sich entzweien, der Klügste für den Schul=digen zu halten sei, und daß es ihm besser zieme, den Tasso zu leiten, statt mit ihm zu zürnen. Erst dieses Wort des Gebieters führt den Antonio zu sich selbst zurück:

Ich bin beschämt und seh' in deinen Worten
Wie in dem klarsten Spiegel meine Schuld!

Die Wahrheit ist, daß er, von gehässigen und neidischen Affecten bestürmt, den Tasso schwer be=leidigt, ja beschimpft hat, wenn nicht etwa die Beschimpfungen nur in pöbelhaften Ausdrücken be=stehen sollen. Antonio ist beschämt und hat dazu

―――――

[1] Vgl. II. 5. V. 1611—1616, 1645—1646. IV. 4. V. 2557—63. III. 4. V. 1996—97.

alle Ursache; Tasso dagegen, der keine Ursache hat, sich zu schämen, ist bestraft. Man darf fragen ob mit Recht?

Antonio hatte in Tasso auch den Herzog und die Prinzessin beleidigt, er hatte mit Worten, die nicht zu mißdeuten waren, den Kranz verspottet, den Alphons durch die Hand der Schwester dem Dichter mit der Mahnung ertheilt hatte, daß er ihn bewahren und zu bewachen stets gerüstet sein möge. Und Tasso hatte die Stichelreden vom zufälligen Putz, von Kränzen, die der Müßiggänger im Schlendern erreichen könne, anhören müssen! Wer ist nun der Strafwürdige? Antonio, der diesen Kranz verspottet, oder Tasso, der diesen Spott zu rächen, seinen Kranz zu vertheidigen, die Mahnung des Herzogs zu befolgen, im Palaste des letzteren den Degen zum Kampfe gezückt hat? Mit vollem Recht darf er den Antonio vor dem Herzog beschuldigen und sagen:

> Er warf mir meine Gaben vor die Füße;
> Und hätte meine Seele nicht geglüht,
> So war sie deiner Gnade, deines Dienstes
> Auf ewig unwerth. [1]

---

[1] II. 4. V. 1477—80.

Noch richtiger und treffender wäre es gewesen, wenn er gesagt hätte: „Er warf mir deine Gaben vor die Füße!"

Tasso hat einen ungerechten Angriff tapfer abgewehrt und verdiente das Lob des Herzogs, wie es dem wirklichen Tasso wegen seines Kampfes mit jenem verrätherischen Freunde zu Theil wurde; aber der Goethesche Tasso wird bestraft, wie der wirkliche, als mitten im herzoglichen Palast ein ungerechter Angriff von ihm ausgegangen war. Offenbar besteht in unserer Dichtung zwischen der Art des Streites und seinen Folgen ein Mißverhältniß, dessen Grund darin liegt, daß Goethe in der Fabel seines Stücks zwei Begebenheiten, die in der Geschichte Tassos ganz verschiedener Art sind und nichts mit einander gemein haben, vereinigen wollte. In der Art des Streites hatte der Dichter seine Erfindung frei und konnte den Gegensatz der beiden Charaktere ausführen, wie er sie angelegt hatte; in den Folgen des Streites war er gebunden, denn er brauchte die Haft Tassos als ein nothwendiges Moment in der Entwicklung seiner Schicksale. Er läßt den Streit so geschehen, daß dem Antonio die Schuld zufällt, und die Folgen desselben so ausgehen, daß Tasso die S t r a f e davonträgt.

Alsbald soll Antonio den Tasso von seiner Haft befreien, begütigen und versöhnen. So will es der Gebieter, dem der gefügige Diener, von der eigenen Schuld überzeugt, gern und willig folgt, wie das Schlußwort des zweiten Actes besagt:

> Gar leicht gehorcht man einem edlen Herrn,
> Der überzeugt, indem er uns gebietet.

5. Die Aussöhnung.

Der Groll ist entladen, um nicht zu sagen aus=getobt, die Schuld erkannt, das innere Gleichgewicht wiederhergestellt. Nun erst, da sie von keiner Leiden=schaft mehr entstellt wird, kann sich Antonios natür=liche Art von ihrer wohlthuenden Seite zeigen, wo=mit auch der Contrast zwischen ihm und Tasso erst seinen wahren charakteristischen Ausdruck gewinnt, um den es dem Dichter zu thun war.

Man wird bemerken, daß dieser Contrast in den beiden ersten Acten in einem anderen Lichte er=scheint als in den drei letzten, was mit der Ent=stehungsart des Werks genau zusammenhängt. Dort erscheint er zu Gunsten Tassos, zu Ungunsten An=

tonios, hier in der entgegengesetzten Beleuchtung. Wir gewinnen den Eindruck, daß der Dichter selbst in den beiden ersten Acten innerlich mit Tasso, in den drei letzten mit Antonio zusammengeht.

Die beiden Männer charakterisiren sich gegen= seitig, jeder den andern, wofür namentlich ihre Zwiegespräche mit Leonoren sehr wichtig sind. Es ist kein Zweifel, wer von beiden den anderen rich= tiger kennt und beurtheilt. Hören wir den Tasso über Antonio reden, so müssen wir Leonoren bei= stimmen, die ihm erwidert: „Du irrst dich über ihn; so ist er nicht". Das war auch die Meinung des Dichters. Hören wir Antonio den Tasso schil= dern, wie es in seinen Zwiegesprächen mit Leonoren und mit dem Herzog geschieht, so erhalten wir Bilder nach dem Leben, zum Sprechen gezeichnet, denen wir unwillkürlich Glauben schenken. Dies war auch die Absicht des Dichters, der uns durch diese Schilderungen Antonios das Bild Tassos in Zügen darstellen wollte, die er uns nicht alle an ihm selbst erleben läßt. Wie gut versteht es Antonio, den Tasso zu malen in dem jähen Wechsel seiner Stimmungen zwischen tiefem Insichverlorensein und plötzlich ausbrechendem, hastigem Thatenungestüm,

in den zügellosen Ausbrüchen momentanen Un=
willens, die selbst den Fürsten und die Fürstin
nicht schonen, in den Scenen, die er dem Arzte
liefert, wie in allen den Hirngespinnsten, die sein
Verfolgungswahn ausbrütet. Antonio muß seinen
Gegenstand mit vielem Interesse beobachtet haben,
um ihn so treffend bis in die einzelnen Züge
hinein schildern zu können. Niemand kann sagen:
„Du irrst dich über ihn, so ist er nicht!"

Die Schilderungen Tassos, welche Antonio giebt,
sind ohne Bosheit, nicht ohne Humor, wodurch sie
ergötzlich werden und ins Komische fallen. Freilich
mischt sich in seinen Humor ein gewisser Aerger
darüber, daß man dieses unartige Genie am Hofe
zu Ferrara verziehe und verwöhne, worin nament=
lich die beiden Leonoren wetteifern, und daß Tasso
seinen Vortheil kenne und auszunützen wisse. „Er
ist klüger, als wie man denkt; er rühmt sich zweier
Flammen!" u. s. w. Diese Ansicht von Tasso ist
Antonios Verdacht, nicht seine Beobachtung, wie
sich denn auch in jene humoristischen Bilder, die
nach seinen Wahrnehmungen gemacht sind, mit
dem Aerger etwas von der Caricatur einmischt.
Daß im Augenblick plötzlicher Leidenschaft Tasso

auch den Fürsten, sogar die Fürstin selbst zu schmähen, zu lästern wagt, erzählt Antonio im Gespräch mit Leonoren nicht als einen neuen und unerhörten, sondern als einen ihr schon bekannten Exceß, der, wie es scheint, schon öfter vorgekommen und unbestraft geblieben ist. Obwohl nun eine solche Art der Ausschreitung mit dem Wesen und den Gewohnheiten unseres Tasso gar nicht zusammenstimmt, so ist es doch von dem Dichter fein und klug ausgedacht, uns durch Antonios Worte auf den Ausbruch, der kommen soll, vorzubereiten. Als dann in der Schlußscene der Moment solcher Schmähungen und Lästerungen eintritt, wie sie in Wirklichkeit stattgefunden und Tassos Einsperrung zur Folge gehabt haben, ist Antonio der einzige Zeuge, der sie vernimmt. Sie sind für ihn nichts Unerhörtes.

Aber auf einen solchen Vorgang, wie den eben erlebten, zwischen der Prinzessin und Tasso war auch er nicht vorbereitet; diese Scene erscheint selbst ihm so ungeheuerlich und unvergleichbar, daß er eine Weile außer Fassung steht. Nicht daß Tasso die Hofetikette über alle Maßen verletzt hat, ist so ungeheuerlich, sondern daß er alle menschliche und ritterliche Pflicht, alle Ehrfurcht vor der Frau und

Fürstin, die er wie eine Göttin verehren wollte,
so ganz vergessen konnte, daß er sie anzutasten
gewagt hat:

> Wenn ganz was Unerwartetes begegnet,
> Wenn unser Blick was Ungeheures sieht,
> Steht unser Geist auf eine Weile still.
> Wir haben nichts, womit wir das vergleichen.

Wäre er sein Feind, jetzt wäre der Augenblick
da, zu frohlocken und ihn zu verderben. Daß keine
Spur der Schadenfreude ihn beschleicht, ist die Probe
seiner edelmüthigen Gesinnung. Die Lästerungen,
die Tasso in wildem Schmerz auch wider ihn aus=
stößt, machen ihn nicht irre. Auf diese ist er ja
gefaßt. Sind doch in dem Zustande unaussprech=
licher Reue und Qual, die Tassos Seele erfüllen,
die Lästerungen selbst nur Schmerzenslaute der
Verzweiflung:

> Ich fühle mir das innerste Gebein
> Zerschmettert, und ich leb', um es zu fühlen.
> Verzweiflung faßt mit aller Wuth mich an,
> Und in der Höllenqual, die mich vernichtet,
> Ist Lästerung nur ein leiser Schmerzenslaut.

Bei diesem Anblick wird Antonio von Mit=
gefühl ergriffen. Alle Unarten Tassos sind ver=
gessen, aller Verdacht, daß er klüger sei, als man

denke, und Komödie spiele. Er ist in sich selbst weit unglücklicher, als Antonio je geahnt, daß Tasso werden könne. Er ist es durch eigene Schuld geworden und gesteht es ein: „ich habe mich selbst verbannt!"

Dieses Wort weckt Antonios ganze Theilnahme und Achtung. Er sieht in Tasso das Vollgefühl seiner Schuld den Verfolgungswahn durchbrechen; nun wird auch das Vollgefühl seiner Kraft die Ver= zweiflung überwinden und ihn aufrichten können. Dazu will er ihm helfen: „Du bist so elend nicht, als wie du glaubst. Ermanne dich! Erkenne, was du bist!"

Diese Mahnung Antonios kommt zu rechter Zeit und führt Tasso zu sich selbst zurück; sie bringt ihn dazu, daß er seine Dichtergröße fühlt und sich als Künstler wiederfindet:

Und wenn der Mensch in seiner Qual verstummt,
Gab mir ein Gott, zu sagen, wie ich leide.

Hier erscheint Tasso auf der Höhe seines Geistes, seines Berufs. „Antonio tritt zu ihm und nimmt ihn bei der Hand." Es ist uns zu Muth, als ob Tasso in den Schlußscenen eine Reihe schrecklicher Gefahren glücklich bestanden habe: die Anwandlung

des Wahnsinns, den Ausbruch wüthender Läste=
rungen, die sich in wüthende Gewissensbisse verwan=
delten! Nun hat die Gegenwart Antonios, seine
völlig ruhige und wohlgesinnte Einwirkung die
Furien verscheucht. In diesem Lichte erscheint die
letzte Scene unserer Dichtung als eine Errettung
und Heilung Tassos, die uns an eine im Uebrigen
unvergleichbare Scene in Goethes Iphigenie erinnern
könnte.

Die Feinde sind ausgesöhnt. Antonios Schuld
ist gesühnt. Mit dem Gefühle der Rettung hat
Tasso seine Hand ergriffen und hält sie fest:

> So klammert sich der Schiffer endlich noch
> Am Felsen fest, an dem er scheitern sollte. [1]

XVI. Torquato Tasso.

1. Die Gefahr des Wahnsinns. Der Wechsel der Gemüths= stimmungen.

Da auch von dem Goetheschen Tasso das Ge=
rücht des Wahnsinns umgeht, so scheint eine Feststel=
lung darüber nicht unnöthig zu sein. Hat ihn doch
Schopenhauer in seinen Erörterungen über den Zu=

---

[1] V. 5. B. 3452—53.

ſammenhang zwiſchen Genie und Wahnſinn geradezu
als Beiſpiel gebraucht. Obwohl nun in unſerer Dich=
tung nirgends, ausgenommen etwa das letzte Wort
des Herzogs, davon die Rede iſt, daß Taſſo wahn=
ſinnig ſei oder werden könne, ſo giebt es doch in
ſeiner Gemüthsart gewiſſe Züge, welche die Frage
rechtfertigen.

Hier iſt vor allem ſein Verfolgungswahn zu
nennen, den wir in unſerer Dichtung theils ſelbſt
an ihm erleben, theils durch Antonios Schilderungen
kennen lernen. Nach den letzteren erſcheint jener
Wahn zwar gänzlich unbegründet, aber keineswegs
als Krankheit, ſondern nur als Unart. Nach unſerer
eigenen Wahrnehmung beſteht derſelbe zwar in lauter
falſchen Vorſtellungen, iſt aber keineswegs unbe=
gründet, ſondern nährt ſich von dem Gefühl einer
erlittenen Ungerechtigkeit und dem einer völligen
Verlaſſenheit. Zu dem erſten giebt ihm die ſchuld=
loſe Beſtrafung durch den Herzog, zu dem zwei=
ten die liſtige Irreleitung durch Leonore Grund
genug.

Nur die beiden letzten Scenen laſſen Raum zu
Befürchtungen. Die ungeheure Exaltation gegen=
über der Prinzeſſin, dann der raſende Ausbruch von

Lästerungen in Gegenwart Antonios erscheinen wie eine Disposition zur Tollheit. Der Ausruf des Herzogs, daß er von Sinnen komme, ist nicht unbegründet. Wenn es so weiter ginge, führte der Weg ins Annenhospital. Aber es geht so nicht weiter, und wir scheiden zuletzt von Tasso, ohne alle psychiatrischen Sorgen.

Diese Exaltationen und Depressionen, diese hochgesteigerten und tiefgedrückten Stimmungen, die in seiner Seele wechseln, entspringen alle aus seiner dichterischen Gemüthsart, die seiner Kunst dienen, nicht aber sein Leben beherrschen soll. Tasso der Künstler wird sie bemeistern, läutern und vor den Gefahren schützen, die sie bedrohen. So will es nicht blos der Schluß, sondern das ganze Thema unserer Dichtung.

Sie schildert uns den Wechsel der Tassostimmungen in einer fast rhythmischen Folge psychischer Hebungen und Senkungen. Die Vollendung und Ueberreichung des Werks, die Krönung, die Entzückung und unmittelbar darauf die Ankunft Antonios, die ihn nicht sanft aus seinem schönen Traume aufweckt. Es folgt das Gespräch mit der Prinzessin, die seine Stimmung wieder hebt und durch die Gewißheit ihrer Liebe beseligt. Das nächste Selbstgespräch ist wie ein Jubelgesang. Unmittelbar darauf folgt der Streit mit Antonio, der erlittene Hohn, die ungerechte Bestrafung, die freiwillige Niederlegung des Lorbeers. So wechseln die Hebungen und Senkungen in den beiden ersten Acten. Einen ähnlichen Wechsel in erhöhter Potenz zeigen die beiden letzten. Vor dem Gespräch mit Leonoren noch das erhebende Gefühl, daß die Prinzessin mit ihm ist; nach jenem Gespräch der trostlose Schmerz, daß auch sie ihn verlassen habe. Endlich in den Schluß=scenen die maßlose Exaltation, die bodenlose Ver=zweiflung, zuletzt die Sammlung und Aufrichtung in dem erhabenen Selbstgefühle des Künstler=berufs.

Um ein so reiches Seelengemälde auszuführen, brauchte der Dichter eine Fülle von Scenen. So viele innerliche Vorgänge, wie sie in das Seelen=leben Tassos gehören, wollten in Selbstgesprächen dargestellt sein. Von den vierundzwanzig Auftritten, woraus unser Schauspiel besteht, sind der Tasso=scenen nicht weniger als fünfzehn, darunter fünf Monologe. Von der Gesammtzahl der Verse kommt mehr als der dritte Theil auf Tasso.

2. Das schmerzliche Weltgefühl. Die Einsamkeit und die Freunde.

Der innerste Grund dieses stets erneuten Wider=
streits seiner Gefühle, dieser beständigen Ebbe und
Fluth seines Seelenlebens liegt in der Anziehung
und Abstoßung, welche die Welt auf ihn ausübt,
und zwar so, daß sie ihn nicht blos wechselsweise
jetzt durch ihre Größe und Schönheit entzückt, jetzt
durch ihre Gemeinheit anwidert, sondern sein persön=
liches Selbstgefühl zugleich erhebt und erniedrigt.
In demselben Augenblicke, wo die Herrlichkeiten
der Menschenwelt sein Herz bezaubern, durchdringt
ihn auch das Gefühl des eigenen Mangels und
Unwerths. Von diesem Contrast wird er beherrscht.

Als ein unthätiger Augenzeuge hat er einst
jene ritterlichen Feste gesehen, die in Ferrara ge=
feiert wurden, als er kam. Seitdem sind Jahre
vergangen. In lebendigster Anschaulichkeit schildert
er sie der Prinzessin und schließt mit dem Ausruf:

> O, laß mich einen Vorhang vor das ganze,
> Mir allzu helle Schauspiel ziehen, daß
> In diesem schönen Augenblicke mir
> Mein Unwerth nicht zu heftig fühlbar werde!

Er ist offen und empfänglich für jeden bedeu=
tenden Eindruck. Einen solchen hat Antonios Per=

sönlichkeit in ihrer sicheren und bestimmten Art, deren Tasso ermangelt, auf diesen gemacht; er hat begierig den Schilderungen jener großen ihm un= bekannten Welt gelauscht; Ariostens Lob hat ihn nicht beunruhigt, er hat es mit dem Bewußtsein gehört: auch ich bin ein Dichter!

> Es waren die Gestalten jener Welt,
> Die sich lebendig, rastlos, ungeheuer
> Um einen großen, einzig klugen Mann
> Gemessen dreht und ihren Lauf vollendet,
> Den ihr der Halbgott vorzuschreiben wagt.
> Begierig horcht' ich auf, vernahm mit Lust
> Die sichern Worte des erfahrnen Mannes;
> Doch ach! je mehr ich horchte, mehr und mehr
> Versank ich vor mir selbst, ich fürchtete
> Wie Echo an den Felsen zu verschwinden,
> Ein Wiederhall, ein Nichts mich zu verlieren.

Den Antonio schmerzt der Neid gegen Tasso, diesen die Bewunderung vor Antonio:

> Sein Wesen, seine Worte haben mich
> So wunderbar getroffen, daß ich mehr
> Als je mich doppelt fühle, mit mir selbst
> Auf's neu' in streitender Verwirrung bin.

Diesen Bekenntnissen gemäß ist Tassos Empfin= dungsweise und die Cadenz seiner Gefühle zu be= urtheilen. Die Welt thut ihm nicht blos weh, wenn sie ihn abstößt, sie thut ihm auch weh, wenn er sie bewundert, wenn sie ihm wohlthut. Denn es thut ihm wohl zu bewundern. Sein ganzes Wesen ist so feinfühlig und zart, seine Einbildungskraft so erregbar und lebhaft, daß alle Eindrücke und Vorstellungen, die ihn ergreifen, in vollster Stärke und darum leicht überwältigend und schmerzhaft wirken. Eben darin besteht die Eigenthümlichkeit seiner dichterischen Gemüthsart.

Selbst sein Lorbeerkranz thut ihm weh. Kaum hat er ihn empfangen, so ist das Gefühl, desselben nicht würdig zu sein, mächtiger als das der Anerkennung und des Ruhms:

> O, nehmt ihn weg von meinem Haupte wieder,
> Nehmt ihn hinweg! Er sengt mir meine Locken!

> Ich bin nicht werth, die Kühlung zu empfinden,
> Die nur um Heldenstirnen wehen soll.

Sogar in den Jubel der Gewißheit, daß die Prinzessin ihn liebe, mischt sich das niederschlagende Gefühl:

> Was that ich je, daß sie mich wählen konnte?
> Was soll ich thun, um ihrer werth zu sein?

Gedenken wir auch der traurigen Jugend, welche Tasso erlebt hatte:

Eröffnete die Lippe sich zu singen,
So floß ein traurig Lied von ihr herab,
Und ich begleitete mit leisen Tönen
Des Vaters Schmerzen und der Mutter Qual.[1]

Der Grundcharakter seiner Gefühle war und ist der Schmerz!

Vieles, das Antonio zu den Unarten Tassos rechnet, gehört zu seiner Art; vieles, das er richtig beobachtet hat, legt er unrichtig aus, wie man Symptome wohl richtig sehen kann, aber falsch deutet. Er nimmt den Lorbeerkranz als eine Zierde, die Tassos Eitelkeit schmeichelt und verhöhnt ihn, als dieser seine demüthige Empfindung aufrichtig bekennt; er glaubt auch Leonoren nicht, als diese ihm sagt:

Der Lorbeerkranz ist, wo er dir erscheint,
Ein Zeichen mehr des Leidens als des Glücks.

Wir würden von Tasso ein ganz falsches Bild bekommen, wenn wir nur den Antonio hörten.

Es ist sehr natürlich, daß Tasso der Welt, die ihn schmerzt, wo sie ihn berührt, gern aus dem Wege geht und lieber allein mit sich bleibt. Die Welt macht ihn krank, die Einsamkeit heilt ihn:

____

[1] S. oben VI. 2 S. 16.

> Laßt mich mein Glück im tiefen Hain verbergen,
> Wie ich ſonſt meine Schmerzen dort verbarg!

In der Einſamkeit fühlt er ſich ungedrückt und frei; hier ſchafft er ſich die Welt, worin er lebt, ſie iſt ſein Werk, ſeine Heimath, von der er ſchmerz=lich Abſchied nimmt, ſchon mit dem Vorgefühle des Heimwehs. Dieſes Werk iſt er ſelbſt. Es fällt ihm ſchwer, ſich von ſeinem Werke zu trennen und es in die Hand des Fürſten zu legen, dem er doch aus innerſtem Herzen huldigt. Die erſten Worte Taſſos ſind ein Ausdruck ſeines Weſens und ſeiner Grundſtimmung, der nicht ſprechender ſein kann:

> Ich komme langſam, dir ein Werk zu bringen,
> Und zaudre noch, es dir zu überreichen.

> — — — — — — — — — — — — — — — — —

> Und wie der Menſch nur ſagen kann: Hie bin ich!
> Daß Freunde ſeiner ſchonend ſich erfreuen,
> So kann ich auch nur ſagen: Nimm es hin!

Es giebt auch eine Welt außer ihm, die zu ihm ſelbſt und zu ſeinem Werke gehört: ſie beſteht in den geiſtesverwandten Menſchen, in ſeinen Freunden, die ihn begeiſtern, weil ſie von ihm begeiſtert werden. Das iſt die Welt, die ihm wohl=thut, da ſie ihn ſchöpferiſch ſtimmt:

An euch nur dacht' ich, wenn ich sann und schrieb;
Euch zu gefallen, war mein höchster Wunsch,
Euch zu ergötzen, war mein letzter Zweck.
Wer nicht die Welt in seinen Freunden sieht,
Verdient nicht, daß die Welt von ihm erfahre.
Hier ist mein Vaterland, hier ist der Kreis,
In dem sich meine Seele gern verweilt.

— — — — — — — — — — — — — — — — — —

Die Menge macht den Künstler irr' und scheu:
Nur wer euch ähnlich ist, versteht und fühlt,
Nur der allein soll richten und belohnen!

In diesen Worten redet unser Goethe-Tasso
aus eigenster Seelenerfahrung, war doch unter dem
Einflusse der geliebten Frau und der Freunde
diese seine Dichtung selbst entstanden. Hier läßt
er den Tasso sagen, daß Liebe und Freundschaft
seine Welt und seine Musen sind; später im
„Vorspiel" zu seinem Faust sagt er es selbst:

O, sprich mir nicht von jener bunten Menge,
Bei deren Anblick uns der Geist entflieht!
Verhülle mir das wogende Gedränge,
Das wider Willen uns zum Strudel zieht.
Nein, führe mich zur stillen Himmelsenge,
Wo nur dem Dichter reine Freude blüht,
Wo Lieb' und Freundschaft unsres Herzens Segen
Mit Götterhand erschaffen und erpflegen.

3. Die Liebe zur Prinzessin.

Indessen fühlt Tasso auch in dieser ihm so wohlgesinnten und geistesverwandten Welt nicht überall und nicht mit jedem sich auf gleiche Art heimisch. Alphons ist sein Gebieter, der für ihn etwas Unnahbares behält, und dem schweigender Gehorsam gebührt. Obwohl nun unser Alphons keineswegs als unnahbare Größe, sondern jovial und heiter mit Tasso verkehrt, so liebt es dieser, sich den Fürsten so vorzustellen und in seiner Gegenwart den Druck zu empfinden, welchen die Ehrfurcht mit sich bringt:

> Und so ist er mein Herr, und ich empfinde
> Den ganzen Umfang dieses großen Worts.

Antonio verhält sich ablehnend und kalt, sein Umgang und Rath ist lehrreich, aber er selbst nicht anmuthig:

> Die Grazien sind leider ausgeblieben,
> Und wem die Gaben dieser Holden fehlen,
> Der kann zwar viel besitzen, vieles geben,
> Doch läßt sich nie an seinem Busen ruhn.

Und die kleine Gräfin verstimmt ihn, weil sie ihm schmeichelt und die Absicht merken läßt, ihm wohlzuthun.

Ganz frei fühlt sich Tasso nur mit der Prin=
zessin, sie ist ihm gemüthsverwandt und durch ihre
Leiden und Entbehrungen von Jugend an auch
schicksalsverwandt; sie versteht ihn ganz, er hegt
zu ihr, wie zu keinem sonst in der Welt, das vollste
Vertrauen:

> Wo ist der Mann,
> Die Frau, mit der ich wie mit dir
> Aus freiem Busen wagen darf zu reden?

Ihre Gegenwart wirkt auf ihn, wie die dichterische
Einsamkeit, heilend, erlösend, weltbefreiend:

> Wie den Bezauberten von Rausch und Wahn
> Der Gottheit Nähe leicht und willig heilt,
> So ward auch ich von aller Phantasie,
> Von jeder Sucht, von jedem falschen Triebe
> Mit einem Blick in deinen Blick geheilt.

Sie wirkt wohlthätiger als die Einsamkeit, die
ihn nicht voller Theilnahme anblickt und kein Ant=
litz hat, in das er schauen kann. Die ersten Worte
seines Zwiegesprächs mit der Prinzessin erleuchten
die Seelengemeinschaft beider, wie dieselbe von
Tassos Seite besteht. Die eben erlebte Scene mit
Antonio hat ihn von neuem unsicher und irre an
sich selbst gemacht, sie hat Zweifel und einen Auf=
ruhr der Gefühle in ihm erregt, die nur die Ein=

samkeit oder die Prinzessin zu beruhigen vermag.
Ihr Anblick, ihre Worte haben für ihn die un=
fehlbare Heilkraft. Bedrückten Gemüthes sucht er
sie auf:

Unsicher folgen meine Schritte dir,
O Fürstin, und Gedanken ohne Maß
Und Ordnung regen sich in meiner Seele.
Mir scheint die Einsamkeit zu winken, mich
Gefällig anzulispeln: komm', ich löse
Die neu erregten Zweifel deiner Brust.
Doch werf' ich einen Blick auf dich, vernimmt
Mein horchend Ohr ein Wort von deiner Lippe,
So wird ein neuer Tag um mich herum,
Und alle Bande fallen von mir los.

4. Der Dichter und seine Verlassenheit.

Nach einer leidensvollen Jugend hatte Tasso
in Ferrara eine geistige Heimath und die schöne
Freiheit gefunden, in welcher seine Seele sich zu
muthigem Gesang entfalten konnte. Das große
Werk dieses Gesanges ist vollendet, bewundert und
belohnt. Die Liebe der Prinzessin hat seine höchsten
Wünsche in einer Weise erfüllt, die er nie zu träumen
gewagt. „Dieses Glück ist über alle Träume!"
In diesem Augenblick ist ihm zu Muth, als ob er
nie gelitten hätte, alles in seiner Seele ist licht,

in jugendlichster Hoffnung blickt er hinaus in die weite helle Zukunft. Seine Worte erinnern uns an die Jugendschilderung des Orest:

> Es ist so groß, so weit, was vor dir liegt,
> Und hoffnungsvolle Jugend lockt dich wieder
> In unbekannte, lichte Zukunft hin![1]

Wenn nur der Himmel das stolze Wachsthum seines Glücks nicht beneidet! Er fleht um seine Gunst: „O Witterung des Glücks, begünst'ge diese Pflanze doch einmal!"

Plötzlich trübt sich der Himmel. Antonios Zorneswolken ziehen herauf und verdunkeln die Sonne, die ihm noch eben gestrahlt hatte: er wird von Antonio beleidigt, vom Herzog bestraft. Ein Hagelwetter hat die junge Pflanze seines Glücks zu Boden geschlagen. Aber die hoffnungsreichste Blüthe ist noch ungebrochen. Da naht die liebreiche Gräfin und lächelt mit der Nachricht, daß die Prinzessin seine Entfernung billige, auch diese Blüthe zu Schanden.

Wer Tassos Gemüthsart versteht, wird es nachempfinden, wie jetzt das Gefühl völliger Ver-

---

[1] Vgl. Iphigenie II. 1. V. 673—76. Tasso II. 2. V. 1186—88.

laffenheit und Oede ihn überwältigt. Er hat seine
Welt verloren. „Wer nicht die Welt in seinen
Freunden sieht!" Diese seine „Mit= und Nach=
welt" hat sich von ihm abgewendet. Man wundere
sich nur nicht über das Mißverhältniß zwischen
der Gewalt seines Schmerzes und dem Werth der
Begebenheiten, die ihn verursachen! Ein Anderer
hätte die Dinge leicht genommen und nüchtern vor=
gestellt. Was ist denn Arges geschehen und in
Aussicht? Ein Wortwechsel, ein kurzer Stuben=
arrest, eine zeitweilige Entfernung, vielleicht eine
Frühlingsreise nach Florenz oder Rom in Beglei=
tung einer liebenswürdigen Frau, die alles thun
wird, um ihrem Begleiter den Weg des Lebens
zu verschönern!

Tasso ist nun eben nicht dieser beliebige An=
dere, leichtfüßig und nüchtern genug, um nach seiner
Bequemlichkeit zu denken und zu handeln. Der
wirkliche Tasso war ein großer Dichter, der
Goethesche ist ein noch größerer. Was er erlebt,
wiegt genau so schwer, wie er es fühlt, ist für ihn
genau das, was es ihm bedeutet. Und wenn er
selbst recht gut wüßte, daß die Dinge bei weitem
die Bedeutung nicht haben, die er ihnen beilegt,

so würde dadurch sein Schmerz nicht erleichtert,
sondern vermehrt. Um so schmerzlicher empfindet
er nun, daß er so tief darunter leidet. Er weiß
und sagt es:

> Das, was geschehn ist, kränkt mich nicht so tief;
> Allein das kränkt mich, was es mir bedeutet. [1]

Es sind die Leiden des Dichters! Was kann
er dafür, daß seine Vorstellungen so viel größer,
gewaltiger, leuchtender, darum auch so viel er=
greifender und rührender sind, als die der All=
tagsleute! Er hat ein Unrecht erlebt, das seine
Phantasie in eine Tragödie verwandelt, sie läßt
ihm sein Schicksal erscheinen, wie das des Tan=
talus:

> Ohnmächt'ger! du vergaßest, wo du standst;
> Der Götter Saal schien dir auf gleicher Erde,
> Nun überwältigt dich der jähe Fall!

Der väterliche Verweis des Herzogs wird zur
Verdammung, die Zimmerhaft zur Gefangenschaft,
zum Kerker, zur demüthigenden Züchtigung. Des
Degens und des Lorbeerkranzes beraubt er sich selbst,
nicht trotzig, sondern von einer Fülle mächtiger
und rührender Vorstellungen bewegt. Es ist ein

---

[1] IV. 2. V. 2279—80.

Ausdruck tiefsinniger und schmerzerfüllter Lebens=
anschauung, womit er den Lorbeer niederlegt und
von ihm Abschied nimmt:

> Du nimmst dir selbst, was keiner nehmen konnte,
> Und was kein Gott zum zweitenmale giebt.
> Wir Menschen werden wunderbar geprüft;
> Wir könnten's nicht ertragen, hätt' uns nicht
> Den holden Leichtsinn die Natur verliehn.

Wie er den Lorbeer mit dem Degen vereinigt,
ergreift ihn dieses Sinnbild, das die Stätte ge=
fallener Helden bezeichnet. So begräbt er sein
Glück und seine Hoffnung:

> Geselle dich zu diesem Degen, der
> Dich leider nicht erwarb; um ihn geschlungen,
> Ruhe, wie auf dem Sarg der Tapfern, auf
> Dem Grabe meines Glücks und meiner Hoffnung!

Bevor er den Lorbeer von sich thut, küßt er
ihn. Das ist keine theatralische Thräne, sondern eine
echte, die wohl dem Dichter selbst ins Auge kam,
als er den Schmerz Tassos in diesen tiefgedachten
und bewegenden Worten aussprach:

> Mit diesem Kuß vereint sich eine Thräne
> Und weiht dich der Vergänglichkeit! Es ist
> Erlaubt, das holde Zeichen unsrer Schwäche.
> Wer weinte nicht, wenn das Unsterbliche
> Vor der Zerstörung selbst nicht sicher ist?

Wer in den Reden Tassos nur den Parade=
schritt der Jamben vernimmt, wie Goethes englischer
Biograph Lewes, der unsere Dichtung „eine Reihe
glatter Verse" genannt hat, der hat keine Ahnung
von dem, was hier geschieht, von den psychischen
Erlebnissen und Erschütterungen Tassos, nach
deren herzbewegendem Ausdruck sein Seelenzustand
ein anderer ist als vorher. Je dichterischer und je
ergreifender Tasso das Erlebte vorstellt, um so
schmerzlicher wird es von ihm empfunden, um so
düsterer erscheint ihm sein Schicksal, um so bös=
artiger Antonio, um so ungerechter der Herzog.
Ein einziger Moment hat alles verändert:

Wo sind die Stunden hin,
Die um dein Haupt mit Blumenkränzen spielten?

Gewaltsam hat sich „die schwarze Pforte langer
Trauerzeit" geöffnet. Die Sonne seines Glücks ist
untergegangen, jetzt ist Antonio das Tagesgestirn,
das ihn überstrahlt. Wehmüthig und dichterisch
vergleicht sich Tasso mit dem Gestirne der Nacht;
diese wenigen Worte sind ein Mondlied, einzig
in seiner Art:

Der Mond, der dich bei Nacht erfreut,
Dein Auge, dein Gemüth mit seinem Schein

32*

Unwiderstehlich lockt, er schwebt am Tage
Ein unbedeutend blasses Wölkchen hin.

Nun wird er Leonorens Rath befolgen und in die fremde, weite, theilnahmlose Welt wandern, wo sich niemand um ihn kümmert:

Das werden wir erfahren! Kenn' ich doch
Die Welt von Jugend auf, wie sie so leicht
Uns hülflos, einsam läßt und ihren Weg
Wie Sonn' und Mond und andre Götter geht.

Und Antonio ist es, der ihn in das Elend stößt, er ist sein Verderber, dessen Gesinnungen Tasso sich nicht gehässig genug vorstellen, nicht erbittert genug erwidern kann. Das Gefühl des bittersten Gegenhasses gewährt ihm augenblicklich die erwünschteste Genugthuung. Je eifriger Leonore bestrebt ist, ihm seine falsche Vorstellung von Antonio auszureden, um so begieriger hält er sie fest:

Und irr' ich mich an ihm, so irr' ich gern!
Ich denk' ihn mir als meinen ärgsten Feind,
Und wär' untröstlich, wenn ich mir ihn nun
Gelinder denken müßte. — — —
— — — — — Nein, ich muß
Von nun an diesen Mann als Gegenstand
Von meinem tiefsten Haß behalten; nichts
Kann mir die Lust entreißen, schlimm und schlimmer
Von ihm zu denken.

Das Gefühl, verlassen und verstoßen zu sein, welches Tasso jetzt mit einer förmlichen selbst= quälerischen Lust hegt und nährt, wird eben da= durch die Quelle und das Thema aller der falschen Vorstellungen, die er, wie es bei ihm nicht anders sein kann, dichterisch verarbeitet und zu jenem „seltenen Gewebe sich selbst zu kränken" ausspinnt.

Die Folge ist, daß er sich völlig isolirt und zuletzt die andern nicht mehr sieht, wie sie sind, sondern wie er sie seinem gekränkten Herzen zu Liebe vorstellt. Er ist in einer Gemüthslage, worin er mit Werther sagen könnte: „Auch halte ich mein Herzchen wie ein krankes Kind; jeder Wille wird ihm gestattet". Leonore erkennt und be= zeichnet diese seine Gemüthsstimmung ganz richtig, wenn sie zu ihm sagt:

> So lange hegst du schon Verdruß und Sorge,
> Wie ein geliebtes Kind an deiner Brust.

So eingesponnen ist er in seine irrige Vor= stellungswelt, so verloren in die Abgründe seines gekränkten Gemüthes, daß er wider Willen in einen Zustand geräth, der ihm, dem Enthusiasten, am wenigsten begegnen sollte: daß er nur sich und an sich denkt. Nur ihm begegne immer das

Widerwärtigste, nur ihm gegenüber verändern sich alle und mit einemmale!

Jeder von den andern erkennt diese Verirrung und zeigt ihm den Spiegel, damit er sich des Unrechts und der Gefahr derselben bewußt werde. Antonio tadelt ihn, daß er gegen den Wunsch des Herzogs auf der Reise nach Rom besteht:

Du denkst nur dich und denkst den Fürsten nicht.

Alphons selbst ertheilt ihm in seinen Abschieds=worten diese ernste und väterliche Warnung:

Es liegt um uns herum
Gar mancher Abgrund, den das Schicksal grub;
Doch hier in unserm Herzen ist der tiefste,
Und reizend ist es, sich hinabzustürzen.

Es ist reizend und zugleich gefährlich. Diese Gefahr erkennt der klare und theilnehmende Sinn der Prinzessin:

Blick auf, o Tasso, wenn es möglich ist!
Erkenne die Gefahr, in der du schwebst!
Ich schone dich; denn sonst würd' ich dir sagen:
Ist's edel, so zu reden, wie du sprichst?
Ist's edel, nur allein an sich zu denken,
Als kränktest du der Freunde Herzen nicht?[1]

---

[1] Vgl. oben XIII. 4. S. 259. — Tasso IV. 1. V. 2194—95, 2229—30, 2239--53, 2257—60, 2408—11, 2379—80. IV. 4. V. 2662. V. 2. V. 3073—86. V. 4. V. 3163—68.

„Wenn es möglich ist!" Noch ist dieser helle Ausblick nicht möglich. Er stürmt seinen Irrweg fort in den Abgrund bis an die Grenzen des Wahnsinns, wo er in der äußersten Verblendung das Entsetzen in den Mienen der Prinzessin für Liebesgluth hält und nach der Enttäuschung alle für Schurken. Antonio erscheint ihm als Folter= knecht, Alphons als grausamer Tyrann, die Prin= zessin als verlockende Sirene, als Buhldirne mit dem Antlitz der Heiligen, Sofronia ist ver= schwunden:

Armiden seh' ich nun
Entblößt von allen Reizen. — Ja, du bist's!
Von dir hat ahnungsvoll mein Lied gesungen!

Ihn selbst habe man als Opferthier bekränzt, seines Gedichtes beraubt, um ihn der Noth preiszugeben und zu verhindern, daß er sein Werk vervoll= kommne und Ruhm erwerbe; deshalb habe man ihm gerathen, zu feiern, sich zu schonen, des Müßigganges zu pflegen. Es war die ausge= dachteste Verschwörung und Antonio ihr Haupt! Die Freunde, die er als seine Welt gepriesen, haben sich entlarvt, jetzt erst sieht er, was sie sind: sie sind lauter Bösewichte und Schelme!

> Die Menschen kennen sich einander nicht;
> Nur die Galeerensclaven kennen sich,
> Die, eng an eine Bank geschmiedet, keuchen;
> Wo keiner was zu fordern hat, und keiner
> Was zu verlieren hat, sie kennen sich;
> Wo jeder sich für einen Schelmen gibt,
> Und seines Gleichen auch für Schelmen nimmt.
> Doch wir verkennen nur die andern höflich,
> Damit sie wieder uns verkennen sollen.

Wie der Goethesche Tasso hier die Verschwörung wider sich und sein Werk vorstellt, ähnlich hat sie der wirkliche gedacht und erlebt zu haben geglaubt; die letzten Ausbrüche seines Verfolgungswahnes, die sich in Lästerungen wider das Haus Este ergingen, können in der Hauptsache kein anderes Thema gehabt haben, als Goethe seinem Tasso in den Mund legt. Offenbar hatte er hier das geschichtliche Vorbild vor Augen.

Die Menschenscheu hat sich in einen Menschenhaß verwandelt, dessen Auslassungen nicht pessimistischer gedacht werden können, als sie in den angeführten Worten ausgeprägt sind.

5. Der Künstler und sein Werk.

Tassos Irrweg endet in einem Momente des Irrsinns, woraus Antonios sanfter Zuspruch und

dessen Mahnung zu rechter Zeit ihn wieder zu sich
bringt. Sein fassungsloser Zorn, der sich in
irrsinnigen Schmähungen entlud, war in dem
Uebermaße des Leidens „der Schrei des Schmerzens,
wenn zuletzt der Mann es nicht mehr trägt".
Wir haben es ja miterlebt, wie unter dem er=
giebigen Zufluß mächtiger und bewältigender Vor=
stellungen dieses Uebermaß sich zusammengedichtet,
gehäuft und gethürmt hat. In dem ersten Augen=
blick zurückkehrender Besinnung erkennt Tasso selbst,
daß jene Schmähungen nur der ohnmächtige Aus=
druck übermäßigen, unaussprechlichen Leidens waren:

Und in der Höllenqual, die mich vernichtet,
Wird Läst'rung nur ein leiser Schmerzenslaut.

Der Umschwung, den Antonio in der Stimmung
Tassos herbeiführt, ist in dessen eigner Gemüths=
art vorbereitet und begründet. Was ihn zerquält
und seine Vorstellungen zugleich inspirirt und ver=
fälscht hat, war nicht wüthender Haß, sondern
gekränkte Liebe.

Aber die Kraft, die ihn aufrichtet und über
sein Leiden erhebt, wurzelt tiefer und erscheint uns
nicht erst in den letzten Worten Tassos, sondern
gleich in seinen ersten. Wir erinnern uns wohl,

wie er sein fertiges Werk mit dem Vorgefühle des Heimwehs fortgegeben hat. Dieses Werk ist seine wahre Heimath, die ihm bleibt, auch wenn die Freunde, in denen er seine Welt sah, von ihm abfallen. Wie das Gefühl, von seinen Freunden verlassen zu sein, sich seiner Seele bemächtigt, erwacht sogleich das Heimweh nach seinem Werk. Schon in den Worten, womit er das Gedicht dem Fürsten überreicht, hat er es ausgesprochen, daß noch nicht alles gethan sei, und eine Aufgabe ihm noch zu lösen bleibe:

> Ich weiß zu wohl, noch bleibt es unvollendet,
> Wenn es auch gleich geendigt scheinen möchte.

Zu dieser Aufgabe kehrt er jetzt zurück. Es gilt die Vollendung des Gedichts als eines Kunstwerkes, die Herstellung der künstlerischen Vollkommenheit seines Werkes, worüber nicht die Männer am Hofe in Ferrara, wie klug sie immer sein mögen, urtheilen können und sollen, sondern nur die berufenen Kunstrichter in Rom. Es ist nicht mehr der pathologisch gestimmte Dichter, sondern der Künstler, der zu der Arbeit an seinem Werke zurückkehrt und jetzt den Beifall nicht der Freunde sucht, sondern der Kenner. Es

thut ihm wohl, die Namen dieser berufenen Kunst=
richter dem Antonio gegenüber, der ihm die Reise
nach Rom ausreden möchte, leuchten zu lassen:

> Doch diese muß ich sehn. Gonzaga hat
> Mir ein Gericht versammelt, dem ich erst
> Mich stellen muß. Ich kann es kaum erwarten.
> Flaminio de Nobili, Angelio
> Da Barga, Antoniano und Speron Speroni!
> Du wirst sie kennen — welche Namen sind's!

Rom gegen Ferrara! Nun heißt es nicht mehr:
„An euch nur dacht' ich, wenn ich sann und
schrieb"! Was ihn jetzt leiten und beseelen soll,
sind die hohen und ewigen Muster der Kunst,
„die großen Meister der Vorwelt," die er nur in
Rom findet. Daher ist Rom, wie er es der
Prinzessin schildert, das nächste Ziel seines Weges:

> Und spricht in jener ersten Stadt der Welt
> Nicht jeder Platz, nicht jeder Stein zu uns?
> Wie viele tausend stumme Lehrer winken
> In ernster Majestät uns freundlich an!
> Vollend' ich da nicht mein Gedicht, so kann
> Ich's nie vollenden.[1]

Das ist aus dem Herzen und der Erfahrung
Goethes geredet, der nicht kürzer die Epoche schildern

---

[1] IV. 4. B. 2654—59. V. 4. B. 3125—30.

konnte, die er von seinem Aufenthalt in Rom er=
hofft und in demselben erlebt hatte.

Rom gegen Ferrara! Neue, große und erhabene
Vorstellungen gegen die ausgelebten, kleinen und
widerlichen, die nach dem Streit mit Antonio und
den Folgen dieses Streits Tassos Herz mit Unwillen
und Ekel erfüllen. Sein Selbstgespräch in ein=
samer Zimmerhaft endet mit dem leidenschaftlichen
Ausruf:

> Wohin, wohin beweg' ich meinen Schritt,
> Dem Ekel zu entfliehn, der mich umsaust,
> Dem Abgrund zu entgehn, der vor mir liegt?[1]

---

[1] IV. 1. V. 2237—40. — Ampère hatte richtig be=
merkt, sagte Goethe zu Eckermann, daß ihn die Verzweiflung
nach Italien getrieben habe. Er selbst schrieb von Rom
an Karl August, daß er sich hier von den physisch=
moralischen Uebeln habe befreien wollen, die ihn in
Deutschland quälten und zuletzt unbrauchbar machten.
(S. oben S. 11 u. S. 56.)
In der „italienischen Reise" sagt Goethe von seinem
Tasso: „Der schmerzliche Zug einer leidenschaftlichen Seele,
die unwiderstehlich zu einer unwiderruflichen Verbannung
hingezogen wird, geht durch das ganze Stück". — Man
wird Mühe haben, diesen Zug in der Dichtung selbst
nachzuweisen. Von dem „ganzen Stück" kann schon da=
rum keine Rede sein, weil in den beiden ersten Acten
die Entfernung Tassos gar nicht in Frage kommt. Es

In der Arbeit an seinem Werke, im Dichten
und Schaffen wird er aufathmen und ein neues
Leben beginnen. Er hat das sichere Vorgefühl
dieser Genesung. Weder die geräuschvolle Welt
noch die müßige Einsamkeit können ihm helfen,
beide machen ihm Pein. Das Element, worin er

---

bleiben also nur die beiden letzten übrig, da in dem
dritten Tasso nicht auftritt.

Hier aber suchen wir jenen schmerzlichen Zug, mit
dem unser Dichter hätte sympathisiren können, vergebens.
Was Goethe elegisch empfand, war seine unfreiwillige
Verbannung von Rom, d. h. die Rückkehr in die nordische
Heimath. Tasso dagegen verbannt sich freiwillig nach
Rom, und zwar wählt er diese Verbannung aus ähnlichen
Beweggründen, als aus welchen Goethes Sehnsucht und
Reise nach Italien und nach Rom hervorging. Wenn
dieser sich daher in der „italienischen Reise" mit Tasso
als dem Reisegefährten seiner Rückkehr vergleicht, so liegt
das ähnliche Schicksal beider nur in einer schmerzlichen
Entfernung überhaupt, nicht in der Art und dem Ziel der
„Verbannung".

Als Goethe den Schluß seiner „italienischen Reise"
schrieb, blickte er auf den Tasso aus einer so weiten Ferne
zurück, daß er sich über die Aehnlichkeit mit seinem da=
maligen Reisegefährten täuschen konnte. Oder täuschte er
nicht sich, sondern nur uns, indem er jenem Gefährten
einen elegischen Zug andichtete, der weit besser in den
Schluß seiner „italienischen Reise" als in den seines Tasso
selbst paßte, wo man ihn auch vergeblich sucht? (Vgl. oben
III. 5. S. 35—37.)

sich wohl und frei fühlt, weil hier sein eigenstes Wesen sich entfaltet, ist einzig und allein die dichterische Thätigkeit selbst. Darum sind auch die wohlgemeinten Rathschläge des Fürsten, daß er sich Zerstreuung und Ruhe gönnen möge, nicht nach seinem Sinn und ihm nichts nütze:

> Mir ist nicht wohl
> In freier Ueppigkeit. Mir läßt die Ruh'
> Am minb'sten Ruhe. Dies Gemüth ist nicht
> Von der Natur bestimmt, ich fühl' es leider!
> Auf weichem Element der Tage froh
> In's weite Meer der Zeiten hinzuschwimmen.

Ihm gebietet ein mächtigerer Herr, als der Herzog von Ferrara. Es ist sein Genius, der ihn unwiderstehlich drängt und nicht ruhen und rasten läßt, bis er sein Werk im Dienste des Genius vollbracht hat:

> Ich halte diesen Drang vergebens auf,
> Der Tag und Nacht in meinem Busen wechselt.
> Wenn ich nicht sinnen oder dichten soll,
> So ist das Leben mir kein Leben mehr.
> Verbiete du dem Seidenwurm zu spinnen,
> Wenn er sich schon dem Tode näher spinnt:
> Das köstliche Geweb' entwickelt er
> Aus seinem Innersten, und läßt nicht ab,
> Bis er in seinen Sarg sich eingeschlossen.

O, geb' ein guter Gott uns auch dereinst
Das Schicksal des beneidenswerthen Wurms,
Im neuen Sonnenthal die Flügel rasch
Und freudig zu entfalten![1]

So regt sich in Tasso von seinen ersten Worten bis zu den letzten das Gefühl und der Drang seines Künstlerberufs. Nach dem Streit mit Antonio und dem Spruche des Herzogs empfindet er peinlicher als je den Zwiespalt zwischen dem, was er soll, und dem, was er ist. In Wahrheit ist er ein großer Dichter und Künstler, in Wirklichkeit ein gefangener Höfling! „Wohin, wohin beweg' ich meinen Schritt, dem Ekel zu entfliehn, der mich umsaust?" — „Frei will ich sein im Denken und im Dichten!"

Die letzten leidenschaftlichen Ausbrüche hatten den Entschluß, seinem Werke und Berufe zu leben, gleichsam überfluthet und für den Augenblick völlig verdunkelt. Antonios Wort bringt ihn zurecht: „Erkenne, was du bist!" Dieses Wort, das wir eine Mahnung genannt haben, ist für Tasso nur eine Erinnerung: es vergegenwärtigt ihm den

---

[1] V. 2. B. 3066—71, 3079—91.

schon gefaßten, in seinem Innersten lebendigen
Entschluß. Daher antwortet er dem Antonio:

Ja, du erinnerst mich zur rechten Zeit!

6. Antonio und Tasso.

So sehen wir zum Schluß noch einmal die
beiden Männer vor uns, die Gegner waren und
keine mehr sind. Es gab im Leben Goethes eine
Zeit, wo er selbst ein beneideter Tasso war und
unter seinen Gegnern am Hofe zu Weimar mehr
als ein schelblickender und kaltgesinnter Antonio.
Hier ist der Typus des unversöhnlichen Gegen=
satzes beider, wie ihn die ersten Acte unserer
Dichtung schildern:

Sieh' das Aeußre nur
Von beiden an, das Angesicht, den Ton,
Den Blick, den Tritt! Es widerstrebt sich alles;
Sie können ewig keine Liebe wechseln.

Aber der Entwicklungsgang unseres Dichters
brachte es mit sich, daß er selbst ein viel= und
ernstbeschäftigter Staatsmann wurde, der erste in
dem kleinen Herzogthum, und es kamen Jahre,
in denen Goethe, nach dem Spielraum seiner
Thätigkeit zu urtheilen, weit mehr Antonio war
als Tasso, bis zuletzt sein mächtiger Genius sich

dawider auflehnte und seine Urrechte in Anspruch
nahm. Um dem Ueberdruß zu entfliehen, seinem
Genius zu leben, seine Werke künstlerisch um=
zugestalten und zu vollenden, ging er nach Italien,
nach Rom. Aus dem größten Dichter der deutschen
Sturm= und Drangepoche wurde unser größter
classischer Dichter und Künstler. Auf dem Wege
zu diesem Ziele hatte er den Charakter und die
Aufgaben eines Antonio, im edelsten Sinne des
Worts, in sich aufgenommen und durchlebt.

Tasso und Antonio sind in ihm vereinigt
und versöhnt, der Grund ihrer Feindschaft ist
getilgt:

> Zwei Männer sind's, ich hab' es lang gefühlt,
> Die darum Feinde sind, weil die Natur
> Nicht einen Mann aus ihnen beiden formte.

Die Natur hat diesen einen Mann geformt:
es war der Dichter des Tasso.